尋龍記
無極
著
第二輯
風雲變幻
卷 1 尋龍

目錄

第一章　兒女情劫

童千斤望著項思龍心念電轉之間，目中凶光陡長，手中的彩靈劍七彩光環的光芒亦在他增強功力之下暴長了三尺。

項思龍感覺到了童千斤對自己所釋發出的濃重殺機，心頭微微一凜，也暗暗提運功力凝集於掌心，準備隨時迎擊童千斤的偷襲。

不過由於要運功抵觸冰蠶毒蠱在體內的「翻江倒海」，所能運集來抗擊童千斤的功力不到平時的一成。

童千斤一步一步的逼近項思龍，亦也感覺到了項思龍顯得脆弱的氣勢，心神突地一緊之餘，步伐愈發邁得凝重而又緩慢。

在距離項思龍只有三四尺之遙時，童千斤驀地暴喝一聲，身形突地縱起，手中的彩靈劍猶如一束鐳射般快若閃電的向項思龍的印堂、天突、膻中三大體位死穴刺去。

項思龍在童千斤長劍刺來的千鈞一髮之際，展開「分身掠影」身法的同時，以指代劍，「鬼王千絕斬」也應手而出，向童千斤的雙目點刺過去。

「嗤」「哼」一聲破裂之聲和兩聲悶哼同時響起。

項思龍在童千斤蓄勢全力一擊之下，上身衣衫被對方長劍劃破了足有二尺來餘的一道口子，露出的胸肌，血跡點點滲出。

從左胸至右下腹被童千斤手中彩靈劍劃破了一道深達差不多兩公分長約一尺五大的傷口。

其實項思龍本可閃避過對方的這記進擊，怎奈顧著昏迷不醒的石青青，左手抱住她，一來阻滯了身形速度。二來左手不能騰出阻擊對方，且心中有著壓力，所以不幸中劍。

童千斤卻也好不到哪裡去，因一心只想著殺死項思龍，又自認為項思龍已沒了能力阻擋自己攻勢，所以發劍之時，只全神貫注於項思龍的周身死穴，直到項思龍指中罡氣射向雙目時，才警覺過來。

不過還是晚了一步，在他收劍阻擊項思龍指劍劍勢時，雙方指中所發罡氣已是襲至，雖頭稍側了一下，但卻還是劃中了他的面頰，使得他臉上的皮肉綻開如花，滿臉的鮮血配合著他兩眼的凶光，更是顯得猙獰可怖。

項思龍撕下已是破裂的衣衫綁紮住傷口，不讓鮮血流下，強忍住傷痛和冰蠶在體內湧動所帶來的劇痛。

深吸了一口氣後，緩緩拔出鬼王劍，知道此刻已到了生死存亡的關頭，功力所剩不多，目下唯一的機會，就是置生死於度外，率先發動攻勢，或可尚存一線生機。

想到這裡，項思龍放下石青青，收拾了一下心情，整裝氣勢後，冷喝一聲道：「看劍！」

童千斤心底暗暗驚凜，不想項思龍中了天下至毒的冰蠶毒蟲之王，且自己明明看到他親手點了氣海、命門等運氣大穴，現在卻還有如此讓自己感覺呼吸都快窒息的氣勢。

不容童千斤再多時間去細想，項思龍手中長劍已是帶著「唬唬」破空罡氣疾襲而至。忙也錯開身法，身形忽地旋動起來，渾身像刺蝟般射出無數劍芒，在夜空火光映照下有若一道五彩繽紛的龍捲風般往項思龍襲捲過去。

項思龍想不到童千斤還有如此絕妙的劍法，知道絕不可退讓，否則兵敗如山倒，自己就再沒有機會可扭轉逆勢了。

此時他把一切的顧慮都給忘卻了，精神昇華至了從未有過的空靈境界，比在校場火海中時更是有著深一層次的進步。

只覺對方的每一招劍勢自己皆可看得清清楚楚，且對方劍招未曾發完，自己就可測知對方的進擊方位。

劍劍均是捨命搶攻，著著進逼，完全無視生死，以彌補自己功力比之對方的不足。

每一劍擊出，步法都天衣無縫的配合著。

項思龍此際生死關頭，發揮出了生命的潛能。

童千斤雙目寒芒直閃，顯是被項思龍的攻擊逼得心浮氣燥的動了怒氣，舌綻春雷，大喝一聲，手中長劍上下翻飛，寒芒爍爍。

正當二人鬥得忘生忘死的不可開交之際，突地一陣急促而又凌亂的腳步聲向二人打鬥處奔來。

項思龍和童千斤此時都被對方狂猛快捷的劍招迫得已是無暇顧及其他，腳步聲雖是越來越疾，越來越近，但二人卻還是都只全神貫注的向對方發動著攻擊，似都極想把對方在最短的時間內刺死於劍下。

免起獾落間，兩人錯身而過，剎那間彼此又已交擊了十多招。

項思龍左臂血光進現，被彩靈劍劃出了兩道三寸許的血痕，不過只是皮肉之傷。童千斤的胸前手臂亦也被項思龍的鬼王劍鋒刃給劃得皮開肉綻，鮮血淋漓。

項思龍自來到這古秦以來，可以說基本上從未有過敗績，這次被童千斤乘人之危迫得如此狼狽，心底在極度氣憤之餘，卻也是豪氣湧生的哈哈笑道：「好！好劍法！已是好久沒有如此痛快的與人打鬥了！」

童千斤看著項思龍的「狂態」，以為項思龍是在諷刺他，冷哼了一聲，暴喝道：「待你贏得我後，再說如此狂妄的話吧！」

項思龍雙目厲芒激閃，卻是淡淡的道：「我會讓你如願以償的，不過你想看到我勝利時的狂態，付出的代價卻是作我劍下游魂了！」

童千斤聽得心中一寒，但還是裝作平靜的好整以暇道：「嘿，你現在已如強弩之末，再能撐得住幾招還是個未知數呢！光說狠話頂個屁用！有本事的話就在手底下來見個真章吧！」

說到這裡，略略頓了頓，又冷笑道：「還是讓我早些送你們這對亡命鴛鴦，上西天極樂世界去卿卿我我吧！免得在這人世間承受生死離別的痛苦！」話音剛落，手中彩靈劍「唰唰唰」，已是連續攻出三劍，招招皆是狠毒陰險。

項思龍幾個閃身避開童千斤的凌厲攻勢，倏地感覺體內的真氣愈轉愈暢，充盈了許多。

難道是冰蠶毒蠱已被自己控制下來了？

心念電轉之間，項思龍覺著體內的疼痛緩解許多，且真氣自然而然的運散到身上受傷的地方，使得項思龍全身舒服通透之極。

手上的鬼王劍紅芒亦是旋然暴長三尺。

讓得項思龍的氣勢徒增兩倍有多。

空氣在項思龍散發出的勁氣下凝重起來。鬼王劍破空揮出，發著尖銳的劍嘯聲。

以童千斤之能，勉強避開項思龍此時比先前更是凌厲上十分的劍招或許還可以，但不想他卻還以為項思龍只不過是強作虛勢而已，竟以彩靈劍硬接項思龍的劍招。

項思龍此招是借身形躍空之勢，又是以雙手發動劍，其氣勢之盛，力度之強，自是非先前任何一劍能夠比擬。

見童千斤如此托大，項思龍冷笑一聲，低喝道：「找死！」

劍勢速度更增一倍。

「噹噹！」兩聲清響震徹夜空，山鳴谷應。

童千斤被項思龍強大的劍勁劈得身軀劇震，「嘩」的一聲噴出一大口鮮血，彩靈劍亦給震落在地。

項思龍得勢不饒人，暴喝聲中，鬼王劍在夜空中幻化作道道閃電般的光影，時而直劈時而斜削，當真是詭秘莫測絕倫。

童千斤手中沒有了兵刃，再加上內腑已是受了重創，項思龍此等天馬行空般的劍招，他還哪裡有什麼力道抵抗？

正閉目準備坐而待斃時，忽地兩聲嬌叱聲傳來道：「住手！」

話音未落，兩個三十幾許、風韻迷人的半徐老娘已是飄落二人身側五六米遠處。

見著項思龍魁梧高大的身形，俊美瀟逸的面孔和臉上掛著一抹讓女人著迷的微笑，兩半老徐娘風騷妖嬌的雙目中均都掠過一絲異彩，望著項思龍許久後，相互對視了一眼。

其中一婦人鄙夷的看了被項思龍長劍架在脖上的童千斤一眼，嫵媚的瞟了項思龍一眼後嬌聲嚦嚦的道：「小兄弟就是地冥鬼府的新少主項思龍吧！想不到武功竟是如此之高，連我們家小姐的冰蠶毒蠱也可收服下來，奴家可真是服了你來著了！但不知你其他的功夫怎麼樣呢？」

項思龍見這婦人的放浪神態，知道此等婦人是現代裡妓女一類的女人，不過卻是專找俊男淫樂而已，自己這次倒成了她勾引的對象。

冷哼一聲後，項思龍神色不動的道：「二位是不是想來攪我與童千斤比鬥的這一蹚渾水？若是如此的話，我就不客氣了，若是來救你家小姐呢，那就請你們把她帶走是了。」

另一個婦人見項思龍火氣如此之大，衝他媚笑著嗲聲嗲氣的道：「喲……想不到小兄弟還挺有個性的呢！姐姐我喜歡！噢，對了小兄弟，你討沒討老婆啊？要是沒有啊，姐姐為你在我們五毒門介紹幾個，包你個個長得如花似玉，床上的功夫更是一絕，會讓你欲死欲仙。」

項思龍想不到這婦人竟然如此不要臉面的淫言淫語，雙目神光電閃的冷冷道：「你們馬上帶你家小姐回苗疆去，否則我就要對你們不客氣了！」

說著，手中鬼王劍一抖，挑出二十幾朵劍花，劍芒瀰漫空中。

嗲聲嗲氣的婦人咯咯笑道：「小兄弟要對姐姐不客氣啊，那就快來吧，姐姐決不反抗就是了！」

邊說著竟是邊開始脫起外衫來，露出了一層薄如蟬翼的內衣，衣衫內動人的肉體和堅挺得欲破衣而出的雙峰，任何一個正常的男人看了都會禁不住為之呼吸一緊，心神一收。

怎奈項思龍身邊的美妻嬌妾如雲，這等場面已是司空見慣，婦人的挑逗不但沒有挑起項思龍的情慾，反讓得他心生反感，低聲喝道：「若不是看在你們是青青姑娘下屬的份上，我早就出手懲戒你們了！快點給我滾！」

二婦人見項思龍對她們的挑逗無動於衷，且還對她們發火，這是前所未有過的現象，不由得大感刺激，更是如癡如狂的盯著項思龍，媚態更濃的嬌裡嬌氣的道：「啊，小兄弟對我家小姐的名字叫得那麼親熱，是不是看上她了？這可是危險得很噢，我們門主要是得知你侵犯了我家小姐，那你以後可就永無寧日了！」

項思龍坦然自若道：「在下自信並未作過什麼對不起你家小姐的事，身正不怕影子倒，真金不怕火來燒，你們門主想來也不是不講道理的人吧！」

雙方正如此鬥著嘴，躲避到二婦人身後運功調息甦醒過來的童千斤，突地發聲道：「羅剎雙豔，我姐姐是叫你們來保護小姐和助我成事的，現在青青被這小子打成重傷，且他也是阻礙我坐上真主之位的最主要的首領，你們還不快去殺了他，跟他打什麼情罵什麼俏?是不是連我姐姐的話都不想聽了?」

兩婦人嬌軀一震，收斂起輕浮之態，神色一百八十度的大轉變，衝著項思龍陰冷的道：「項少俠，請出手吧！」

話剛說完，二女已是各自取了一柄勾刀狀的兵刃，兵刃上藍光閃閃，顯是浸過劇毒。

項思龍讓真氣生生不息的從右足湧泉穴貫透全身筋絡，再積聚於丹田氣海處，然後運轉於任督二脈，準備隨時進入備戰狀態。

藍光爍爍而閃，勁氣頓漫空中。

二女手中勾刀一上一下、天衣無縫的配合著向項思龍進擊，一時之間項思龍全身上下全是寒芒閃閃，勁氣騰騰。

項思龍目光如電，罩定二女，身形閃電橫移，鬼王劍貫注著強猛內勁似水銀瀉地般先把四周守了個水洩不通，再在冷哼聲中，守中兼攻，攻中兼守，手中鬼王劍揮出漫天劍影，加上「鬼王身法」和「分身掠影」身法，使得項思龍的真身在劍影中幻化成了無數個虛身。

羅剎雙絕的嚴密攻勢硬生生的被項思龍逼得有些紊亂起來，二女臉色亦是微微一變，似是有些不可置信的望著不見真身的項思龍。

十多招過去，項思龍已試出了羅剎雙豔的武功底細。內力以陰柔為主，劍法乃是按兩儀陰陽之理演化而來，二人一陰一陽，相輔相成，實是一套厲害無匹的劍陣，勾刀中的彎勾除了可絞黏敵方兵刃外，合在一起似可用來傳遞功力，並且似乎還隱藏著其他的用途，比如說發暗器的機關。

不過二人武功雖是一等一的高手中的高手，但她們最令人擔心害怕的卻是她們的媚功和讓人防不勝防的使毒功夫。

看來只有在最短的時間內擊倒她們了，否則童千斤恢復過來參戰，再加上這羅剎雙豔讓人頭痛的使毒功夫，搞得不好會讓得自己……

心下想來，項思龍狂喝一聲，鬼王劍在十二層道魔神功內力的貫注下施展開鬼王千絕斬，頓然只見千萬道血紅的光電在空中亂閃，但是卻又極有規律的向羅剎雙豔射擊過去。

狂烈的勁風，激得地上的沙石揚空亂飛。

「噹！噹！噹！」刀劍相觸，火星四濺，內勁碰撞炸裂，發出震耳巨響。

項思龍身子微微一晃，羅剎雙豔二人卻是在慘叫一聲中整個人都給震飛至十多丈遠處。

雖只是清脆的一招硬擊，但只要是旁觀者皆都會泛起火爆眩目的感覺。

「好！好劍法！」一聲響亮的男性聲音傳來。

項思龍心頭大喜，聽出是義父天絕的聲音，忙高喊道：「義父，你們沒事吧？」

十幾道人影在火光映照下，隱約可見身影快速地向項思龍所在的山頭馳來，使的都是凌空虛度的高絕輕功身法。

片刻間，韓信的眼神首先落入項思龍眼中，只聽他朗聲笑道：「二弟的功力似乎比先前更是增進一層了呢！對了，諸位弟媳婦和姥姥他們現在怎麼樣了？油庫的機關我們已悉數毀了！」

項思龍射出幾縷指風，點了羅剎雙豔身上的幾處穴道，叫她們再也不能動彈後，又用鬼王劍削落了童千斤的滿頭黑髮，有些氣恨的道：「都是這傢伙累得我們虛驚一場！這下可決不饒他了！」

頓了頓又道：「解靈和達多他們也都沒事吧？冰蠶毒蠱的母體已經被我給吃了，你們所中的冰蠶蠱毒已經對你們沒有什麼影響了。」

韓信眼中露出不可置信的神色，失聲道：「什麼？二弟你……你把冰蠶毒蠱的母體給吞食了？這……怎麼可能呢？冰蠶毒蠱乃是天下七大絕毒之物中排名第四的，是苗疆五毒門門主女兒最厲害的毒物，也是五毒門除七步毒蠍外最厲害的蠱毒母體了，天下間尚還無人能夠抵抗得了冰蠶毒蠱，二弟卻竟然吞服了牠，你……你沒事吧？」

天絕這時也接踵而至，續口道：「是啊少主，天下七大絕毒，金線蛇排名第一，蟾蜍毒蛤排名第二，七步毒蠍第三，第四就是冰蠶了。冰蠶中的毒性主要是以寒毒為主，牠所射出的毒素可令中毒者無論功力多深多高皆不能發揮出來，且全身血液會被冰蠶毒所冰僵，導致全身血液僵化而亡，天下間尚無人可解此毒。金線蛇雖有能力解去冰蠶的毒，但卻也對牠深懷懼心，因為怕體內的三味真火不能化解冰蠶寒毒。現在這冰蠶毒蠱乃是以活物形式進入少主體內的，少主你又是怎麼破解冰蠶毒的呢？」

項思龍淡淡一笑道：「這個你們就有所不知了，在我練道魔神功時，由於吸收了地冥鬼府的一樣鎮府之寶，一萬年寒冰床的寒氣，所以在我體內蘊藏的寒氣實是連我也不知有多深。我之所以化解了冰蠶毒蠱，或許就是因為這個原因吧！不過我體內的冰蠶並未死去，只是被我體內的寒冰真氣給誘困住了，牠現在似乎很樂意住在我體內呢！」

天絕「噢」了一聲，笑吟吟的道：「這就叫做冥冥中自有天意！老天似是早就預知我們會中冰蠶蠱毒似的，所以安排了少主你這個身懷異能的人來搭救我們。所謂『好人自有好報』，少主人救了我們，卻也因禍得福的擁有另一件世上少有的異寶了。你體內『種植』有冰蠶，今後一般的蠱毒根本傷不了你，這世上就只有蟾蜍毒蛤和七步毒蠍可以傷得了你了。不過，這兩種毒物卻又是最怕金線蛇，因此從今以後沒有什麼蠱毒能傷得你一分一毫！」

項思龍嘿然笑道：「是麼？怪不得那羅剎雙豔似是不斷的對我施放毒蠱，而我又還是安然無恙，原來卻是冰蠶幫了我的大忙。」

四護法和四執法這時也已相繼趕到項思龍所在山頭，在他們身後還跟著衣衫多處破裂的鬼青王和傅雪君父女倆，顯是他們被韓信的手下抓住後吃了不少苦頭。

觸著項思龍的目光，傅雪君俏臉一紅，低下頭去，不敢與項思龍正視。

鬼青王則是上前顯得有些羞愧的向項思龍行了一禮後，又偷偷怒瞪了一眼韓信。

項思龍眉頭微微一皺，哈哈笑道：「總護法就不要生我大哥的氣了，所謂不打不相識，以後大家都是一家人，應該多多親近些才是。」

鬼青王黯然應「是」，但臉上對韓信的不快之色卻還是溢於言表。

天絕這時也過來打圓場道：「現在最主要的問題是如何救出被困火場中的人，其他的問題就留待以後再說吧！」

項思龍聞言斂神道：「姥姥她們現在全都避在地道裡，應該算是安全得很。」

韓信大訝道：「這校場地底還有地道嗎？二弟你是怎麼發現的？」

項思龍搖頭笑道：「不是本身就有的地道，是我在危急中開闢出來的！要不我怎麼會有得閒暇出來與童千斤他們糾纏呢？」

天絕脫口道：「什麼？少主你在短短幾個時辰的時間內，一個人就開出了一條地道？這是什麼厲害的功夫？簡直是太不可思議了！」

項思龍不置可否的笑了笑，望了一眼如死魚般躺在地上的童千斤和羅剎雙豔，轉過話題道：「這三個傢伙倒是不知怎麼處置是好呢！」

說著時目光又不經意的望了傅雪君和昏迷不醒的石青青一眼，心中大感為難。

童千斤是傅雪君的夫婿，無論童千斤怎樣作惡多端，傅雪君終是與他夫妻多年，二人就是在恩恩怨怨中也會產生些許情感。

羅剎雙豔呢，是石青青的下屬，現在石青青孤身一人還得靠她們照顧送回苗疆。再說得罪了五毒門，自己日後可有得麻煩。

但是如果就此輕易的放過他們三人呢，可實在是難以咽下心頭之恨，並也很難向自己的被害門人有所交代。

項思龍正如此左右為難的想著時，天絕突地走到童千斤身邊，踢了他一腳後，罵罵咧咧的道：「這傢伙把我們害得如此之慘，真是把他千刀萬剮也難洩心中的這口鳥氣！還有那死丫頭，與童千斤狼狽為奸，用冰蠶毒蠱害我們，即便不殺了她，至少也得給少主你做老婆，如此苗疆的五毒門也就有一半勢力落入少主的掌握之中了，這對少主的反秦大計可是大有幫助，少主你就勉為其難娶了她吧！」

項思龍俊臉一紅，微怒道：「義父，你這刻怎麼還有得心情開玩笑啊！」

韓信卻也正色道：「五毒門門主苗疆三娘曾作了一個誓言，若是有人破得了她五毒門的五種罕世絕毒，不但把女兒下嫁給他，且把五毒門交給他打理，自己則從此隱居起來。現在少主破了五毒門位居二位的冰蠶蠱毒，就只需闖苗疆三娘那一關——七步毒蠍了。憑你身俱的抗奇異能和絕世功力，我想大有成功的機會。更何況二弟你身上有天上活毒之王——奪命金線蛇呢！所以我建議少主還是娶了這蠱毒公主。否則，激怒了苗疆三娘，這瘋婆子就會陰魂不散的跟著你，這對我們的反秦大計實是個大禍端。二弟你還是考慮考慮吧！」

天絕嘻笑道：「是啊！這丫頭長得可還真不賴呢！娶個毒婆娘在身邊可也別有風味啊！」

項思龍想起石青青對自己諸般有若藕斷絲連的情意，想起她對自己的捨命相救，想起她寧可背叛母親，也不願殺自己的痛苦表情，還有她那雙望著自己時的無限幽怨卻又柔情似水的秀目，沉默良久，思緒萬千的長長歎了一口氣道：「這件事情留待以後再說吧！對了，二義父，你帶一批人去我們先前被困的火洞中去把姥姥她們都接出來，去郡府中與我們會合吧！」

地滅領命帶了四護法和四執法飛身而去。

項思龍看著火勢已漸漸小了下來的校場上空，想著來到這雲中郡城後的種種際遇，又想著不知現在何方征戰的劉邦，心中也不知是什麼感覺，喃喃自語的道：「歷史中的風浪，到底什麼時候才能平息下來呢？」

說這話時，項思龍又不禁想起了自己在現代時來這古秦之前的種種願望來。母親周香媚和阿姨鄭翠芝現在一定都非常的想念自己吧！也不知她們現在的情況怎樣了？

還有父親項少龍，他現在到底在做些什麼呢？會不會派人去刺殺劉邦？自己到底會不會有朝一日需與他兵戈相見？

看著項思龍的沉思不語，韓信似是感覺出了他的些許心思，喟然道：「歷史爭雄最是繁紛沉重，需要承受各方面的壓力，但成功失敗卻是個未知數，是甚煩心的了。但是天意卻會冥冥中選擇歷史的主宰者，單憑人力是無法扭轉乾坤的，二弟你也就不要為之心煩了吧！」

項思龍被韓信的話驚醒過來，斂回心神，舒緩了一口氣，仰空一聲長嘯後，才平靜下情緒道：「童千斤就廢去他的武功，饒了他一條狗命算了；羅剎雙豔呢，解去她們穴道，任由她們回西域去，至於石青青嘛，先治好她的傷勢，何去何從就由得她自行選擇好了。」

說到這裡，頓了頓又道：「待得雲中郡城的事情一了，大哥就去項梁軍中去做臥底吧！」

韓信一愣，不解問道：「什麼叫作臥底？」

項思龍聞言頓想起這時代裡還沒有「臥底」這詞，失聲笑著胡亂解釋道：「就是叫你去項梁軍中作內奸，為我們刺探情報！」

韓信恍然大悟的點頭笑道：「二弟的新名詞可真是簡潔而又精練，聽起來也順耳許多呢！『內奸』這詞聽起來可真怪刺耳的。」

天絕這時運功治醒了石青青。只聽她「嘩」的一聲吐出一口鮮血後，緩緩的睜開了一雙秀目，目光觸及項思龍身上時，驚喜的嬌呼一聲，語音嘶啞混沉的道：「項少俠，你……你沒事吧！」

項思龍快步上前，俯蹲下身子，用衣袖擦去她嘴角的鮮血，不勝憐愛的柔聲道：「我沒事！倒是累得石姑娘為在下擔心受傷！」

石青青吞了一口唾液，臉上忽地現出一片紅潮，垂下嬌首，低聲道：「項少俠，你……你是否已化解了『大將軍』的毒性了？」

項思龍想起韓信所講的苗疆三娘所立的誓言，見得石青青的羞態，心下不自禁的一突，避過石青青時而向自己偷瞟過來的目光，聲音有些乾澀地道：「承蒙姑娘先前賜了在下解藥，在下才得以逃過此劫。真是謝謝姑娘了！」

石青青俏臉上的羞紅更是嬌豔的道：「我給你的解藥只是助你解去五倍子菌蠱的毒，化解『大將軍』的毒性可全是少俠你體質特異內力高深之故呢！倒不知少俠何時有得空閒去我們苗疆逛逛呢？」

說到最後一句話時已是音若蚊蚋，臉上的羞色更風情無限。

項思龍聞言大感頭痛，心中暗呼「麻煩事來了！」但嘴上卻還是笑著道：「這個……在下先要去西域平復了我們鬼府的內亂，才或許有空登門拜訪姑娘的五毒門了。噢，姑娘為救在下受了重傷，還是先靜養好傷勢再說其他吧！」

石青青乖巧的點了點頭，柔軟而富有彈性的嬌軀輕輕的靠依在項思龍的懷中，正待閉上秀目時，瞧見躺倒在不遠處的羅剎雙豔，不由得失聲驚呼道：「羅剎雙豔？她們……？」

項思龍見著石青青臉上的驚慌之色，忙道：「她們沒事，只是被我封住穴道罷了。」

石青青聞言大是鬆了一口氣，但臉上的驚慌之色還是未曾褪去，只是變了一種語氣道：「項少俠，你打傷了羅剎雙豔，只怕她們回到苗疆後會在我母親苗疆三娘面前搬弄你的不是，那時你可就……這可怎麼是好呢？」

天絕哂道：「這還不簡單？一劍把這兩個妖女了結了，不就什麼麻煩也沒有了？」

項思龍搖頭道：「羅剎雙豔是苗疆三娘派來保護石姑娘的，殺了她們，去苗疆千里迢迢，誰來護送石姑娘呢？再說，我們不殺她們二人，苗疆三娘追蹤來了，也好解釋許多。想來這世上還沒有不通情理的人吧！只要我們沒有做錯什麼，就可坦然的面對一切事情。」

石青青目中射出感激與崇敬之色的望著項思龍，但臉上卻是神色古怪，似是有些失落的無限幽怨道：「謝謝項少俠的一片仁義之心！他日有暇，項少俠可一定得去苗疆見見我娘的七步毒蠍蠱。若是你能破解此蠱毒，我們雙方之間的一切矛盾就都可迎刃而解了。」

天絕接口打趣道：「那當然了！那時我們少主乃是你們五毒門的少門主了，又有誰敢跟我們少主過不去呢？不說羅剎雙豔巴結還來不及，就是你母親苗疆三娘啊，也是疼愛還來不及呢！」

聽得這話，項思龍和石青青同時臉上發燙的低下頭去。前者是有些頭大如斗，後者則是芳心竊喜、心如鹿撞。

氣氛一時有些怪異的沉悶起來。

韓信爽朗的大笑一陣，打破沉靜道：「石姑娘就放心吧，我二弟一定會去苗疆一趟的。其實說來，日後我二弟的事業可得多多借重姑娘的五毒門呢，又怎會錯過與你們攀親的機會呢？」

童千斤這時已在地滅的幫助下，解開了被項思龍封制的穴道，不過肩井琵琶骨卻已被地滅發功震碎，運氣發功的經絡亦已被地滅運功震斷，一身武功已是全然廢去。

低聲的呻吟了幾聲，童千斤睜開了已是失去光澤的雙目，剛好聽見了韓信的話，一臉的憔悴，卻是極為怨毒的道：「哼！如意算盤打得可真是不錯！不過我早就用信鴿致函我姐姐了，她說不一定已帶領了大批的五毒門高手向西域進發了呢！那時你們內憂外患，既要應付鬼靈王等一眾叛徒，又要預防我姐苗疆三娘的暗襲，還要提防達多、諸葛長風和我這三派勢力在西域的殘餘力量對你們的報復。嘿嘿，項思龍，你就三頭六臂也對付不了這麼多敵人吧！」

地滅「啪」的一巴掌狠狠的搧在童千斤臉上，怒罵道：「死小子，已經是廢人一個了還這麼嘴硬，我看你是不想活了！」說著提起右掌就欲向童千斤的天靈蓋拍去。

項思龍見狀忙喝止道：「止手！」

地滅本就只是想嚇唬嚇唬童千斤，沒有項思龍的命令他怎敢冒然行事呢？聞言當下收起凝勁待發的右掌，赫然笑道：「少主，這小子還是怕死得很呢！我手掌還沒拍下，他就已嚇得渾身打顫，額頭都冒出冷汗來了！」

天絕更是嘻笑道：「說不定連小便都失禁了呢！」

說著往童千斤胯下望去，卻果見濕濕一片，不由得捧腹大笑道：「想不到這小子果真如此不爭氣，卻還想做什麼匈奴國的真主呢！這樣的貨色就是給我作提夜壺的傭人，我也不要！」

韓信也是輕蔑的嗤笑道：「俗話說得好，一個做了虧心事太多的小人，倒不如撒泡尿淹死算了！看來童真主倒是想效法呢！可他這泡尿也實在太少了，除了臊氣撲鼻讓人作嘔外，卻是讓他『自殺未遂』。想不到童真主卻還『福大命大』

呢！」

項思龍聽了天絕的最後一句話，就本欲笑出，不想韓信罵起人來卻更是損厲，終於憋不住笑意的笑出聲來道：「大哥，你……你……」

說了老半天的「你」，竟還是沒有說出一句話來。

童千斤這時真是羞得恨不能有一個地縫給鑽進去，臉上變成了豬肝色，嘴角滲著血水，神情甚是滑稽恐怖。

只聽他驀地嘶啞的大喝一聲，從地上拾撿起一柄劍來，猛的向自己胸腹刺去，痛苦得慘叫一聲後，卻是迴光返照般的厲聲喋喋怪笑道：「項思龍，我到了地獄，也會變成厲鬼陰魂不散的纏著你！」

話剛說完，軀體「撲通」一聲跌倒地上，雙目圓瞪著沒有閉上。

眾人都想不到是此等一個結局，面面相覷的沉默了好一陣，天絕才率先長歎一聲道：「看來這童千斤倒還真有幾分骨氣，他今天的成績卻也並不是徒靠機緣了。」

韓信也閉目凝思了一陣，自責道：「先前對他的辱罵可真是有些過分了！不過，他這樣的結局或許更好，否則今後那種讓他痛不欲生的心理折磨，更是讓他悲慘。」

石青青在童千斤舉劍自殺時，已是驚叫一聲，脫離開項思龍的懷抱，但只奔出五六步之遙，童千斤就已倒下，一時給呆怔住了，聽得天絕和韓信的說話才緩緩回過神來，一雙秀目卻是淚珠兒不停的流下。

無論如何，童千斤總都是她的舅舅，親人死了，悲傷自是難免的。

項思龍心下暗歎著，輕輕的走到石青青身邊，伸手拍了拍她的酥肩安慰道：「石姑娘，死者已矣，童千斤一生勾心鬥角欲奪真主之位，想不到奪得了真主之位，卻因他養成的奸詐陰毒的個性，使他落得了個如此的悲局。想想這樣或許也好，一個國家若讓一個心術不正的人來領導，人民生活的悲慘可也真是讓人不敢想像。」

石青青聞言「哇」的一聲突地放聲大哭，倒撲進項思龍的懷中，柔弱的嬌軀不停的顫動著。

就在項思龍安慰石青青的同時，還有一個人因童千斤的死而悵然若失，伏在鬼青王身上低聲抽泣著，她就是傅雪君。

童千斤是她的丈夫，雖然二人十多年的夫妻生活一直是貌合神離，甚至私下裡相互猜忌憎恨，但是終究一起過了十多年，且生下了幾個孩子。現刻童千斤死了，傅雪君深埋在心中對童千斤父子的憎恨一下子全給鬆懈下來，只覺著在仇恨發洩之餘的輕鬆感外，是一陣自己也不能控制的痛心。

鬼青王深深瞭解女兒這刻的心情，其實傅雪君一生的沉重命運都是他一手給安排的，要是當年不把她送給成烈王，傅雪君就不會有今天的痛苦了。對女兒，他始終有一種愧疚感。

長長的歎了一口氣後，鬼青王的雙目紅腫濕潤起來，一雙蒼勁有力的手緊緊的摟著傅雪君的雙肩，喃喃自語道：「君兒，你恨父親吧！都是我不好，害得你如此痛苦！」

傅雪君本是一直抑制著自己的感情，聞得鬼青王的話，終於忍禁不住也失聲痛哭起來。

項思龍一直都在關切著石青青而疏忽了傅雪君是童千斤的妻子，童千斤死了，打擊最重的自然應該是她了。

輕輕的推開石青青的嬌軀，苦笑著柔聲道：「石姑娘，我……我想過去看看雪君姑娘。」

石青青見項思龍如此的徵詢自己的意見，心下一甜，俏臉通紅的垂下頭去低聲道：「舅母她此時確實需要人安慰，項少俠是該去看看她。」

項思龍轉身向傅雪君和鬼青王二人走去，到得一尺之遙時站下，一時也不知說些什麼是好，愣愣的看著抱頭痛哭的鬼青王父女。

鬼青王和傅雪君正沉浸在不同的悲痛之中，竟是沒有覺察項思龍已走到身前。

如此境狀持續了約有三四分鐘，天絕突地叫道：「少主，這童千斤的屍體如何安置？」

天絕的話音頓時驚醒了鬼青王和傅雪君，前者睜開雙目，見著一臉肅穆之色的項思龍正怔怔的站在身側，看著自己父女二人，老臉一紅的忙推開傅雪君，躬身道：「少主……」

傅雪君聞得父親的話音，頓也轉側過身來，頭也不敢抬的向項思龍行禮道：「少主，我……」說著時一顆芳心竟是「咚咚」的跳起。

其實她方才的放聲大哭卻也與項思龍只顧關心石青青，而冷落了她有關。這刻知道項思龍原來並沒有忘記自己，芳心又是悲楚又是羞喜，有著連她自己也說不出的感覺。

項思龍看著傅雪君梨花帶雨的秀目和一臉苦楚的神色，以及那凌亂的髮絲，心中湧起一股深深的憐愛，不自禁的伸手拂了拂她臉上沾著淚漬的幾束髮，使傅雪君仰抬起俏臉來，不勝心痛的道：「傅姑娘，你……沒事吧？」

項思龍心中其實擬好了一大堆安慰傅雪君的話，但這刻自己也不知為何只說出這麼一句顯得有些唐突的話來。

傅雪君似感受得到項思龍心中的感覺，俏臉更是嬌紅的垂下秀眸，沒有作答。

天絕幫童千斤合上了嚇人的雙目，久久不見項思龍的回音，頓轉頭望去，卻見項思龍正與傅雪君「親親我我」，而石青青卻不勝幽怨的偷望著二人，心下大樂的站起來大聲道：「少主，我看石姑娘和傅姑娘都鍾情於你，你就索性娶了她們兩個吧！」

項思龍和傅雪君、石青青聞得此言均是大窘。

第二章　尋龍真人

看著項思龍和傅雪君、石青青三人的窘態，不想韓信卻也幫天絕的腔道：「郎情妾意，二弟和二位姑娘的姻緣可說是歷經真實苦難的考驗，倒也可說成是天作之合吧！」

話音剛落，只聽得上官蓮蒼勁有力的聲音傳來道：「什麼天作之合？龍兒，你是不是又勾引了哪家姑娘的芳心，準備納妾了？唉，你已經有了那麼多的妻室了，難道還嫌不夠啊？」

言語間，地滅領著上官蓮等一眾人已是顯得有些狼狽，卻又大是興奮與喜悅的飛奔來到了項思龍等所在的山頭。

上官蓮和她身後的曾盈、張碧瑩、舒蘭英、朱玲玲四女的目光都是一瞬不瞬的盯著項思龍，似在等待著他對上官蓮問話的回答。

項思龍正被天絕和韓信的話說得大是難堪尷尬，這刻聞聽得上官蓮的責問，更是頭大如斗得不知所以的訥訥道：「姥姥，我……」

項思龍哽哽咽咽了老半天，實在是說不出什麼合適的解釋來，轉身面對著迎向自己的上官蓮等人，羞愧得連目光也不敢與他們對視。

石青青見得上官蓮身後的四女望著項思龍的責怨目光，心下頓知她們都是項思龍的紅顏知己，不覺有些心慌意亂的渾身不自在起來。

傅雪君也好不到哪裡去，在她的芳心之中雖是深愛項思龍，但始終有一種自卑的感覺，感到自己配不上項思龍。

上官蓮的話更是如當頭棒喝，讓她對項思龍僅存的一點點幻想也給震碎開去，一時芳心又是淒苦又是失落。

天絕見上官蓮一到來，就把原本顯得融洽的氣氛給弄得緊張起來，不由得責怨道：「我說老婆子啊，人家青年人談情說愛，你幹嘛要去插手呢？讓他們去自由戀愛就是了嘛！」

上官蓮這刻也意察到了石青青和傅雪君二女被自己方才那話說得的神態，不覺也感過分了些，緩和語氣道：「我只是告誡項思龍不要太花心了嘛！男子漢大丈夫應該以事業為重，像思龍不但擔負著維護江湖武林大一統的重任，且擔負著平定歷史戰亂救萬民的偉大使命，要是娶的妻妾太多，終日縱情聲色，豈不會誤了大事？更何況像思龍這等對女人有著一種特別吸引力的青年，世上有幾個女人見著他不對他傾心的？要是思龍去應付每一個喜歡上他的女人，那他不做了風流鬼才怪。」

天絕嘿然笑道：「可是思龍與石姑娘和傅姑娘乃是哥有情妹有意，並不只是哪一方單方情願啊！如果他們結合，我想只會對思龍大有裨益，而決無負面影響啊！但若拆散他們呢，只會讓他們各自陡增相思之苦和煩惱傷感而已。」

韓信附合天絕道：「是啊，姥姥，義父說得沒錯！愛情可以毀掉一個人的精神力量，也可以使一個人信心滿懷，二弟和兩位姑娘確乃情投意合，你就成全他們吧！」

上官蓮聽得天絕和韓信二人的話，仔細想想也覺大有道理，沉吟了一番，再次望了石青青和傅雪君一眼，轉身向曾盈諸女詢問道：「看來我是作不了主了，你們拿主意吧！」

曾盈、張碧瑩、舒蘭英、朱玲玲四女對望一眼後，又齊把目光投向項思龍，卻是均都沒有吱聲，只是臉上全都是無可奈何的怨嘆之色。

項思龍正為天絕和韓信似是為自己作媒的話語感到啼笑皆非，聞得上官蓮退守的話語，心中頓然一震，似是又驚又喜，又似是有些心煩意亂，見得四女的目光時，更是不知所措的一臉古怪神色，愣愣沒有言語。

倒是天絕呵呵大笑的催問諸女道：「我的幾位乾女兒，你們到底想怎樣處置這事兒啊？」

舒蘭英與天絕混得最熟，當下悶哼了一聲，率先發話道：「嫁夫從夫，蘭英是沒有什麼話說的了，盡由思龍拿主意好了！」

朱玲玲更是不忍拂項思龍的意願，只是淡淡笑了笑道：「男人三妻四妾本是很平常的事情，何況思龍還與兩位姑娘兩情相悅呢！對於思龍娶納兩位姑娘，我個人是同意的。」

聽得舒蘭英和朱玲玲這話，天絕拍掌笑道：「兩位乾女兒顯然甚懂為婦之道！對了，這兩個新認識的乾女兒，你們又有什麼意見呢？」

曾盈和張碧瑩乃是歷經千辛萬苦，才今個兒得以與項思龍團聚，這其中已是飽受牽腸掛肚的相思之苦，對「感情」一詞也大有體味和感觸。

微微歎了一口氣，曾盈秀目中無限深情的望著項思龍柔聲道：「姻緣前定，並不是可任由人力撮合的，只要有一份癡癡的情懷，愛情也就完美融洽了。思龍，這事你自己拿主意吧！」

四女中已有三女沒有提反對意見，天絕和韓信等熱衷項思龍和石青青、傅雪君結合的人，都不由得大是鬆了一口氣放下心來。

項思龍卻是見諸女把難題都推到了自己身上，眉頭已慢慢緊皺在了一起，一臉的苦瓜之色。

石青青和傅雪君二女則是心中紛繁凌亂一片，一顆心都給提到了喉嚨裡，目光都不約而同的顯得緊張的落在了張碧瑩身上。

場內氣氛一時顯得怪異靜寂之極，卻是從眾人的呼吸聲中可聽出是輕快之意為多。

張碧瑩見那麼多的目光都投到了自己身上，渾身都顯得有些不自在起來，沉吟不語的盯著項思龍，讓眾人也都不知她在想些什麼。

驀地一聲嬌吟，打破了場中的靜寂，只見張碧瑩邊罵罵咧咧的道：「你小子到底背著我和盈盈拐了多少個良家少女？今天一定得給我們從實招來，否則，再多兩個老婆也無妨的嘛！」

說著，邊大腹便便的奔向項思龍，一把揪住了他的耳朵，只痛得項思龍臉上的肌肉都給扭曲變形。

想不到張碧瑩都快做媽媽了，火氣還是如當年一般的潑辣，明明心裡在吃醋，嘴上卻硬是不給說出來。蘭英和玲玲她們也都一樣，如此的「慣寵」自己，從來都不敢提她們自己的主張。

項思龍心下邊怪怪的想著時，一邊卻是為自己心下的鬥爭甚感為難起來。天絕和韓信以及上官蓮眾人，則是全都被張碧瑩最後一句話的轉折，給引得失聲大笑起來。

就是連得舒蘭英、朱玲玲和曾盈幾女也都忍俊不住抿嘴輕笑。

石青青和傅雪君卻是在眾人的歡笑聲中，嬌羞得埋垂嬌首。傅雪君還好，倒伏進鬼青王的懷中，不讓眾人見著她的羞喜之態，石青青呢？則是恨不得有個地縫能鑽進去，一張俏臉嬌紅得如熟透的紅蘋果，玉指不安的撥弄著衣角，芳心卻是如喜翻了的蜜瓶兒。

曾盈緩步走到還揪住項思龍耳朵不放的張碧瑩身邊，輕笑道：「好了瑩妹，聽聽思龍有什麼話說吧！你對他這麼凶，可得小心其他的姐姐心痛思龍噢！」

張碧瑩鬆開項思龍的耳朵，嘟起小嘴，白了曾盈一眼道：「你就是這麼護著他！這沒良心的，我們在這一年多來，不知為他吃了多少苦頭，他卻背著我們在外面風流快活，你說應不應該給他點懲罰？」

頓了頓又抿嘴笑道：「是不是盈姐也為他心痛了？拍這傢伙的馬屁，我看他還是會賊性不改，專門勾引良家少女！」

曾盈俏臉一紅，不置可否的笑笑。項思龍則是在連聲：「應該懲罰！應該懲罰！」

一雙怪手伸向二位挺起的大腹撫摸著道：「哇！我們的小寶寶也知道他們的爹爹來看望他們了呢！倒不知是兩個漂亮的小公主還是兩個英俊的小王子？嘿，最好是兩胞龍鳳胎，如此一個像他們的爹爹我這麼瀟灑，一個像他們的娘親那麼漂亮，到時不知會迷倒多少俊男美女。」

張碧瑩和曾盈好久沒有與項思龍親熱了，這刻被他富有挑逗的一摸，均頓覺渾身有些酥綿綿的，差點倒撲進項思龍懷中，兩張成熟迷人的俏臉也都升起一片生理需求的紅潮，口中的呼吸也不覺渾沉濁重起來。

項思龍見了二女情動如潮的姿態，忙收了作怪的雙手，扶正她們道：「我知道兩位娘子為我忍受了多少痛苦，今後我一定要加倍的補償你們，對我們不久將要出生的寶寶也關懷備至。」

曾盈和張碧瑩正被項思龍差點挑逗起壓抑已久的慾火，聞言芳心竊喜，臉上卻是為自己方才的羞態而羞愧得不敢抬起頭來。

天絕這時又笑嘻嘻的道：「女人啊！是刀子嘴豆腐心，最經不得男人哄。心裡明明愛煞了自己心愛的男人，嘴上卻還是凶巴巴的，實際上還不是為了向男人撒撒嬌氣，要男人哄她一下。」

上官蓮聽得失笑道：「呵，你這老鬼一輩子未曾娶過老婆，對女人心理卻還挺有研究的呢！是不是暗地裡養了什麼情婦啊？」

天絕架招不住，連連搖頭怪叫道：「沒有！沒有！絕對沒有！你也知道我們兄弟所練的天絕地滅神功乃是需要保持童子之身的，否則……」

項思龍聞言，「哇卡」一聲的嬉然叫道：「什麼？兩位義父還是兩個老處男？這……我這做義子的，可真是太不孝道了吧！哪一天可要帶兩位義父去青樓逛逛，讓你們體驗一下……」

項思龍的話還沒說完，舒蘭英和張碧瑩同時嬌吟一聲，舉拳衝向項思龍，大聲喝道：「你說什麼？有種再說一遍！家裡這麼多嬌妻美妾了還嫌不夠，竟要上青樓去鬼混？」

項思龍知道自己口不擇言說錯了話，忙大叫「饒命」的道：「兩位娘子休怒，聽為夫把話說完嘛！我帶兩位義父去青樓，只是作個陪客而已。其實青樓裡的那些庸脂俗粉，哪裡比得上諸位娘子呢？」

舒蘭英和張碧瑩聽了這話，放下作勢欲打的拳頭，嗔道：「算你識相！這次就饒了你，下次可就沒這麼便宜了！」

項思龍心叫「哪裡還敢有下次時」，不想韓信卻插口道：「說起青樓，倒也不全都是庸俗之女。像在西域有一座叫作『天鳳閣』的青樓裡，有一名妓石慧芳，一身軟骨功夫不說，對於琴棋書畫歌詞詩賦更是樣樣精通，其氣質之高雅，容貌之俏麗，可說也是世所少見。

「據聞她乃是七國末期四大名妓排名第三的軟骨女石秦芳之女。此女雖在青樓，但卻有個規矩，要見她的人必須能闖過她所定下的『文武三關』，否則一概不見。

「出道兩年以來，不知驚動了西域多少風流公子，但見著她面的人只有三人，一是西域與現今的地冥鬼府勢均力敵的『風雷堡』少主荊無命。二是在西域裡神秘莫測的夢恨秦。三是在西域裡素有『尋龍』之稱的范增真人。」

項思龍本是對韓信所說的名妓石慧芳的什麼「文武三關」生出些許興趣來，聽到最後聞得「范增」之名，神經質的跳了起來失聲道：「什麼？范增？他差不多有七十多歲了，怎麼會也上青樓呢？」

韓信聽了大奇道：「二弟也知悉范增這人嗎？」

項思龍頓知自己失言，差點洩露天機，忙整頓情緒，神情還是有些不自然的解釋道：「不熟悉！只是聽大哥說他是什麼『尋龍真人』，所以推測他的年紀肯定是不小了。對了，大哥對這人的情況可否熟悉呢？」

韓信雖覺項思龍言不盡實，心下大感懷疑，但卻還是忍住心中困惑的答道：「也只是略有耳聞而已。據聞此人上知天文地理，下懂兵法戰術，且能預知未來，是個頗有卓識遠見的人。他是楚國故人，對恢復舊楚懷有極大的熱情。楚國名將項燕之後，項梁、項羽叔侄二人吳中起義的消息傳到西域後，最為興奮的人就是范增。他曾預言陳勝、吳廣的農民起義成不了什麼氣候，不想卻果也被他測中。」頓了頓又道：「此老胸懷遠大，二弟是不是有意網羅他呢？」

項思龍搖了搖頭，心下苦笑。這世上還有誰能比自己和父親項少龍更知道范增的才識呢？若不是陳平用離間計挑撥了范增和項羽之間的不和，害得范增自殺，中國的歷史或許將被改寫，稱王稱霸的將是項羽而不是劉邦了！

看來韓信口中所說的范增就是歷史上的范增了！自己該怎麼辦呢？項羽若是有了范增之助，將會如虎添翼，再加上父親項少龍，邦弟爭得天下的希望還有幾分呢？

歷史上著名的鴻門宴就是由范增一手策劃的，邦弟就差一點給項莊刺死。現又有了個如自己一樣熟悉這時代歷史的父親項少龍在助項羽，那鴻門宴一局可能……

項思龍愈想愈是心驚，突地一個膽大而又讓他也不由自主的顫了顫的念頭，在項思龍心中一掠而過——殺了范增！那不就為劉邦除去一個勁敵了？同時也等若斬去了項羽的一條左膀右臂！

這個惡毒的念頭在項思龍胸中閃過時，項思龍全身的血液顯得洶湧而又冰冷。

但是……如殺了范增，那自己不就等若在以身犯科、改變歷史了？這……到底如何是好呢？

項思龍完全沉浸在了一種痛苦的沉思中，不由伸手狠命的抓了抓頭髮。

韓信見得了項思龍的異態，知道范增這人定在項思龍心中大有問題，至於是什麼，自是非他所能夠測知的了。

輕輕的咳了一聲，韓信滿懷疑問的打破項思龍的沉思道：「二弟，你怎麼啦？心裡在想些什麼呢？這麼出神？」

項思龍斂回心神，苦笑著胡編道：「我……沒什麼！只是在想……想見見范增！」

韓信雖知項思龍言不由衷，但卻還是輕笑道：「這個容易得很，在下有一結拜兄長名叫蒯通，與范老先生甚熟，等到了西域，二弟將我信函拿去見蒯兄，讓他帶你去見范增就是了。」

項思龍聽得「蒯通」之名，甚覺熟悉，記起歷史上韓信身邊就有一個叫蒯通的謀士，不由大喜的心念一動道：「我看大哥還是先陪我去西域拜見范增吧！且我也想結識大哥口中的蒯兄呢！」

韓信想不到項思龍會因聽得「范增」之名而改變讓自己先去「投靠」項梁的計畫，可見范增在項思龍心目中的重要性，只是項思龍似乎並不認識范增，卻又為何對他如此看重呢？

任他韓信就是聰明絕頂，也永遠想不到項思龍是他們這時代二千多年以後的「現代人」，熟悉著他們這個時代的歷史。

微微一愣之下，韓信點頭道：「一切就依二弟之言吧！噢，天色也已快亮了呢，我們還是先回郡府中去安排一下雲中城的事情，休息一下再打點行裝整頓人馬，準備回西域吧！」

天絕和上官蓮等人一直因見項思龍面色沉重而沒有插嘴，這刻聽得韓信此言，天絕首先忍不住問項思龍道：「少主，那范增……」

項思龍現刻很不想再提范增之名，不待天絕把話說完，已打斷過來轉過話題道：「義父，你去料理一下羅剎雙豔吧，看看她們的傷勢怎麼樣了？要是嚴重的話，運功為她們治理一下。」

天絕聞言怪叫道：「我這一輩子最怕的就是騷娘們，這事兒還是交由我的幾個乾女兒吧！」

上官蓮捉狹道：「思龍其實這是一片孝心呢！他的幾個媳婦不准他去青樓鬼混，所以拿這兩個婆娘孝敬你們兄弟二人呢！真是狗咬呂洞賓，不識好人心！」頓了頓又道：「她們長得也還不錯啊！雖已是半徐老娘，但卻還是風韻猶存，身材苗條，皮膚嫩滑，床上功夫更是絕妙，我看……」

上官蓮還待說下去時，卻見曾盈、舒蘭英諸女都已羞紅了俏臉，張碧瑩更是捂住了耳朵，項思龍和韓信卻是啼笑皆非的皺起了眉，頓知自己說得太過露骨，老臉一紅，又道：「總之是她們還過得去的啦！要不要青青為你們兄弟二人穿紅線作紅娘啊？如此也不枉費項思龍一片好意嘛！」

天絕和地滅的老臉都被上官蓮說得脹成了豬肝色，前者惱羞成怒的道：「我們兄弟就是打一輩子光棍，也不會要這麼兩個妖女！」

不想羅剎雙豔這時剛巧已被朱玲玲和石青青給推拿醒了過來，聽得這話，二人睜開妖冶的雙目往發聲處望去，見得天絕的那副「尊容」，羅剎雙豔中的老大鳳媚嬌喝道：「憑你們兄弟那鬼樣，也想吃我們姐妹倆的豆腐，可真是癩蛤蟆想吃天鵝肉——癡心妄想！也不撒泡尿照照自己，長得像個怪物，卻還自命不凡呢！」

說到這裡，秀目轉望向項思龍，自我陶醉的柔聲道：「我們姐妹倆在苗疆雖是以淫蕩出名，卻也並不是可輕易陪男人上床的，除非是為了籠絡利用那些臭男人！只有項少俠才真正的讓我們一見傾心，甘願獻出自己的身體。」

朱玲玲聽得眉頭一皺，悶哼了一聲站起身來，走回到了舒蘭英身邊。石青青則是粉臉羞紅中帶著嚴厲的喝聲道：「鳳媚，不准你胡言亂語！快整理好衣服，去謝項少俠的不殺之恩！」

鳳媚對石青青似是還有些顧忌，聞言頓斂去了妖冶之態，臉色顯得有些灰暗蒼白的在石青青的攙扶下站起身來，與妹妹鳳嬌一起走到項思龍身前二尺之遙處，向項思龍拂了拂身子道：「妾身和妹二人，謝過項少俠的不殺之恩！」

項思龍大窘的默運內力托住她們身形，喏喏道：「這個……二位不必如此多禮！其實你們也只是被童千斤給利用罷了，現在冰釋前嫌，還望二位回苗疆後，為我們在你們門主面前多多美言幾句，以完全釋解我們之間的誤會。」

項思龍本想訓斥羅剎雙豔幾句，可自己也不知為何見得對方的嬌柔之態，竟是凶不起來。或許真是被姥姥上官蓮說動了，想撮合她們與天絕地滅兩位義父罷。

羅剎雙豔似也想不到項思龍對自己二人說話的語氣如此委婉，微微怔了怔後，鳳媚點頭道：「我們一定會向門主說起項少俠對我們姐妹及我們公主的恩情，至於能不能化解雙方怨仇，卻並不是我們所能決定的。不過，想來少俠殺了童千斤，門主是不會輕易放過你的吧！」

說到這裡頓了頓又道：「當然，這只是妾身給項少俠的一個忠告。其實少俠破了我們公主的冰蠶毒蠱，只要你再移駕我們苗疆，破了我們門主的七步毒蠍，任何矛盾都可迎刃而解。」

說著時眼睛不經意的瞟了一眼正含情默默的望著項思龍的石青青。

不待項思龍答話，天絕已是沒有好氣的道：「不勞你這妖女費心，我們少主自有辦法應付你們那勞什子的門主。若是傷勢無礙，你們兩個就給我快些滾回苗疆去吧！」

鳳媚聞言臉色連變時，項思龍已喝止天絕道：「義父，你倆就少說兩句行不行？俗話說『多一個朋友多一份力量』，我們目前對任何可以化解的怨仇都應該以和為貴，不宜樹敵。」

說完又轉向鳳媚道：「鳳姑娘還請多多擔待一二，我義父就是這麼個火爆性子，其實心腸卻是很好。」

石青青又接口道：「方才我的內傷和你們的內傷都還是這位老人家給運功治好的呢！」

聽得這話，鳳媚的臉色稍稍緩和了些，橫瞪了天絕一眼，卻見他也正瞪著一雙怪眼，氣呼呼的盯著自己，不由「撲哧」笑了起來道：「算了，也怪我剛才語氣太重太損了點。」

天絕其實對羅剎雙豔是無什麼好感，但逼得人家拒絕性的冷熱譏諷，反讓他生出一股爭強好勝的氣來，心中湧生起一種古怪的感覺，所以對她們出言冷狠無情，而實則卻又感受到一種前所未有的刺激，見得鳳媚這刻的笑容，不由看得呆了呆，老臉竟是升起一股紅潮來。

上官蓮見了若有所悟的笑道：「鳳姑娘若不嫌棄，就暫且留下來，待傷勢好了後，再回苗疆可以麼？要不，等我們西域的事情一了，就讓項思龍與你們一起去苗疆拜見你們門主？」

鳳媚看得出這發話的老婦人連項思龍都對她尊敬有加，身分自是不低，所說的話自也大有威信，心下也想與項思龍多親近一些時日，聞言欣然應承道：「如此就打攪項少俠和老夫人了！」

項思龍和韓信等自是看得出上官蓮留挽羅剎雙豔的言外之意，都相互對望一眼，會心的一笑，望向了還在餘氣未消的天絕。

天絕聽得鳳媚願意留下來，心中有一股自己也說不上來的興奮感覺，卻見地滅也正傻愣愣的直看著鳳嬌時，一股氣又不打自來的喝斥道：「地滅，你看什麼看啊？還不快去打點眾武士準備回府？傻呼呼的！」

項思龍雖覺天絕地滅之態甚是好笑，卻也被他提醒過來，忙道：「是了，天色不早了，大家準備回郡府去吧！大哥，你和傅姑娘去料理那些匈奴兵，二義父就領四護法四執法去處理我們鬼府傷亡的武士。」

諸般事情吩咐完畢，東方的天空中已是出現了一輪微紅的金光，把空中的朝霞給映照得更紅更亮更是耀眼，此時校場中的火勢也剛好熄滅下來，只剩下零零星星的幾處火光了。

項思龍叫韓信留了一批他的心腹匈奴武士鎮守雲中郡城，又從韓信和傅雪君的隊伍中分別選拔出了一批武功機智出類拔萃忠心耿耿的人，來掌管二十幾萬匈奴兵，至於真主一位則因沒有合適的人選，所以暫且空了下來。

忙完了這些事情，天色又已是黃昏，項思龍於是下令叫大家休息一晚，明晨進發西域。

不少匈奴武士都親眼目睹過項思龍的神功天威，對他甚是心服口服，再一傳十，十傳百，二十幾萬匈奴武士已是無人不知項思龍的威名了，所以雖有童千斤和達多以及諸葛長風的死黨心腹，一時卻也在這氣氛渲染下，對項思龍敬服起來，更不用說膽敢興風作浪了。

警衛防範工作自有韓信等人去安排，項思龍喝完慶功宴後，帶著幾分酒意的來到了曾盈和張碧瑩的廂房。輕輕推開門舉目望去，卻見二女正嬉笑著你摸我的大腹我摸你的大腹。

故意咳了一聲，讓得二女窘羞的望著自己後，項思龍嬉皮笑臉的道：「二位娘子剛才在對我們的乖寶寶說些什麼啊？是不是在對他們說：你們的爹爹怎麼還不來看你們的娘啊？」

曾盈羞紅著臉低垂下頭去，張碧瑩卻是嬌聲咳怒道：「好啊，今晨的帳我還沒跟你算清呢，想不到現在卻送上門來了！快過來，給我老實交代，你在我們不在你身邊的這段時間裡，到底泡上了多少個姑娘？」

項思龍假裝哭喪著臉道：「你也見到了，我可沒去勾引人家姑娘，是她們死纏著我不放。沒得辦法，只好勉為其難的娶了她們啦！不過，也不算多，連你們二人和青青姑娘和雪君姑娘加起來總共也才不過十七八個而已。」

這下是連得曾盈也醋意大發的與張碧瑩同時失聲叫了起來道：「什麼？十七八個也不算多？你還準備娶多少個啊？」

項思龍走到床沿坐了下來，邊準備去拉二女纖柔的小手，邊漫不經心的道：「這個我也不知道，反正不用花錢娶老婆，自是多多益善了！」

曾盈的小手被項思龍抓住時，只是象徵性的輕輕掙了幾下，張碧瑩則是把手一縮，揪向項思龍的手臂大發雌威的哭聲道：「你這沒良心的，虧我和盈姐還為你忍辱吞聲的貞守名節，你卻……你……你對得起我們嗎？」

說完竟是掩面大哭起來，淚珠兒滾滾而下。

這一下可把項思龍急得手足無措起來，忙收了俏皮之態，誠惶誠恐的哄聲道：「好娘子，乖娘子，不要哭了，每天給浸在淚罈子裡，到時生下來的小公主可就不漂亮了。好，好，都是我不好，都是我錯了，懲罰我好了吧！」

說著抬舉手掌左右開弓的向自己臉上「啪啪啪」的一陣猛搧，不多時已是紅腫了起來。

張碧瑩想不到項思龍自己打自己竟也如此重手，忙頓住了哭聲，無限憐愛的伸手撫摸著項思龍的臉頰，嗔道：「出手幹嘛這麼重啊？打得人家都心痛了！瞧，盈姐都流出淚來了呢！」

項思龍見得佳人的嬌態，心中一甜的笑道：「只要娘子不生我的氣了，這點痛又算得了什麼呢？」

說著時雙目深情一片的望著二女，心中突地感慨萬千起來。

曾盈和張碧瑩是自己來到這古代以後所最初接觸的兩個女性，都給過自己無限的關愛，說起與眾女的感情來，自是與她倆最深。

這一年多以來她們吃的苦頭自己可想而知，確實是深深的虧負著她們太多的感情，以後可真得多補償她們一些疼愛，以撫慰她們受創傷的心靈，不能讓她們再受任何委屈了。

曾盈和張碧瑩見著項思龍沉默無語的望著自己二人的目光，心中均升起無限的溫情。

時間在靜默中交替升華著三人心中的感情。

突的一聲敲門聲把項思龍和曾盈、張碧瑩驚覺過來，只聽得玉貞的聲音在門外道：「二位夫人，晚膳送來了！」

說著，顯得清瘦些許，卻仍是俏麗迷人的玉貞已是推門走了進來，見得項思龍三人的神色，紅著臉低聲道：「對不起，夫人，公子，打攪你們談心了！」

放下了盛裝飯菜的托盤，玉貞正準備退出時，項思龍喊住了她道：「貞兒，一起吃吧！」

玉貞愣了愣，不知所措時，張碧瑩也笑著喊道：「貞妹，你也是項思龍的寵妾呢，就不要如此拘束了嘛！這一年多來，我們可全虧你的悉心照顧，也正是讓你受累了！」

頓了頓又衝項思龍咳喝道：「我和盈姐不便向貞妹行禮道謝，你還不快去替我們謝過貞妹，就算是對你的懲罰好了！」

項思龍聞言如逢大赦的站起，幾個大步走到玉貞身前，向她深深鞠了一躬道：「貞兒，為夫這廂為盈盈和碧瑩謝謝你了！」

玉貞受寵若驚的忙也向項思龍還禮，音帶喜悅的泣腔道：「少爺，你……照顧兩位夫人乃是玉貞的本份，怎敢受少爺如此大禮呢？」

不想張碧瑩卻對項思龍大為不滿的又喝道：「是叫你跪下行禮，你以為躬一下身就行了嗎？」

項思龍聞言，頓也乖乖的準備向玉貞下跪時，嚇得玉貞手忙腳亂上前想拉住項思龍，不想心裡恐惶過度，立腳不穩，一頭栽倒進項思龍懷中。

項思龍心中大樂，忙乘機一把抱緊玉貞，輕親了一下她的櫻桃小口，柔聲道：「貞兒，你是我項思龍的愛妾，不必總把自己當作下人看待的！」

頓了頓，又親了一下她緊閉的秀眸道：「好，自今日起，貞兒就升級為正室妻子，以後可得叫我『親親龍哥』或『夫君項思龍了』！」

聽得這話，曾盈和張碧瑩皆齊聲歡呼，倒沒有計較項思龍後面對玉貞的輕薄話兒。

玉貞則是驚喜得整個嬌軀都給急劇的震顫起來，不由自主的也摟緊了項思龍的虎腰，主動的與他唇舌交纏起來，任由秀目中的淚珠順著臉頰流下。

曾盈和張碧瑩看得臉上露出真正的歡快笑容，不約而同的拍起手掌來。後者待項思龍挽著羞不可抑的玉貞走到床沿時道：「今晚思龍你就去陪玉貞吧！可不許中途脫逃去會其他的夫人！要是玉貞明晨告訴我你沒有陪她一晚，你看我可饒得不了你！」

項思龍輕撫著玉貞的小手道：「像貞兒這麼標緻的老婆，摟在懷裡一晚怎麼夠呢？至少也得十晚，不，一輩子也樂意啊！」

玉貞赧然甜笑，四人一起在其樂融融的氣氛中用完膳後，項思龍挽了玉貞往隔壁的廂房走去，自是享不盡的溫柔春光，讓得項思龍與玉貞一次一次的達到靈和慾交融的高峰。

忙活了大半夜，項思龍剛剛進入睡眠之中，韓信的聲音傳來道：：「二弟，二弟，快醒來！郡府有一群不速之客來了！」

項思龍一震驚醒而起，快速的穿好衣衫後，剛一出門就見得韓信正顯一臉古怪之色，似驚似急，似疑似憂，忙道：「大哥，到底出了什麼事了？竟然連你也解決不了？是不是強敵來犯？」

韓信搖頭道：「是來了一個叫作騰翼的中年漢子，他領有二十多名看來武功不俗的武士向我們打聽西域有沒有一個叫作范增的老者。我看事情有些怪然，所以……」不待韓信的話說完，項思龍已失聲驚叫道：「什麼？騰翼！」

項思龍只覺一顆心直往下沉。

父親項少龍也終於派人來找范增了，看來他已是決意改變歷史，不惜與自己兵戈相見了。

到底與騰翼見不見面呢？

想來父親不可能洩露太多的機密與騰翼知道，否則騰翼不可能不知道韓信的名字。

但若與騰翼見面了，自己的行藏就已暴露，這對自己是福是禍還是個未知數。然而不與他見面呢，過不了多少時日，憑騰翼的精明，還是會探知自己底細的。

把他們擒禁起來！項思龍腦中驀地閃過這個念頭，目中厲芒一閃，咬了咬牙對韓信道：「招集二位義父和鬼青王以及四護法四執法等一批高手，準備擒下這騰翼一幫人！記住，只許生擒，不可讓他們有得任何傷亡！」

韓信愈來愈覺項思龍身上的神秘莫測，雖是有著滿肚子的疑惑，卻也知自己即便發問，也還是問不出個什麼結果來，但看項思龍面色沉重，頓也知事態的嚴重，忙點頭應「是」，道：「我這就依二弟的指示去辦！」

話音剛落，身形幾個起伏，已是消失不見。

項思龍望著本是一片沉寂的郡府，此時又已點起的盞盞燈光，長長的歎了一口氣。自己這般做來到底是對還是錯？

騰翼雖是與自己刀劍相接過，但終究是對自己在吳中郡城的這段時間裡都是關懷備至，而自己現刻的做法，在以個人感情的立場來說，是有點恩將仇報的味道；但以維護歷史重任的這個角度來說，自己這般做來卻又並不顯得過分。

唉，是非功過，成敗得失，自有後人評說，自己何必去想得這麼多讓自己心煩呢？

只要自己的所作所為不有愧於天地良心，也就足以自我安慰了！

項思龍苦笑著抬頭望了望夜空，星際廣布的天幕上已不知何時蒙上了一層烏黑的濃雲，只有少數幾顆顯得微弱而又暗淡的星星在烏雲散開的間隙間閃爍著，似乎在作想衝破烏雲籠蓋的掙扎，而又顯得甚是力不從心。

看來星空的變化也在預示著自己本不平靜的生活中又要再起風雲了！

前面等著自己的路到底有多坎坷呢？

自己歷史使命的解脫到底要等到何時呢？

一潭本已清澈的潭水，已經被自己和父親項少龍攪得愈來愈是混濁了，到底到什麼時候才能得以沉澱下來呢？

是歷史悲劇又或親情悲劇的洗禮嗎？

這……將是一個多麼讓人難以接受的殘酷現實啊！自己決不能讓任何一種形式的悲劇發生。

歷史不能被改變！劉邦、項羽、父親和自己更不能相互殘殺！

但是，自己需要如何去做才能得以實現這個理想呢？

歷史和自己、父親項少龍、劉邦、項羽都已經被捲入了一個已是無法退卻的漩渦中去了，除非是流血和犧牲才可以平息這場風暴。

然無論哪方敗了，當事實的真相被揭穿出來時，另一方的心中都會留下一道永遠抹不去的深深傷痕，這道傷痕會讓人痛苦一輩子！

項思龍只覺心中都快流出苦水來。

楚漢相爭的時日已是越來越近了，這也預示著一場慘痛的歷史悲劇已是快降臨了。

自己作為一個扮演這悲劇中的一份子，作為一知悉這悲劇劇情發展的第二人，卻無力扭轉這悲劇的乾坤，只能眼睜睜的看著悲劇的發生，這是何等叫人痛心的現實！

項思龍感覺自己的眼角都在發脹，伸手擦了把臉後，振作起幾分精神來，口中喃喃自語的道：「無論悲劇怎樣的淒慘，自己還是得擔負起維護歷史不被改變的重任，哪怕是……」

項思龍的話尚未說完，只聽得一陣兵刃交擊之聲向自己這邊靠來，一個熟悉而又氣憤，但卻穩沉的聲音傳來道：「韓將軍，你們為什麼要這般的對待我們？我們求見問路，全都是以禮相待，彼此之間也從無怨仇，你們……」

韓信的聲音冷笑著喝道：「你們中原人最是陰險毒辣，誰知道你們是不是秦狗派來的奸細?哼，我們匈奴國被你們秦人欺辱夠了!這次你們中原內亂，正好是我們得以揚眉吐氣的時候!若是被你們混入我們國中，暗下擒了我們真主和一些王室中人來要脅我們，那我鎮守這雲中城豈不是失職了?還是少囉唆，在手底下分出個高低來吧!讓你們這些秦狗也見識見識我們匈奴國武功的真正厲害!」

話音剛落，又是一陣「噹噹噹」的兵器磕擊之聲。騰翼似是顯得有些惱怒而又惶急的道:「我們不是秦王派來的奸細!其實我們也都恨秦朝入骨，恨不得它馬上倒台呢!韓將軍能挺身抗秦，說來我們還是志同道合呢!我看還是坐下來好好商量，免得傷了和氣吧!」

第三章　風雲再變

韓信引騰翼到得項思龍所在的偏房這邊，實則是想教項思龍來處置騰翼，半天不見項思龍有任何動靜，當下功力再提升兩層，招式也倏地加快加沉，想儘快解決騰翼，免得節外生枝，引得項思龍不悅，但心下卻也對眼前這沉穩精明的中年漢子生出幾許莫名的好感來。

騰翼似想不到韓信武功還大有保留，見他手中長劍快若猛龍出海，向自己旋風般的襲來，忙展開「墨氏劍法」中最厲害的一式「攻守兼備」來應招。

但怎奈韓信的長劍似釋發出一股強大無比的吸力，讓他的招式無法舒暢展開，速度比預期中的慢了一倍有多，待他劍招剛使了一半時，韓信的長劍已是架在了他的頸脖間。

這是什麼高深的內力？自己的內勁在對方內力之下簡直如一個手無縛雞之力的小孩童般，根本起不了絲毫作用，就是三弟少龍也決難是這韓信的敵手，或許只有羽兒的「戰神不敗神功」才可以與之一較長短了！

一個小小的匈奴國，竟然出了個如此功高絕頂的高手，也不知是中原的禍端還是福音？

想到這裡，騰翼棄掉了手中長劍，歎了口氣，顯得甚是傷感的道：「韓將軍武功蓋世，在下敗了，要殺要剮悉聽尊便！不過還請能手下留情，網開一面，放過在下的一眾兄弟！」

韓信見得騰翼敢作敢當能伸能屈的氣概，心中愈發對他生出好感來，喝了聲：「好漢子！」

收了長劍，哈哈大笑道：「騰兄弟如此的不畏個人生死，關心兄弟安全的英雄氣概，真的是讓在下敬佩非常！至於騰兄弟諸位的發落處置，在下並作不了主，我帶你去見我家少主，讓他來定奪吧！其實我家少主還是騰兄熟人呢！」

韓信說出這麼一番話來，是因得到了項思龍傳音入密的傳話，叫他對騰翼客氣一些，帶騰翼到客廳去見項思龍。

騰翼對韓信的話大惑不解，問道：「你家少主與我是熟人？這怎麼可能呢？

我可還是生平第一次來西域，根本不可能認識你們少主！」

韓信也是一肚子的困惑，但嘴上卻是故作神秘的笑道：「騰兄去見見我家少主，不就知道了？」

騰翼點了點頭，正待說話時，天絕卻突地飛奔而來，衝韓信道：「小……韓將軍，那二十幾個傢伙已被搞定了，沒有一個逃脫的！」

騰翼聽得心中猛地一沉，失聲道：「什麼？你們把我的所有兄弟全給殺了？」言語間，握緊拳頭就欲衝向天絕與他拚命。

幸得天絕回答得快道：「一個也沒殺，只是擒下去罷了。知不知道你們很走狗屎運也？我們少主不允許我們動你們一根汗毛，害得老子差點挨了幾劍，真晦氣！」

騰翼頓住了前衝的身形，放下離天絕已是不到一尺之遙的拳頭，尷尬的道：「這……老前輩，我……對不起了！」

天絕神情古怪的看著騰翼緩緩放下的拳頭，突地大吼道：「你剛才叫我什麼？老前輩？我真的很老嗎？告訴你這小子，老子還沒娶媳婦，是個童子之身呢！」

騰翼聽得啞然失措，韓信則不由失聲笑出。

天絕說完餘怒未消的瞪著騰翼繼續道：「剛才舉著拳頭幹什麼？是不是以為我老了好欺負啊？告訴你小子，你既然不是韓將軍之敵，也就更接不下我一招『天魔無影爪』！」

騰翼神色大變的脫口道：「天魔無影爪？那不是五百年前『天魔尊者』前輩的成名絕技嗎？前輩怎麼會……你老是『天魔尊者』前輩的後繼者麼？」

這下輪得天絕大訝道：「小子，你也知道我師父的大名？是從何處得知的，快快給我從實說來，否則我割了你的舌！」

韓信這時也生出興趣來，凝神只聽騰翼恭身道：「我家有一本祖傳的拳譜，叫作『無影九式』，據上面記載此武功乃是先祖學自一叫作『天魔尊者』的前輩，裡面對天魔前輩的身世武功路數都略有記載，『無影九式』乃是『天魔無影爪』中最厲害的九招攻擊之招。

「天魔前輩傳此武功給先祖，乃是因為先祖救過天魔前輩一命。不過，日後先祖卻因擁有『無影九式』遭到江湖奸徒的追殺，次次危機都是天魔前輩所救的。所以我祖上立下遺訓，今後遇著天魔前輩及其後人，都必須知恩圖報。請前輩受晚生一拜！」說著向天絕跪下「咚咚咚」的給叩了三個響頭。

這下可弄得天絕不好意思起來，扶起騰翼後哂道：「老子最討厭婆婆媽媽的禮數了！對了，小子，你既然會『無影九式』，那就使出來讓我瞧瞧！」

騰翼臉上一紅道：「晚生對『無影九式』只會形招，而不能發揮出其真正威力，因為拳譜流傳至我這一代，上面只有招式解析而沒有了內功心法，所以……晚生使來可是獻醜了。」

看完騰翼所使出的一套「無影九式」，天絕不住頓首道：「嗯，的確是『天魔無影爪』中的精華招式，小子也使得似模似樣，只要配合以『天魔心法』，威力何止增加百倍！不過，可惜啊可惜，你小子卻是我家少主的敵人，連能不能保住性命都成問題呢！否則，我可真想收了你這個徒弟！」

韓信這時也記起項思龍的話來，忙道：「差點忘了，少主著我帶騰兄去見他呢！」

天絕說了聲：「走！」後又道：「那我也跟去看看！」

三人不消片刻就到得了郡府客廳門口，正在廳內來回踩著方步的項思龍聞得腳步聲，一顆本是凌亂的心又給懸掛了起來。

項思龍和騰翼的目光相觸，後者禁不住「啊」的叫出聲來，怔怔的看著項思龍，臉上的表情怪異之極，似驚似喜，似愁似憂。

項思龍因心中早作了準備，反應沒有騰翼那麼劇烈，只心神一震後，平靜的衝著騰翼笑道：「騰伯伯別來無恙否？我爹他還好嗎？」

邊說話時邊向都是一臉困惑之色的韓信與天絕揮了揮手，示意他們出去後，接著又道：「項家軍現在情勢尚好吧？騰伯伯竟然有得空暇來西域？」

騰翼對項思龍一連串的問話都似置若未聞，只一瞬不瞬的盯著項思龍，臉上的肌肉不斷的微微抽動著，顯是內心波動極大。

二人沉默著對視了良久後，騰翼才長長的緩了一口氣，聲音有些激動的道：「你爹他很想念你！自從你離開吳中郡城後，他就一直顯得鬱鬱寡歡，很少見他有開心的時候。

「他為你承受了多方面的壓力，你岳父管中邪他也放了。王翔和軍中對你爹私放了你和管中邪的反感很大，差一點都要弄出亂子來了。

「直到在攻打胡陵城一役中，因章邯率軍援助胡陵，致使項家軍差點全軍覆沒。你爹為了救大軍脫困，只帶領了五千人馬拖住了章邯的人馬，才使大夥一舉攻下了胡陵，但是你爹卻因此身受重傷，連命都快沒了，虧得鄒衍先生醫術高明，才保住了一命，但一雙腿卻癱瘓了。

「王翔和軍中士兵大受感動，釋解了對你爹的怨恨，你爹才得以恢復了在軍中的威信。他曾四處派人打聽你的消息，可皆都杳無音信，使得他的頭髮都快白了一半了。項思龍，我不知道你和你爹之間到底有什麼隔閡，但他是真的很想念你！」

項思龍聽得心中思潮洶湧，虎目中淚珠兒不停的在眼圈打著轉，語音震顫的道：「那……我爹現在他的身體還好吧？」

騰翼這刻已是情難自控的熱淚縱橫道：「他身體是還算健朗，只是心病太重了，經常失眠，那憂鬱的樣子叫人看了心痛。」

項思龍再也忍不住的落下淚來，過得許久，才平靜下心懷，歎了一口氣道：「俗話說『人在江湖，身不由己』，我想這句話也可改為『人在歷史，身不由己』吧！

「歷史既已選擇了我們父子倆要擔負起不同的歷史責任，那麼也就註定了我們的命運中必須承受別人所不能體會的痛苦。

「騰伯伯，爹能有你這麼一位肝膽相照，願為他兩肋插刀的兄長，可也真是足以讓他快慰生平了。但是作為歷史責任的一個承擔者，我不得不狠下心腸來與你為敵，希望伯伯能諒解我的苦衷。」

騰翼這時也斂回了心神，點了點頭道：「你們父子倆身上都有著許多讓人捉摸不透的秘密，有時候我真懷疑你們到底是不是這個世界裡的人，還是天外派到我們這世上來拯救我們這個多苦多難的歷史的呢？但看到你們卻又像我們一樣有血有肉有感情，使得我不得不推翻了我這個顯得近乎有些荒誕的推測。

「唉，像你們父子倆這樣的人生活得可真是有點太累了！其實你們為何不能統一戰線呢？那樣不就一切矛盾和痛苦都沒有了嗎？執著有時候卻也並不是一件好事呢！寬容才可以讓人活得開心和真實。」

項思龍聽得心下苦笑，其實自己又何嘗不希望與父親開開心心的和諧相處呢？但是自己父子二人之間誰也不會放棄自己的理想和責任啊！這個不可調解的矛盾已經註定了自己和父親是絕對不可能走到一起的了。

無論如何自己不會拋下劉邦不顧，而父親也絕不會放棄自己的雄心壯志，不會眼睜睜的看著自己一手撫養長大、一手培養成才的項羽，被劉邦逼死於烏江自刎！

自己和父親的鬥爭，已是自己父子二人命運中註定了的一個宿命陰影！

項思龍神情再度顯出痛苦之色，突地轉過話題道：「我爹這次派騰伯伯來西域找范增幹嘛？范先生已是一個年過七旬的老翁，難道還有什麼利用價值不成？我看騰伯伯還是打道回去吧，就不要破壞范老先生的清靜生活了。」

騰翼臉上神色一肅道：「我雖不知道三弟派我來找范增的緣由是什麼，但我既已接令，除非是劍毀人亡，否則決不會半途而廢！」

項思龍聞言心底大是鬆了一口氣，剛才他那問話就是試探騰翼，看看父親有沒有向他洩露天機。臉上卻是神色變冷的道：「騰伯伯現在已是我的階下之囚，似乎已經沒有選擇的餘地了！我看你還是領了眾屬下回去吧，要是爹責怪起你來，你就說是受我阻撓罷了。」

騰翼剛毅的道：「不，我既已敗了，哪還有得臉面回去見三弟和諸眾將軍呢？項思龍，我沒有其他的請求，但求你放過我其他的兄弟，我就是死在你的劍下，也是死得瞑目了！」說完竟是「撲通」一聲向項思龍跪了下去。

項思龍見了大慌，躬身扶起騰翼，但騰翼卻是運功紋絲不動，使得項思龍也不得不使出真力才把騰翼扶了起來，喏喏道：「我……騰伯伯，思龍怎敢收你如此大禮呢？」

頓了頓又道：「勝敗乃兵家常事，騰伯伯不會不知道『留得青山在，不怕沒柴燒』這句話吧？只要你能有信心，總會實現自己的目標的！好，我答應你，放你們走後，只要你們不在我的實力範圍之內，你仍可去西域尋找范增。不過，我也會去尋他。誰先找到范增，和范增願意跟誰走，那就各看天命了。」

騰翼「唰」的一下又落下淚來，這次是向項思龍抱拳道：「項少主此恩此德，我騰翼當永銘記於心！願我們後會有期！」

項思龍極力使心懷平靜下來道：「還是不要見面的好，下次再見或許就要兵戈相向了！」

說到這裡，凝功用傳意入密功夫招進韓信和天絕道：「你們把騰壯士的兄弟們都放了，交由騰壯士帶走，傳令下去，任何人不得阻攔！」

韓信是一臉的不解之色，天絕卻是大喜道：「原來少主和騰小子是熟識的啊！嘿，害得我白白擔心了一場！對了，少主，我有個不請之請，就是想收了這騰小子作我們兄弟的首席入室關門弟子，不知你同不同意呢？」

項思龍沉吟不語時，騰翼雖是心下興奮，卻也不願意讓項思龍難做，當下一口拒絕道：「多謝前輩對晚生的一片厚愛，不過晚生資質愚鈍，又怎配作前輩的弟子呢？我看前輩還是另選他人吧！對了，二位，謝謝你們對我屬下的不殺之恩，咱們後會有期吧！」

說著就請韓信領他去見他的一眾下屬兄弟，只留下臉色甚是難看的天絕和望著騰翼的背影沉默不語的項思龍。

直到騰翼和韓信不見了，天絕才罵罵咧咧的道：「臭小子不識抬舉，舉天下之間不知有多少人想投在我門下呢？我若是貼張招徒告示，保證前來應徵的人可排上千兒八百里的。我看上他也不知是他祖上積了幾世的陰德，才予以考慮的，不想他卻還不領情，真他媽的氣死我了！氣死我了！」

項思龍卻似乎絲毫沒有聽見天絕的言語，只一直望著漆黑的夜空，心中思緒萬千。

自從自己離開吳中以來，一直也都在掛念著父親項少龍，雖然彼此之間有著不可調解的恩恩怨怨，但在吳中的那段時日裡，卻是讓他真正的感受到了人世間的真愛，更主要的是讓他感受到了父親項少龍對他複雜難言的愛。

這愛已經植根於項思龍的心中，讓他在對父親怨恨的同時，卻也存在著一份牽腸掛肚的思念，這思念雖沒有熱戀中的戀人那般火熱，但卻更是有著一份痛心的深刻。

他是多麼希望能與父親融融洽洽的相處在一起，能自由出入現代和古代這條時空隧道，回到現代去與母親周香媚團聚，又來到這古代來與自己父子二人的朋友們生活在一起啊！

但是這卻是一個幻想，現實的殘酷和嚴峻讓得項思龍不得不繼續輾轉於這段艱苦和酸楚的古代旅程。

天絕見項思龍對自己毫不理睬，不由得更是發起老頑童般的性子大聲道：「喂！小子，你這麼出神的正在想些什麼呢？連我的話也沒聽見？是不是還在想著待會去與哪個丫頭親熱啊？」

項思龍被天絕叫得心神一震，不由得也惱怒的道：「叫什麼叫啊？你要是想女人的話你就去追鳳媚啊！給人家拒絕了，發什麼脾氣到我身上啊？難怪你這麼一大把年紀了還娶不到老婆！」

天絕被項思龍這一叫吼，卻是給壓下火來，愁眉苦臉的唉聲歎氣道：「少主罵得不錯！唉，都這麼一大把年紀了還是個光棍漢！我倒是沒什麼，卻累得地滅也陪著我虛度青春！」

項思龍見天絕主動認錯，也頓消了火氣道：「只要情意真，石頭也成金。義父，不要灰心，努力的去追羅刹雙豔吧！我看她們姐妹倆本性也並不算壞，只是後來的影響使得她們變成那樣子的，經過細心的開導調教啊，也可浪子回頭的嘛！二位義父不也被我精誠所致，金石為開了嗎？」

天絕聽得愁眉一展的不好意思道：「可是人家……卻嫌我們兄弟倆長得太醜了嘛！」

項思龍失笑道：「其實二位義父的醜模樣兒，卻也有另一種獷野粗糙的男性之美呢！只要明天叫蘭英和玲玲幫你們裝扮一手，包保不知有多少女人會為你們動心側目。不過那時可不要花心噢，否則就不能追得鳳媚的芳心了！」

天絕頓然興奮得像年輕了幾十歲般，有一種初戀的羞態道：「少主你就放心吧，我天絕用情定是天下最專一的人了！對了，這事情可得少主你多多提點幫忙噢！」

說到這裡，神神秘秘的四下探頭望了望，又壓低聲音道：「這件事情少主你可得暫且為我們保密啊！否則事兒沒弄好卻讓得大家知曉了，那我們兄弟可就出大醜了！嘿，我們是你義父，你也不會願意看到我們出醜吧！」

項思龍故意作弄道：「但說不定讓得大家都知道了，也有意想不到的好處呢！比如說羅剎雙豔迫於大家言論壓力，只得答應嫁給你們了。」

天絕搖頭一本正經的道：「強扭的瓜不甜，我天絕地滅兄弟二人追女人啊，就要追到女人的心，讓她們死心踏地的跟著我們！」

項思龍豎起左手大拇指道：「好！這話夠氣魄！義父追女人想不到比我還有一套！你看像我所娶的幾個老婆，一個個都如母老虎般，哪裡懂得溫柔嘛？更不用說對我死心踏地了！唉，這就是饑不擇食的下場了！」

話音剛落，卻聽得舒蘭英的聲音在身後響起道：「好啊，你在這裡說我們幾個姐妹的壞話！看我不告到碧瑩姐那裡去！」

這一番話可把項思龍嚇得魂飛魄散，要是張碧瑩知道了自己的這番勞騷那還了得，不跟自己吵個十天十夜才怪，忙轉過身子衝上前去，一把抱住距離自己不到兩米遠的舒蘭英，苦臉道：「好娘子，親娘子，我剛才說話是放屁，根本不作數的嘛！好了好了，不要去告訴碧瑩，我以後天天寵幸你好了吧！再說碧瑩現在有了身孕快要分娩了，要是讓得她生氣，氣壞了小寶寶，小心他不叫你五娘或六娘，七娘了！」

舒蘭英被項思龍後面的兩句話逗得笑了起來，但對前兩句話卻大發脾氣的道：「呵！原來你一直說話都是放屁，根本不作數的啊！那以前向我所說的喜歡我的話，是不是也不作數的啊？」

項思龍頭大如斗的都快哭了出來道：「這……這……這怎麼會呢！娘子？我不是說過了只是『剛才所說的話是放屁』，你……你不要雞蛋裡挑骨頭了好不好？」

舒蘭英見得項思龍的可憐模樣，不由得「撲哧」笑道：「看你以後還饒舌不？這次就饒了你了！不過可給記在帳上，到時再一併與你算！」

項思龍如逢大赦的狠親了舒蘭英的俏面一口道：「真是我的好娘子！你今

日的『大恩大德』，為夫當一輩子都不忘記！走，現在就讓我報答我的娘子去吧！」

說著牽起舒蘭英的手正欲走時，猛地記起張碧瑩告誡自己今晚必須陪玉貞的話來，不由得又喏喏道：「英兒，今晚不成了，碧瑩吩咐了我要陪貞兒一整晚的！」

舒蘭英正被項思龍說得芳心竊喜時，聞得此言頓如被潑了一瓢冰水般，熱情給冷了下來，嘟起小嘴巴怏怏的道：「既然這樣，那你就去陪你的貞兒好了！」

說完掙脫開被項思龍握著的小手，舉步就走。

項思龍怔怔的看著舒蘭英離去的身影，天絕突地走到他身邊，推了他一把，低聲道：「傻瓜，你就不能來個一箭雙雕嗎？把英兒帶到貞兒房中，既可享受溫柔之鄉，又可不違背自己的諾言。」

項思龍聞言，恍然大悟的一拍腦殼，大喜道：「對啊，我怎麼沒想到這個絕妙之法呢？」言罷，連向天絕招呼也沒打個，就衝入黑暗中，向舒蘭英已是隱隱約約的背影追去。

翌晨，項思龍一大早就被舒蘭英和玉貞的竊竊私語聲吵醒，偷偷的睜開雙目瞇成一條縫兒，只見二女光著無限美好的上身，正相互嬉笑打鬧著，舒蘭英更是邊撫摸著玉貞的一雙堅挺渾圓的乳房，邊笑道：「玉貞姐姐，你的波波可真是富有彈性啊！是不是項思龍他寵幸你的緣故啊？」

玉貞一臉羞紅，低聲道：「不，項思龍他總共也才不過寵幸我幾次呢！」

舒蘭英又道：「玉貞姐姐，你跟著項思龍已是有多長時日了？怎麼盈姐和碧瑩姐都有了身孕，而你的肚子卻不見動靜呢？」

玉貞神色一黯，幽幽道：「我以前只是泗水郡郡主陳平府中的一名歌妓，所以在我十四歲那年就已被實施了節育手術。」

舒蘭英身子一正，一臉愧色的道：「真是不好意思，小妹口不擇言，引起姐姐的傷心往事了。」

玉貞愁顏一展的笑道：「沒什麼，其實能作項思龍的妾室，我就已經感到很滿足了。項思龍有這麼多妻室，我不能生，你們可以生啊，我還是可以享受到作母親的幸福的！」

項思龍聽得這話大受感動，翻身起來一把抱住玉貞，與她一陣熱吻後，無限熱愛的道：「貞兒，你放心吧，我項思龍絕對不會因你不能生育而冷落你的！我一定會讓你感覺自己是一個幸福的女人！」

玉貞聽得秀目淚落道：「思龍，我現在就已經覺得自己是這世界上最幸福的女人了！」看著玉貞的憐人模樣，惹得舒蘭英也不禁雙目發紅，把頭輕輕的靠在項思龍的肩上。

三人就這樣摟摟抱抱了好一陣子，上官蓮的聲音在房外響起道：「龍兒，太陽都快曬到屁股了還不起來？大家都等著你用完早膳起程呢！」

項思龍應了聲：「馬上起來！」

在二女的侍候下著好衣衫，出了房門後，朱玲玲即端來梳洗用品，幫他梳洗完畢，項思龍親了一口朱玲玲，大發感慨道：「哇卡，有老婆的日子真好！」

打打鬧鬧的在朱玲玲的帶領下，來到了郡府客廳，卻見韓信、鬼青王和諸女都早就坐在那裡了，天絕和地滅則不時的拿一雙怪目望著有些嗔怒的羅剎雙豔。

見得項思龍進來，眾人都與他打過招呼後，項思龍坐到了上官蓮和韓信一席上，向上官蓮請過早安後，轉問韓信道：「大哥，人馬行裝是否都已經打點好了？早膳後可以出發了吧？」

韓信點頭道：「都安排妥當了，只等二弟一聲令下，隊伍就可馬上出發！」

項思龍卻突地舒了口氣道：「在這小小的雲中郡城雖只待了短短的幾天，想不到卻發生了這麼多的事情，不過卻是有驚無險，收穫最大的還是我們。只不知去西域的途中卻又會遇到些什麼凶險之事。但想來一般的人卻是不敢來動我們的吧！嘿，我們有二十來萬的兵馬呢！就是揮軍中原也可呼風喚雨了！」

韓信歎了口氣道：「只可惜這支兵馬都是匈奴兵，要不然倒真可領來揮軍中原！」

項思龍又轉過話題道：「在西域的匈奴國都中還有多少匈奴兵馬？達多和童千斤、諸葛長風他們都各還有多少心腹餘黨伏在國都？」

韓信略一沉吟後答道：「連真主的親衛軍在內，差不多還有八萬左右的兵馬鎮守國都，我看童千斤留守的心腹較多些，再說他是先真主之弟的親子，也甚得朝中悉知他身分的重臣的擁護。至於達多嘛，只有二萬多名親衛軍，諸葛長風以我看最多只有一萬左右的心腹。不過，只要我們二十來萬大軍一開進西域，他們都只有率先逃亡或投降的份兒，根本不敢抵抗，也沒有能力抵抗，二弟倒是不必為之擔心的，只是真主繼承人的選擇有些麻煩。」

項思龍黯然不語一陣，又轉向鬼青王道：「地冥鬼府中護法原先的勢力有多少？其中又有多少人是對你誓死盡忠的？還有，鬼靈王和鬼哭王、鬼笑王以你估計，他們到底有多少盡忠他們的高手？他們敢趁亂作反的王牌是什麼？」

面對項思龍這一連串的問話，鬼青王正準備回答時，突地只見一名鬼府武士神色驚慌的跑了進來，到得項思龍身前，喘著粗氣的道：「少主，不好了，我們地冥鬼府的武士有一半以上都似中了毒了！他們……」

這武士的話還未說完，卻見石青青和羅剎雙豔的臉色同時大變，失聲道：

「是門主來了！」

第四章　苗疆三娘

項思龍和韓信、上官蓮等聽得石青青和羅剎雙豔的話，也均都臉色大變。

這時一聲冷沉的聲音傳來道：「哼，你們三人現在心目中，還記得我這門主嗎？」

話音剛落，廳門外已是冉冉走進一個一身灰布素衣的中年婦人，年紀約在四十許間，一頭秀髮卻是銀白一片，厲芒灼灼的目光正陰沉沉的向石青青和羅剎雙豔射去，對項思龍等人卻似視若未睹，連眼睛餘光也未瞟一下。

上官蓮率先冷哼一聲，怒然道：「想來夫人就是苗疆五毒門門主苗疆三娘吧！只不過夫人大駕光臨雲中郡城，有何見教呢？」

灰衣婦人理也沒理上官蓮的話語，只逕自走到羅剎雙豔身前，冷冷的道：

「看來你們把我交給你們的事情都給忘到了九霄雲外了！竟然與敵人坐在一起有說有笑的！是不是又想嘗嘗赤煉蜂的滋味了？」

羅剎雙豔聽得這話，嚇得嬌軀劇烈的震顫起來，惶聲道：「門主開恩，屬下二人怎敢忘記你的吩咐？只不過項少俠的武功太過於厲害，屬下二人非他敵手，承蒙他不殺之恩，所以……」

羅剎雙豔的話還未說完，苗疆三娘就已打斷接口道：「所以就對這小子感恩戴德，準備背叛我五毒門了！」

天絕這時再也按捺不住，「呼」的一聲從座上站了起來，指著苗疆三娘憤然道：「你這臭婆娘，不要這麼囂張好不好？也不想想這裡現在是誰的地方？你以為你那見鬼去的弟弟童千斤，還是這裡的主人嗎？」

這一下苗疆三娘再也沒那麼平靜了，聞得天絕這話，猛的轉過身子，目光狠狠的盯著他，語音略顯震顫的一字一字道：「什麼？千斤死了？說！是誰殺了他？我要把這傢伙碎屍萬段！」

天絕嗤笑道：「就憑你這臭婆娘，也敢大言不慚的要為童千斤報仇？嘿，告訴你也無妨，那小子是我殺的，有本事你來把我碎屍萬段好了！」

苗疆三娘氣恨得牙齒咯咯作響，驀地冷喝一聲，右手一揮，一道銀白的絲質線索自她衣袖裡倏地飛出，有若一條迎風飛舞的銀蛇般，發出「嗤嗤」的破空之聲向天絕頭部擊去。

天絕冷吟一聲，巨大的身形沖天而起，同時指中射出一道道罡氣向苗疆三娘右腕擊去。

苗疆三娘似想不到看這怪老頭毫不起眼的，身手卻是如此靈活，且內力也是自己從未見過的高深莫測，心神暗暗一震，卻也毫不示弱的左手中食二指一開，發出幾道罡氣，與天絕的指勁硬接起來。

「轟轟」，二人指中內勁一觸，頓在空中炸開，天絕哈哈大笑一聲飛回座中。

苗疆三娘則被真氣爆炸的餘波給震得「蹬蹬蹬」的連退了四五步，嘴角亦也滲出血絲來。

石青青和羅剎雙豔見了同時大驚，前者嬌呼一聲，疾奔上前去扶住苗疆三娘，慌亂的道：「娘，你……你不打緊吧？」

苗疆三娘毫不領情的掙脫石青青的攙扶，哼了一聲道：「你還記得我是你娘嗎？那就放出『大將軍』，讓這老鬼見識見識我們五毒門的厲害！」

石青青一愣，喏喏道：「這個……娘……」

苗疆三娘並不知石青青的天蠶之王「大將軍」已被項思龍吞服了，見得石青青大感為難的模樣，還以為她不想放出「大將軍」來對付天絕，不由惱羞成怒的道：「好啊，連你這小妮子也背叛我了！與你那死去的爹是一路貨色！」

苗疆三娘說著時，竟是舉掌欲擊向石青青的前胸，幸得項思龍眼明手快，身形一晃已是到了苗疆三娘身前，一式「天魔無影爪」擒住她欲擊下的手掌，氣惱的道：「俗話說『虎毒不食女』，想不到夫人不問青紅皂白的竟然想殺自己的女兒？哼，這還哪有一派門主的風度？」

頓了頓，緩和語氣道：「夫人請勿責怪青青姑娘，不是她不聽你的話，而是她的『大將軍』毒蠱，已被在下服到肚子裡去了，這傢伙似乎很樂意居住在我的身體裡，已是不肯出來了，所以夫人叫青青姑娘放出『大將軍』去攻擊我義父，這……她也不知道怎麼做！」

項思龍的輕功身法和擒住自己手腕的爪法之快之疾之玄，讓得苗疆三娘已是大感駭異，聞得項思龍竟吃下了「大將軍」時，已是失聲脫口道：「什麼？你……你吃下了『大將軍』？這……這怎麼可能呢？天下七絕中排名第四的毒物被你吃下了，而你竟然還能安然無恙，這……不可能的！『大將軍』已被青兒訓練成毒蠱，更遠非一般野生天蠶所能比擬，你怎麼可能沒事呢？」

項思龍緩緩鬆開擒住苗疆三娘手腕的手，聳了聳肩道：「可是這已成事實，由不得你不信，至於我怎麼會承受得住『大將軍』的毒性，就是連我也搞不清楚。不管怎樣，青青姑娘並沒有做錯什麼，她更沒有背叛過你。」

苗疆三娘聞得項思龍此言，倒真平靜下了情緒，目光上上下下的打量了項思龍幾眼後，又顯得有些神秘的轉望向一臉委屈之色的石青青，沉默了一陣，突地道：「小子，想你也聽說過我立下的誓言吧！只要你能過得了我七步毒蠍這一關，你我所有的恩恩怨怨就都一筆勾消。不過，你義父殺了我弟弟童千斤，殺人償命，他還是必須得死！」

石青青見母親語氣大有轉機，似是也看中了項思龍作為自己夫婿似的，心下正暗自高興時，聞得苗疆三娘後面的幾句話，不由插口為天絕分辯道：「娘，舅舅並不是天絕前輩殺的，他……他是自殺的！」

不想苗疆三娘聽了這話，卻是一陣怪異的哈哈大笑：「自殺的？你舅舅的性子我最是清楚了，對自己的性命愛惜得比一切都重要，他又怎麼會自殺呢？丫頭，你不要鬼迷心竅了！項思龍這小子雖是不錯，但你也不能為了他，連娘也欺騙啊！好了，待娘殺了那殺死你舅舅的老鬼，只要項小子過了我這關，就任由你們怎麼樣吧！娘也累了，五毒門現在內部也如一盤散沙，這爛攤子就交給你們打理吧！當然，項小子要是過不了我這一關，那就是你們沒有緣份了，也怨不得任何人來。」

說完，從腰間革囊裡取出一個紅棕色的小鼓和一個拳頭大的綠玉瓶子。

石青青見了臉色大變的失聲叫了起來道：「娘，你準備用『人蠱心魔大法』？這……這太危險了！」

苗疆三娘面上沉肅的道：「無論如何，天絕這老鬼殺死了我這世上唯一的一個親人，這個仇我一定要報！我武功不及他，只好鋌而走險了！青兒，如果我出了什麼事，五毒門就全交給你打理了，決不能讓我們五毒門倒下去！」

羅刹雙豔這時也禁不住緊張的道：「門主，我們五毒門可不能沒有你啊！要是出了什麼事，飛天銀狐就會在苗疆無法無天了！」

苗疆三娘掃視了羅刹雙豔一眼道：「我知道你們姐妹倆對我很是忠心，如果不幸戰死，青兒就交給你們照顧了！你們身上的赤煉蜂蠱毒，自有青兒幫你們解去。」

說完轉向天絕，冷冷道：「老鬼，我們出去找個僻靜的地方比試吧。免得傷及無辜！還有，項小子你也跟著去，過我這毒蠍一關，生死就看你的造化了！」

項思龍知道這時再解釋天絕沒有殺童千斤也是無用，不由責怪的瞪了天絕一眼，心下同時暗暗戒警，看苗疆三娘有交代後事的話語和石青青、羅剎雙豔的緊張神色，苗疆三娘待會施出的什麼「人蠱心魔大法」定是一種極為凶險的詭異功夫，自己可得小心應付才是。

項思龍正心神緊斂的想著時，苗疆三娘又已發話道：「在這雲中郡城的西部有一座神女峰，那裡人跡罕至，我們就去此峰比試吧！」

話音剛落，人已是幾縱幾落向廳外馳去，剛出廳門，在她身後即跟隨出了八個白衣少女，輕功身法竟也與苗疆三娘相差無幾。

石青青看著母親和八個白少女遠去的背影，無限憂慮的望向項思龍道：「項少俠，我娘這次出動了我們門中的八大『護毒素女』，你和天絕前輩可得小心著點。八大『護毒素女』本身個個都已是個毒人，是娘這二十幾年來除了訓練七步毒蠍外，最是費盡心血培訓出來的，她們八人合在一起配合我娘的『人蠱心魔大法』，威力到底如何，連我也不大清楚，但是，不管怎樣，我不希望看到你們雙方有任何的傷亡。項少俠，請你不要對我娘施展辣手好嗎？她其實自己把我爹逼死以後，一直都活得很累的。」

說到這裡，石青青的一雙秀目已是落下淚來，那楚楚憐人的模樣兒可愛動人極了。

項思龍一時也不知說些什麼話是好，心頭沉重的點了點頭，轉向上官蓮沉聲道：「姥姥，我和義父要是在日落之前還未回來的話，你就領了眾人先回西域去吧！」

上官蓮聽得身體一震，顫聲道：「龍兒，你可得無論怎樣，都要平安的轉回來。要知道，你可是快要做爹的人了，不會……」

上官蓮剛說到這裡時，舒蘭英突地「哇」的一聲哭了起來，泣聲道：「思龍，你還是不要去與那苗疆三娘比試了吧？若是萬一你敗了，我和眾位姐妹可都怎麼活下去啊！」

項思龍看著姥姥上官蓮和舒蘭英、張碧瑩諸女的傷心之態，不由得豪氣頓生，哈哈笑道：「英兒，你難道就對夫君這麼沒信心嗎？天下七絕奇毒中位居第一的金錢蛇都被我收服了下來，又何懼什麼排名第三的七步毒蠍呢？放心吧，我一定會完整無缺的回來見你們的！」

石青青聞得項思龍此言，臉上閃過喜色，閉目沉吟了片刻道：「金線蛇乃是天下第一奇毒，只要對牠施以蠱術，七步毒蠍定不會是金線蛇的敵手。不過我娘施養的七步毒蠍乃是貫注了她的精血和靈魂的，可以說是她的第二生命，如七步毒蠍出了什麼事，我娘也定會遭遇不測。所以我娘把八大『護毒素女』作為了她的替身，只有先一一斃殺了八大『護毒素女』，才會危及到我娘的性命。

「這也就是說七步毒蠍貫注有我娘和八大『護毒素女』的畢生功力，已經超出了一般蠱物的毒性極限。『人蠱心魔大法』也就是我娘和八大『護毒素女』以及七步毒蠍已經通過心魔給連為一體了。

「此時八大『護毒素女』已是如同八隻變了形的七步毒蠍，但她們施展出的『蠍子功』和『蠍子陣法』已是比十隻真正的七步毒蠍還要厲害得多了。

「不過這『人蠱心魔大法』還有一個唯一的缺點，就是必須通過養蠱的人來指揮才能完全發揮出其威力來，所以項少俠只要擒住了我娘，點了她的啞穴，讓她不能念出『拴蠱心經』，『人蠱心魔大法』也就破解了。」

項思龍見石青青為了自己的安危，竟然不惜背棄苗疆三娘，說出了『人蠱心魔大法』的破綻，不由大是感激的道：「青青姑娘放心吧，我一定會保全伯母的性命的！」

天絕卻是聽得暗暗咋舌的道：「還真虧苗疆三娘這毒婆子，竟然能創出如此歹毒厲害的什麼『人蠱心魔大法』。不過，她這次可遇到對手了，少主的武功和異能又豈是這毒婆子所能想像得出的？我這次可也得全靠少主保護了！」

韓信這時突地道：「二弟，我看我也跟你和義父一起上神女峰吧，多一個人多一份力量。」

項思龍搖了搖頭道：「不用了，苗疆三娘只約了我和義父上神女峰去，又怎可失言呢？更何況郡城中的匈奴兵還得全靠你來指揮，要是沒了你，可就要亂套了。再說苗疆三娘那『人蠱心魔大法』太過於歹毒，你去了或許也幫不上什麼忙，反會累得你也負傷呢！」

韓信聽了，當下也不再堅持，只上前拍了項思龍的肩頭一下道：「二弟多多保重了！」

項思龍爽然一笑道：「待會我回來了，你可得跟我大喝一場慶祝慶祝！」

韓信笑得有些勉強的打趣道：「那當然了，到時你不請我喝酒都不行呢！」

天絕接口道：「是啊，那時少主就又多了一個媳婦，大家都向你討杯喜酒喝呢！」

項思龍和石青青聽了臉上均是一紅，前者是不置可否的笑笑，後者呢則是在無限嬌羞中卻又帶著一抹深深的憂鬱。

氣氛在韓信和天絕的玩笑中輕快了些許。

上官蓮這時臉上也掛著一絲笑意，語言卻還是澀澀的道：「龍兒，大家可都是盼望著喝你的喜酒呢！待我們到了西域，收回了地冥鬼府後，在你正式接鬼王之位的那天，也一併把你和雪君、青青、碧瑩、盈盈、玉貞、蘭英、玲玲的婚禮給辦了，來個雙喜臨門！」

天絕拍掌道：「好主意！雙喜臨門！不！要是盈盈和碧瑩分娩了，那可是四喜臨門！那天我可得要項思龍敬我四十杯才行！」

項思龍望了一眼羅剎雙豔，捉狹道：「來個六喜臨門也沒事啊！到時把兩位義父的婚事也一併給辦了，那時可真是……」

天絕老臉一紅的截口道：「好了，好了，不要再胡言亂語了！苗疆三娘那毒婆子或許在神女峰上等得不耐煩了呢！我們還是快些去與她比試，完了準備起程去西域吧！」

項思龍失笑道：「呵，義父想媳婦想得辦事都利索起來了，人看上去也顯得年輕了幾十歲呢！」

天絕聽得心花怒放，嘴上卻是口硬道：「才不是想……想什麼呢！只是想看你這小子快些做新郎官，快些做老爹，那時我可也就沾光了，不但多了一大群媳婦，還會多一大群孫子孫女！」

項思龍嘿然一笑，也沒再與天絕頂嘴，只是轉望向石青青道：「青青姑娘，我那些中了毒的下屬就全靠你去幫他們解毒了！」

石青青點了點頭道：「想來我娘也不會施出太過於歹毒的毒蠱，項少俠你就放心吧，我一定會盡力施救他們，給他們解毒的！」

項思龍向石青青一揖道：「那就有勞青青姑娘了！對了，你的傷勢……」

石青青正被項思龍向自己行禮給弄得手足無措，聞言忙道：「已是沒得什麼大礙了，還虧得項少俠的悉心關照和照顧。」

看著石青青和項思龍之間的「禮尚往來」，天絕顯得有些不耐煩的道：「你們兩個不久就要成為夫妻了，還這麼客套幹什麼？好了，少主，我們還是準備去神女峰會那毒婆子吧！」

項思龍心道也是不能耽擱太久了，當下與上官蓮、韓信、曾範、張方和諸女告辭後，和天絕一起展開輕功身法往郡城西部的神女峰奔去。

神女峰並不甚高，只是因為峰頂有一座人形石像，相傳乃是女媧造人時，她的婢女欲逃到人間，被女媧知曉後，所以把此婢女變成了一尊石像，也即是神女峰頂的石像，神女峰也因這個傳說得名而來。

苗疆三娘領著八大「護毒素女」就站在神女石像前的一塊約有五百多方見丈的石坪上。

項思龍和天絕二人上得峰頂時，卻見苗疆三娘和八大「護毒素女」正如一尊尊神像般的凝坐在石坪上。

苗疆三娘通體發紅，口中正呢呢喃喃的不知在念叨著些什麼經文。八大「護毒素女」則在苗疆三娘經文的念叨之下，雪白的膚色也漸漸變紅起來。且八女雙目都大睜著，只是眼睛也發著紅光，但卻沒有一絲的神采。

項思龍和天絕都不知苗疆三娘正在搞什麼玄虛，但卻也基本上可測知苗疆三娘正為施「人蠱心魔大法」作準備。

凝神運功戒備之下，項思龍抱拳朗聲道：「晚輩項思龍和在下義父天絕已到，前輩欲如何與我們決鬥，請前輩定奪吧！」

不想苗疆三娘對項思龍的話恍如未聞，還是閉目念著她的經文。

這時，八大護毒素女身上的紅色已是越來越深，身上也隱隱釋放出一股怪怪的異味來，紅紅的雙目光芒也是愈來愈熾，在八女目光的中心皆都似有一隻通體發紅的蠍子在飛舞。

項思龍突地感覺一陣逼人的殺氣迫體而來，心神一震之下，卻倏見苗疆三娘雙目一睜，目光中兩隻虛幻的七步毒蠍快若閃電的向自己射來，且虛幻的毒蠍口中正吞吐著毒霧。

項思龍見狀忙閉住呼吸，同時雙掌一錯，擊出兩道掌勁往苗疆三娘目光中釋發出的真氣迎擊過去，口中怒道：「前輩，咱們約好了是光明正大的比武較技，你又怎可暗箭傷人呢？」

苗疆三娘長身而起，面上神情冷漠駭人的冷冷道：「我只是出手試試看你這小子有沒有資格作我未來的女婿罷了！現在看來還勉強合格，不過能不能取得最終的勝利，就要看你的造化了！」

說到這裡，頓了頓又道：「自我創出『人蠱心魔大法』以來，還沒有真正與人交手過，小子，你義父和你均都是武功已入超然之境的了，所以我想讓你們二人來給我試功。

「只要你們能破了我的『人蠱心魔大法』，小子你就可以娶青青了。其實我的七步毒蠍蠱毒已植入了眼前的八大護毒素女身上，至於我體內的毒蠍母體，只是起到了一個可以讓我和八女思想意識相通的作用，所以七步毒蠍的本體已是不復存在了。

「八大護毒素女已是七步毒蠍的替身，只要你們殺了八女，不但我的『人蠱心魔大法』就已破解，小子你亦也就闖過了我七步毒蠍之一關，青青和五毒門那時就全都是你的了。」

項思龍聽得出苗疆三娘話中背後的淒涼意味，其實苗疆三娘自從夫君離棄她以後，就一心沉迷於蠱道的研究中，以寄託一種精神上的空虛，自創出了『人蠱心魔大法』後，因一直未遇著可以發揮出十分之一威力的對手，甚感遺憾。

自與天絕幾個照面的比試，又聽說項思龍服食了冰蠶之王「大將軍」而安然無恙後，心中狂喜之下，頓想試試「人蠱心魔大法」的威力到底如何，所以連石青青為天絕的辯護也不聽了。

藉口為童千斤報仇，而不容他們分說的要天絕和項思龍與她比試。但心底下對自己創出的「人蠱心魔大法」信心不足。

因為項思龍給她的感覺太過於高深莫測，連苗疆三娘自己也不自禁的對項思龍生出一股寒怯之意，但也同時甚是欣賞這個年輕人，以致主動的向項思龍解說「人蠱心魔大法」的玄奧之處。

至於苗疆三娘曾說過的，要是有誰能闖得過她五毒門的五種絕毒蠱種，就可娶得石青青和得到她的五毒門，也是為了能見得一個可以讓她一試「人蠱心魔大法」的人。

項思龍對苗疆三娘的心思推測出了個十之八九，不由對她也惡感漸消，沉聲道：「多謝前輩出言指點！還不知咱們應怎麼比試，還請前輩給劃下道來，也好讓在下作點準備。」

苗疆三娘微一沉吟道：「你們就闖我的『人蠱心魔大法毒蠍陣』吧！只要你們闖出此陣，咱們所有的恩恩怨怨，就都一筆勾消，我和八大素女也從此退隱江湖，但是你們被困此陣呢，我不用說出你們也應知道結果——就是萬毒噬心而亡！」

天絕哂道：「這個你就安心啦！我一定會闖出你的那個什麼破爛『人蠱毒蠍陣』的！」

苗疆三娘顯也對天絕沒有好感，聞言被激起性子的冷笑道：「不要大言不慚，待闖過了再說！好，我這就發動陣法了，項小子，你可運功準備好！毒蠍陣，顧名思義是從七步毒蠍身上演化而來的陣法了，你可得小心蠍毒！」

項思龍應了聲「是」，在苗疆三娘話音剛落之際，把道魔神功提至了第十二層功力，不過項思龍的功力自練成道魔神功之後，又急遽的提高，所以在他把道魔神功提至極限時，再也沒有了幻象，反是一種安詳平和的神色。

天絕表面上雖顯得漫不經意，心底下卻認真得很，自他一到這神女峰，就直覺感應到了苗疆三娘和八大護毒素女對他的濃重殺機。

虧得他內力深厚，所以表面上沒有表露出任何的神色，這刻聽得苗疆三娘說就要發動「人蠱毒蠍陣」了，忙也把「天魔神功」提升至了極限，同時施展開「毛孔換氣大法」，閉住了呼吸。

天絕和項思龍剛一準備好，突地只聽得八大護毒素女口中發著怪異的聲音，身形在空中一陣翻轉，隨即落在二人四側，把項思龍和天絕團團圍住，而八女落地的姿態各不相同，猶如一隻隻形態各異的毒蠍。

苗疆三娘驀地清嘯一聲，雙掌抬起一抖，卻見她有八個手指上黏著一股股細小而透明的天蠶絲，每個手指上的天蠶絲連接在一個「護毒素女」的中樞穴上，八女隨著苗疆三娘手掌的擺動，而身形隨之旋動起來。

項思龍向天絕道了聲：「小心點！」

「鏘」的一聲拔出了腰間的鬼王劍，雙目凝視著八女愈轉愈疾的身影，隨時準備著防範她們的進擊。

天絕也不敢怠慢，拔出了「天魔劍」，與項思龍背靠著背的注視著八女的動作。

「咔嚓」「咔嚓」「咔嚓」一陣異響，八大護毒素女臂袖中和腳底下突地彈出一柄柄藍光閃閃的毒劍來，這些劍都大約有三四十公分長，捆綁在手臂和腳部鞋底上，與八女渾然連為一體。

項思龍和天絕正為這些短劍微感詫異時，八大素女已是在苗疆三娘的指揮下發動攻擊了。

卻見劍光閃閃，八女或騰或躍，或縱或跳，招式詭異快捷的向項思龍和天絕擊去。

項思龍和天絕早就作好了作戰準備，所以對八女的進攻並不感到手忙腳亂，前者鬼王劍「鬼王千絕斬」應手而出，後者天魔劍亦也不甘示弱，凌厲無匹的「天魔劍法」鋪天蓋地的施展開來。

強烈的劍氣，立時瀰漫神女峰頂。

雙方的比試亦也拉開了戰幕。

「噹噹噹」的兵刃相擊之聲不絕於耳。

項思龍愈戰愈是心驚，想不到自己十二層功力貫注劍身與八大素女短劍相接，竟是絲毫也沒有把她們震退半步，反是自己被對方堅若金石的罡氣給反震得一陣氣血翻湧。

這簡直是不可能的事情，十二層功力的道魔神功可以說已是當世罕無敵手，八大素女怎麼可能硬接得下呢？

更何況天絕曾與苗疆三娘對過一掌，苗疆三娘功力遜天絕不止一籌。八大素女看似年紀輕輕，又是苗疆三娘訓練出來的，任她們怎麼厲害，成就也不會超過苗疆三娘吧！但她們……

這其中定有玄虛，說不定是一種「輕功大法」之類的怪異武功，苗疆三娘和八大素女可隨意的轉嫁功力於一人身上，所以與自己相敵的每一個素女，都是身俱九人功力的絕頂高手。

但是她們是怎樣轉嫁功力的呢？

這其中一定得有一個媒介的物質，難道……難道是連在每一個素女身上和苗疆三娘手指相接的天蠶絲？

這確實是妙想天開的創造，利用毒蠱把九人人蠱心魔大法相溝通，再利用天蠶絲來傳遞功力，因八大護毒素女神志被蠱毒所迷，不夠清醒，所以苗疆三娘不但成為控制八女的施法者，且實質上也是與敵過招的作戰者。

所謂「人蠱心魔大法」，一切玄虛都在施法者苗疆三娘身上。

石青青說得不錯，破此心魔大法有兩條途徑：一是殺死八大護毒素女，苗疆三娘也就成了沒有手足的人，任是有通天之能也再也無法施展出來。

二呢則是制住苗疆三娘，截斷她這「指揮中心」，八大素女的威力也就大打折扣，再用金線蛇逼出她們體內的七步毒蠍蠱毒，這樣不但還了她們自由之身，也使得她們不能再為惡人世了，並且苗疆三娘沒了八大素女，就再也無法施這什麼「人蠱心魔大法」了。

當然，這兩途中後者較為理想，只不知擒住了苗疆三娘，她會不會遭受八大內力的反噬？

還有她體內的七步毒蠍母體會不會對她造成傷害？

再有，就是要擒住苗疆三娘也很難，因為有八大功力足可與自己十二層功力的道魔神功一較長短的護毒素女為她護駕，要通過八女這一關，就已說不定要大開殺戒了。

項思龍心念電閃間，又與三個護毒素女硬接了十多招，正準備提升功力時，天絕喊了起來道：「少主，這幾個毒妮子功力怎麼這麼高啊？我架招起來甚是吃力呢！可得速戰速決，要不然過不了半個時辰我就吃不消了！」

項思龍聞言暗道：「也是，自己可以長時間的與她們耗著，可是天絕卻不行，看來是得想個法子來破解這勞什子的『人蠱毒蠍陣』了。」

對於苗疆三娘的「人蠱心魔大法」和「人蠱毒蠍陣」已稍有瞭解，其威力也見識過了，雖是驚世駭俗，但只要自己發揮出自己體內所有蘊藏的功力，苗疆三娘還是必敗無疑。

項思龍此刻信心陡增，唯一讓他大感頭痛的就是自己答應過石青青不傷害苗疆三娘，因得這層顧忌，所以不敢輕易的妄下重手。

一邊揮劍與眾女打鬥一邊舉目向天絕望去，卻見他全身上下的衣服已是大半都成絲絲片片，手臂、胸前和大腿都已掛了輕重不同的彩頭，額上也顯出大顆大顆的汗珠來，境況甚是狼狽。

看得項思龍又好氣又好笑之下，驀地大喝一聲，把北冥神功和在校場火海中新練成的所有內功心法混練而成的功力，一股腦的全給提了上來。

鬼王劍在「嗡嗡」作響聲中紅光大作，有若漫天紅雨般的瀰漫空中幾十立方的空間，劍柄龍眼上的寶球有若兩束紅色鐳射般的直沖空中，再倏地幻化成兩隻血龍，若兩道急劇閃爍的電光般在空中飛舞著，血龍身上鱗片所釋發出的光芒，猶如一道道罡氣般的從半空中向八大素女和苗疆三娘射去。

這境況下不但連天絕和苗疆三娘大感詫異和吃驚，就是項思龍也感興奮莫名，原來鬼王劍卻還有這許多沒有被發掘出來的用途。

見著空中血龍射下的罡氣光芒，八大素女是渾然不覺其厲害，苗疆三娘則是心下大駭，倏地口中吐出一隻比拳頭還大一倍的紅色毒蠍，毒蠍身上的觸角卻也射出一束束罡氣白霧，向血龍的罡氣光芒擊去。

「轟隆」「轟隆」的罡氣炸裂之聲不絕於耳，血龍和毒蠍的罡氣光芒和罡氣白霧相觸爆炸，一時空中全是紅光，白霧閃爍繚繞，有若閃電閃爍下濃雲密佈的天空。

苗疆三娘顯是大耗內力，臉色略顯蒼白，但臉上卻又掠過一絲讓人感覺詫異的笑容。

這時，讓項思龍和天絕想不到的怪事發生了，卻見天空的兩條血龍已不但不再向苗疆三娘攻擊，反向自己二人盤旋著攻來，口中吐出一團團足以熔鐵煉金的內家真火。

項思龍見狀心神大震，知道兩條幻化的真氣血龍已中了苗疆三娘所施放的毒蠱，已被對方控制了。

如此一來，要是血龍中的毒蠱尋著自己真氣釋放的路線進入了自己體內，那自己和天絕可真就大有危險了。

雖說自己不一定可被對方毒蠱控制，但要化解這七步毒蠍蠱也定教自己大費心血和功力了，那時自己真力元氣大損，苗疆三娘見機之下對自己二人展開猛攻，可真就說不定要魂歸神女峰了。

看來只有冒險撤去功力，斷掉與真氣血龍的連通了。如此一來，真氣血龍真氣耗盡時，也就會自行消亡，對自己二人沒有威脅了。

想到這裡，項思龍目不轉睛的盯著正向自己手中鬼王劍劍柄的龍珠紅光越迫越近的真氣血龍，邊運掌勁擊散血龍的內家真火，邊運用「移穴換位」的功夫把穴道中的真氣全部轉移至左手，只留下一團真氣光球托住鬼王劍。

這一刻項思龍體內真氣最是脆弱的時候，因為在施展「移穴換位」的功夫來轉移真氣時，真氣是在自身體內一種封閉的情況下運行，施法者這刻連一點防禦的能力也沒有了，任何一個不懂武功的人只要對準他的氣海、中樞、丹田等運氣大穴擊一拳，他就會自身功力自噬，輕則走火入魔全身癱瘓，重則真氣自炸而亡。

苗疆三娘嘴角浮起一絲陰毒的淺笑，似是看破了項思龍的心機，身形倏地飛起，十指射出十束罡氣向項思龍周身大穴射去。

項思龍見了，嚇得魂飛魄散，心底暗暗叫道：「我命休矣！」

第五章　神女孟姜

眼看著項思龍就要喪命於苗疆三娘的指風之下，突地一個陰惻惻的聲音自神女峰頂石像的肚腹中傳來道：「什麼人膽敢在此地撒野？驚醒了本夫人的酣夢，是不是活得不耐煩了？」

苗疆三娘和項思龍驀地聞得這陰冷的聲音，心神同時大震。

苗疆三娘只覺對方的聲音有一股怪異的魔力，似在對自己施展催眠術般，讓得自己的功力若散若聚，向項思龍射出的指勁不但威力消去了一大半，而且似被對方的聲波給擊散開去，根本傷不了項思龍分毫。

項思龍則覺對方的聲音猶如一根根在自己體內震動的琴弦，讓得自己全身的血液都似波浪似的隨著對方的聲波翻湧跳動著，「移穴換位」大法也頓給破去，移藏於左手穴道中的真氣，亦如決堤之洪般在全身經絡穴道中重新運轉起來。

「嗤」的一聲真氣觸物之聲響，苗疆三娘發出的指勁餘波，還是擊在了項思龍的身上，項思龍真氣雖已運行起來，但並不受自己控制，苗疆三娘的指勁剛好擊在項思龍真氣最是強猛的穴道之上，項思龍體內真氣頓時作出反擊，苗疆三娘指勁的餘波被擊散得「啪啪」作響，且神女神像肚腹發出的聲音聲波，亦被項思龍釋發的真氣給震動發出「錚錚」的聲音。

神女石像肚腹中的神秘夫人，似想不到項思龍功力竟然這麼深厚，不但沒有受自己「天梵焚音」的控制，且還能發出功力擊散自己音波，看來這年輕人的功力已到了深不可測的地步。

他這份高深的功力是怎麼練成的呢？

自己的「音波功」可是因服食了千年火龜膽和萬年石乳液才練至今日的境地的，這近五十多年來可以說是從未遇逢敵手，就連練成了皇者霸氣的「九天神功」的秦始皇當年也敗在了自己手上。

還有自己施展「音波功」的第九重「天梵魔哭」使得八百里長城全然倒塌，這年輕人怎麼可以承受得住自己「音波功」的第六重「天梵焚音」呢？

石像中的神秘夫人心神暗暗驚駭之下，恢復了常音，沉聲道：「你們到底是什麼人？雙方之間又有什麼怨仇？竟然跑到這神女峰頂來比鬥，這裡可不允許有任何的殺戮發生，你們還是下山去解決你們之間的恩怨吧！」

這時峰面上的十一人，除了項思龍之外，其餘的連天絕和苗疆三娘在內，都被神秘夫人的「天梵梵音」給震懾住了心神，一個個都顯得有些神情呆滯的怔怔望著峰頂的神女石像。

項思龍這刻已調息好了體內的氣血運行，見得天絕、苗疆三娘和八大護毒素女的呆滯神情，知道他們定是受了方才神秘夫人那魔音的影響，不由暗暗心驚。用音波來作為武器攻擊他人，這需要的功力之深可真是不可想像了！神秘夫人不但可用音波攻擊別人，且可使發出的聲波震懾別人的心神，現在制住的又是像天絕和苗疆三娘這等當世罕有的絕頂高手。

由此可見這神秘夫人的內力之深簡直已到了駭人聽聞的地步了！

對方到底是什麼人呢？

這等高手要是出了江湖可真是要攪得天下大亂了！不過聽語氣，對方像是個不聞世事的隱世高人，自己還是不要去招惹為好，要不然惹得這等隱世怪人的怪脾氣來了，那自己可就有得麻煩來著了。

想到這裡，項思龍朝神女石像抱拳揖了個身道：「晚輩項思龍，因與苗疆三娘之間有些誤會和糾紛，所以相約來此神女峰頂，想在今日作個了斷，解決彼此之間的恩怨，先前並不知此峰乃是前輩的清修之地，適才驚擾了前輩。還望前輩能體諒晚輩的不知之過，多多擔待一二！」

說著，頓了頓，望了天絕和苗疆三娘等人一眼後，又道：「請前輩高抬貴手，解去晚輩義父和苗疆三娘等人所中的音咒，晚輩感激不盡！」

神秘婦人聞聽項思龍的這一番話，見他為方才差點要了他命的苗疆三娘說情，不由得大是訝異的道：「小夥子，那夫人那麼惡毒想要你的命，你卻為何還為她說情呢？」

項思龍一時可也真不知怎麼回答這個問題，微微沉吟片刻道：「這個……救人一命勝造七級浮屠，更何況晚輩與苗疆三娘並沒有什麼深仇大恨，只是雙方之間有點小小的誤會，所以晚輩認為怨家宜解不宜結，不必有得什麼殺戮才好。前輩方才也曾說過，不希望看到這神女峰頂有什麼血腥事件發生，但望前輩能網開一面，原諒晚輩等的過失。」

神秘婦人嘖嘖讚道：「現今這世上有得小兄弟這等虛懷若谷之人，可真是世上多了個福星。對了，不知小兄弟是何方人氏，是幹什麼營生的？」

神秘婦人對項思龍的稱呼由「小夥子」轉為「小兄弟」，可見她對項思龍的觀感大為改變，已經對項思龍不知不覺的生出好感來了。

項思龍也聽得出神秘婦人對自己態度的轉變，當下更是不敢惹她惱怒的恭聲答道：「晚生乃中原人氏，現在乃是西域地冥鬼府的新任少主。在中原則是反秦義軍劉邦大軍的屬下。」

神秘婦人聞得這話，語音大是興奮和激動的道：「大秦的朝廷太過於腐敗了，早就應該有像少俠這等英雄人物，領導人民來推翻秦政了。」

說到這裡，突地歎了一口長氣，頓了頓又道：「秦始皇嬴政確也是一代梟雄，但他的後代卻是無能得很，這或許是上天對他殘暴的一個懲罰吧！人民大眾生活在他的殘酷統治下已有三十幾年，現在也確是需要一位明君來解脫他們的苦難了！項少俠，不知你對現今天下的義軍推翻暴秦有幾成把握？」

項思龍聽這婦人對秦始皇又憎又恨，推測著她或許也是戰國時期七國之中哪一國的王孫貴族，心念一動道：「秦王政的垮台已經是在不久的時日內就可看到的事實了！不過，秦王朝的實力還不能小視，尤其是有位叫章邯的秦將，對兵法陣術精通不說，且一身武功已至了出神入化的地步；陳勝吳廣的義軍已經敗在了他的手下，要是讓此人存在一日，反秦義軍就一日不能攻進秦都咸陽。當然，要是有像夫人這般的絕世高手去對付這章邯，想他也不是你的敵手，義軍攻克下咸陽也會快捷許多。」

神秘婦人靜默了一陣，幽幽一歎道：「十五年前，我發了一個毒誓，已經決定不再過問中原武林與朝廷中事，所以這十多年來我一直隱居在這神女峰，從來沒有踏入中原半步，致以對中原的事一概不知，要不是年前准了痕兒出走江湖，到現在我還不知秦始皇死了呢！」

項思龍微感失望的淡然笑道：「章邯雖是勇猛無敵，但還是總有人能克制得住他的。對了，說了這麼多時，還沒請教夫人尊姓大名呢！」

神秘婦人憤然道：「有了項少俠這等出色的年青高手，章邯自是不可能一直戰無不勝了！噢，我叫孟心如，世人則叫我孟姜女。」

項思龍聽得婦人最後一句話，驚得失聲叫了出來道：「什麼？你是孟姜女？想不到歷史上……」

項思龍話出一半，想起自己差點洩露天機，忙頓住了下半截的話，轉口道：「孟前輩當年一場大哭，哭倒長城八百里的事，小生可是如雷貫耳呢，想不到今日卻有緣與前輩相見，今真不知是晚生幾世修來的福緣。」

項思龍心下的驚異可真是出乎自然，想著孟姜女哭倒長城的故事，在現代裡可只是一個傳說，不想在這古代的歷史裡卻真有其人其事。

這也難怪孟姜女對秦王政恨之入骨了，想她相公萬喜良乃是被秦王朝徵召去修築長城而亡的，孟姜女自是飽受過秦王政的殘酷壓迫和剝削，甚是巴不得秦王朝早日垮台了。

只不過歷史上的傳說卻並沒有說孟姜女身懷絕世神功，她哭倒長城也並不是因為老天開眼被她的誠意而感動，而是因為她的高深武功。

孟姜女聞得項思龍對她的誇讚，淡然一笑道：「八百里長城的毀倒，卻也並不是我一個人之力，只不過我用了『音波功』的最高層次第九重『天梵魔哭』，控制了幾萬名修築長城的苦工，利用他們的力量來摧毀長城的罷了。」

項思龍聽得還是咋舌道：「用內力凝聚的哭聲來控制幾萬人的心神，這份功力可確也是驚世駭俗的了，看來前輩的『音波功』可真是達到了前無古人、後無來者的地步了！」

孟姜女沒有答理項思龍的奉承，只是轉過話題道：「對了，不知項少俠到底與那什麼苗疆三娘有著什麼誤會，能否說來聽聽呢？」

項思龍略一遲疑，點了點頭，當下把自來到這雲中郡城所發生的諸般事情向孟姜女娓娓道出後，頹然道：「我們雖然恨極童千斤，但還只是廢去了他的武功而並沒有殺他，只因得我義父天絕的一句話而導致苗疆三娘對我們發生了誤會，這實在是……唉，也不知怎麼說才好了！」

孟姜女不知什麼時候已到了項思龍身前四五米遠之處，一頭秀髮的長絲直披到大腿，面上遮著一張黑色的絲巾，讓人看不清她的面目，不過從她修長苗條的身材看來，定是個標緻的美婦人。

只聽她嬌聲嚦嚦道：「項少俠可真是有著一副大仁大義的俠義心腸，不但解去了匈奴國的一場危險遊戲，且懲治了匈奴國的一些害群之馬，此等義薄雲天的作為應是讓人敬佩才是，苗疆三娘如此無理取鬧，且心腸惡毒，真是不能放過她了。當然，苗疆三娘的女兒石青青既然為了項少俠大義滅親，你往後可要好好的疼愛她了。人的一生之中能有一個為了自己而不惜放棄一切的伴侶，可真是值得好好珍惜的了。」

話剛說完，一股不可掩藏的淒涼意味，已是讓項思龍深深的感覺到了，知孟姜女此時想起了她的夫君萬喜良，也不由得沉默下來，不敢開口打破孟姜女的沉思。

過得好一會兒，孟姜女才斂過神來，見項思龍一言不發的靜站著，顯得有些不好意思的道：「噢，對不起，冷落項少俠了。對了，你說你們準備啟程去西域，不知項少俠可否順便幫我探聽一下小女孟無痕的下落呢？

「她與『天鳳閣』的名妓石慧芳乃是閨中密友，你可以去那裡向石姑娘打聽一下的。這是我當年行走江湖的信物『孔雀令』，你拿這個去見石姑娘，她一定會把小女的消息告知你的。要是項少俠見著小女本人的話，還請你托個口信叫她回神女峰一趟，說我有些事情要向她交代。」

說完，只見孟姜女左手微微一抬，一道金光快若閃電的向項思龍射來，竟是無聲無息，但一股強大無比的罡氣卻是令項思龍感覺到了一股沉重的壓力。

知道孟姜女這下是想試試自己的武功，項思龍頓時也不敢怠慢，默一運氣，把全身功力提升至了十層左右，貫注右手，施展開「天魔無影爪」中的一式「百川歸海」，此招乃是專門用來空手接白刃的招式，只見項思龍的手臂在身前揮出一道晶瑩通透的白光，成圓狀的旋轉著，並且愈轉愈快，圓狀真氣流的中心白光猶為熾烈，有若一塊白光磁鐵般把孟姜女射投過來的那道金光給吸黏住了，跟接著項思龍成弧狀揮動的手臂放緩下來，旋轉的真氣白光也隨之漸漸減速，光圈中心的金光亦也速度減了下來。

項思龍這時伸出左手，運功朝光圈中的金光施展「吸」訣把金光吸入掌心，舉目一看，原來卻是一塊小孩巴掌般大的黃金鑄造的孔雀，上面的斑紋刻畫得維妙維肖，且那些花紡形成了四個金色隸體字樣——「替天行道」。

孟姜女見得項思龍所表露的接暗器手法，心下不禁暗暗敬佩，其實她方才擲射「孔雀令」牌時，令牌中不但貫注了自己十層以上的功力，且施展了「音波功」中的第七重「天梵無波」轉嫁於「孔雀令」中，不想項思龍卻還是如此輕鬆的接了下來，並且手法和內力都是如此的精妙高深，看來這年輕人武功比自己先前料想的還要厲害得多。

他到底是何出身來歷呢？

據自己所知，當年江湖武林中，還沒有任何一大高手能夠培養出如此出色的一個弟子來，看來他也是如自己一樣定有其他奇遇了。

原來孟姜女當年乃是中原四大名姬排名第三的石素芳的表妹，也是一個出落得楚楚動人的絕世尤物，秦始皇統一六國時家境衰敗下來，在輾轉流亡的生活中，結識了一個落第秀才，也就是萬喜良。

說起二人初識時的情境，乃是有一天孟姜女的父親病了，她去為父親抓藥，不想幾個秦兵因見著她的絕世姿色，對她生出邪念，於是對她進行調戲。

正在某個秦兵對孟姜女動手動腳，而任她怎樣呼救掙扎，也沒有人來幫她說句公道話時，手無縛雞之力的萬喜良剛好經過，見著此境，沒有多想的對那幾個秦兵一番斥責。

那些秦兵平時作惡慣了，從來沒有一個人敢指責他們，見著萬喜良竟敢對他們出言大罵，惱怒之下對著萬喜良就是一陣拳打腳踢，且一個秦兵拔出佩刀砍斷了萬喜良左腳的五個指頭，又在他臉上劃了個十字架。

萬喜良當場昏死過去，幾個秦兵以為鬧出了人命，當下也再顧不得調戲孟姜女，匿逃而去。

孟姜女救回萬喜良對他百般照顧，在萬喜良養傷的這段時日中，孟姜女被萬喜良的才識所傾倒，再加上他是自己的救命恩人，不由得芳心暗暗喜歡上了萬喜良。

萬喜良本是衝著一股子正氣熱血為孟姜女出頭，在孟姜女對自己悉心照顧的時日裡，也為孟姜女的才華氣質容貌所吸引，且深深的欣賞上了這位才貌雙全的美女。

不過因為自己此時既已成了殘廢，又加上家境貧寒，深感自己配不上孟姜女，所以對孟姜女對自己的暗示總是故作渾然不懂，更是不敢對孟姜女表達心中對她的情思了。

如此一來，二人雖是郎有情妹有意，但卻只是保持著朋友關係般的交往，不過因此二人積壓心中對對方的感情卻是更加深厚了。

日子本是在不平靜的平靜中清淡的過著，不想又一件災難降臨到了他們身上。

秦始皇頒出皇令，向天下廣招美女納為嬪妃，所有未出閣的女兒家都得到當地的衙門去應招選聘，孟姜女迫於皇命難違，也只得前去應招，不過已給自己稍施簡陋的易容之術，掩去了她的絕世容顏。

在應招時，也本是一切都如己所願的被打落了下來，正當她準備出衙府時，卻又給重招了回去，且那監選官派了兩個婢女帶她去清洗臉面。

孟姜女大驚之下，不知自己露出了什麼破綻，面目的易容之物被洗去後，心懷忐忑的來到應選廳，不想監選官一見孟姜女，就嘖嘖連連讚道：「果是世所罕見的絕世美女，吾皇萬歲見了定會龍顏大悅！哈哈，看來本官這次是不虛此行了，有了這等美女佳人進貢，皇上定會給本官進官封爵的了！」

這時三個神態卑微的秦兵不知從什麼地方鑽了出來，走到那監選官的身前，點頭哈腰的媚笑道：「大人所言極是，這孟姜堪稱是當世美女之後了！大人找著這等美女，皇上自是對大人重重有賞了！不過，這個……嘿，這美人兒乃是小的等向大人進言的，不知……」

孟姜女的一顆心直往下沉，自己如真被選進宮中作了秦始皇的什麼嬪妃，那……自己和喜良……這……天啊，自己現在該怎麼辦呢？

心中正焦急如焚時，倏地發覺那三名秦兵有些眼熟，仔細一看，原來是日前調戲自己辱打萬喜良的幾個，新仇舊恨頓時一齊湧上心頭，臨危生智下，不用假裝也是憤怒的指著那幾個秦兵語音震顫的道：「你們……原來是你們……」

說著故作昏昏欲倒之態，旁邊的兩名婢女忙上前扶住孟姜女，那監選官也是臉色大變的望著那三名顫巍巍的秦兵，語音轉冷，厲聲道：「你們到底向這孟佳人做過什麼惡事，快給本官從實詳盡招來！」

那三名秦兵此時哪還有得什麼領賞的心情，嚇得屁滾尿流的「撲通撲通」跪地哆嗦道：「小的等沒有……沒有欺辱過孟佳人，只是……只是……毆打了一個書生而已！」

當下三人你一言我一語，七嘴八舌的把當日見著孟姜女所發生的事給一一道了出來，又連連向監選官叩頭道：「求大人饒命，小的等冒犯孟佳人，請大人看在我們向大人進言，發現孟佳人真面目的這份小小功勞上，饒過小的等吧！」

監選官聽他們言語，知孟姜女還是完璧之軀，臉色稍稍緩和了些，正待發話時，孟姜女見得此狀，忙又裝作悠悠醒轉過來，「哇」的一聲大哭了起來，掙扎兩婢女的攙扶，「咚」的一聲向監選官跪了下去，泣聲道：「大人可得為民女作主啊，這三位差爺當日不但污辱了民女，還把民女的未婚夫婿萬喜良打成殘廢，致使民女再也沒得面目活在世上了，本想一死了之，但想著任由這等惡人活在世上，那自己死得可真太不值得了，所以就苟且存活了下來。也本想去報官，怎奈這三個惡人作下壞事後逃之夭夭，民女想來去報官也是於事無補，便一直在各地暗尋這三惡的蹤跡，不想今日卻找著了這三大惡人，求大人可得為民女作主啊！」

監選官聽得孟姜女的這一番話，臉色又變得鐵青的冷冷道：「孟姑娘所言可是事實？」

三名秦兵這下子可真是嚇得魂飛魄散，把頭叩得像公雞啄米般的惶恐道：「不……是……」

監選官粗暴的大喝道：「原來果真是你們欺瞞事實！你們身為我大秦的兵士，不但不以身作則，反以身犯科，去觸犯我大秦律法，如不嚴懲你們這幾個敗類，我大秦律法還有何威嚴？來人啊，把他們拉下去打入天牢，待我日後回京之時再稟告皇上給他們定罪！對了，先拉下去重責一百大板，以罰他們對本官的欺瞞事實。哼，這等傢伙可真是該殺！」

孟姜女看著三名秦兵殺豬般的叫喊著被拉出應選廳，心中有一種大仇得報的快慼，向那監選官投以感激的嫵媚一笑道：「大人稟公執法為民女作主，可真乃是一位明鏡高懸的好官。小女子現在此生心願已了，打算進入空門，日後定為大人多念些經，以禱大人萬事平安！」

監選官被孟姜女的笑容給迷得七竅出魄，大魂升天的直勾勾盯著孟姜女，對於旁邊的應招美女和陪同官員似已給忘在了一邊，色瞇瞇的邊走向孟姜女邊邪笑著道：「美人兒入了空門豈不太過可惜浪費了？還不如嫁到本府中去給本官作妾好了，嘿嘿，我一定會好好疼愛你的！」說著，竟是旁若無人的伸開手臂欲一把抱住孟姜女，孟姜女嬌呼一聲避了開去。

監選官反覺更是大感刺激，揮手叫旁人退了下去，猙獰面目完全畢露的衝著孟姜女怪笑道：「美人兒，你也已經不是什麼黃花閨女了，還不若就乖乖的從了本官吧！那以後的日子你就可以吃香的喝辣的，再不會有人敢欺負你了！」

正當孟姜女這叫天天不應哭地地不靈的危急關頭，廳外突地傳來一陣急切的惶恐聲道：「大人，大人，皇上來了，快出來接駕！」

監選官聽得此言，嚇得頓即清醒了過來，再也顧不得孟姜女，忙整了整衣服，出了應招廳，快步向府外走去。

孟姜女嬌喘的舒了口氣，那監選官慌惶之下連大廳的門也忘了關，孟姜女很是輕易的出了大廳，在那衙府內一陣東躲西藏的轉來轉去，還是沒有找到出府的出路。

正在焦急不安的在一廳落的花草叢間舉目東張西望時，背後一聲冷喝：「什麼人？」

把孟姜女給嚇了一大跳，轉身望去卻見是一個三十多歲的魁梧大漢，身著一身武士勁服，正瞪著一雙銅鈴般的眼睛虎虎的瞪著鬼頭鬼腦的孟姜女。

孟姜女嚇得花容失色時，那大漢突地哂笑一聲道：「原來是個婢女！不過，這小小的高陽縣府中一個丫鬟卻也如此的俏美，看來高陽出美女這句話確是真的了，難怪連皇上也忍禁不住要親來見見這高陽的美女了！」

聽得這話，孟姜女心神大是安定了下來，知道這漢子並不知自己是來應選的，當下也順了他語氣道：「奴婢只是……只是好奇，不知府中所有的老爺夫人們湧向這大廳是為何事，所以……所以……還請這位老爺饒過小婢的不是！」

魁梧漢子倒也果真信了她的話，微笑道：「真是個人小膽大的鬼丫頭，是不是得知了皇上駕到的消息，所以想憑姿色引得皇上的關注啊？嗯，你的姿色確是蓋過皇上所有的妃子呢！皇上見了你，說不定真會接納了你了。對了，需不需要我為姑娘帶路，讓你也見見皇上呢？不過，皇上到底看不看得上你，也就看你的造化了。」

孟姜女聞言忙搖頭道：「奴婢不敢！皇上乃千金之體，像奴婢這等下人偷看皇上一眼都是犯瀆他了，豈敢去面見皇上呢？」

魁梧漢子失笑道：「你這張小嘴也真會拍馬屁呢！是了，你叫什麼名字？」

孟姜女見這漢子甚是和藹，也漸漸去了對他的懼怕之心，嫣然一笑道：「奴婢叫作孟心如，看官爺氣態，定是皇上身邊的大紅人吧！」

魁梧漢子聽得孟姜女所報名字，低聲的念了兩遍後點頭道：「心如，這名字很好聽。噢，我叫桓齮，這次負責皇上微服私訪的安全工作。」

孟姜女驚叫起來道：「原來是桓上將軍！奴婢不知上將軍大駕光臨，還望上將軍……」

孟姜女的話還沒說完，桓齮就已截口道：「不必如此多禮的了！我們能得以相識就有緣，心如姑娘也就隨意些吧！」

二人正在話家常般的有說有笑時，一名秦兵不知什麼時候走了過來，目光訝異而驚豔的望了孟姜女一眼後，即向桓齮躬身行禮道：「稟將軍，一切防衛工作都已安排好了，現在整座縣府已如一座銅牆鐵壁的城堡，任何外人都絕逃不過我們的防守。」

孟姜女聽得心下一沉，桓齮卻邊點頭邊告誡那名秦兵道：「一切謹慎小心，絕不可粗心大意！若有形跡可疑之人一律擒下，反抗者格殺勿論！下去吧！」

那名秦兵領命退下後，桓齮又緩和下語氣來，轉向孟姜女道：「心如姑娘，你我一見投緣，不知你是否願意到京城去作我府中的丫鬟？」

孟姜女正在焦急不知怎麼能出得縣府，聞得桓齮此言，更是惶恐不安的道：「這個……奴婢家人全都在這高陽縣中居住，所以……」

桓齮笑著接口道：「這個都不成問題，只要心如姑娘願意去京城，你家人也就全家都一併搬去好了，反正我府中有的是空房子，你們可以全都住在我的府裡的。」

孟姜女聽得出桓齮話中對自己一番真實的誠意，並沒有動什麼邪念，遲疑的沉默了一番後，低聲道：「要是奴婢對將軍有什麼欺瞞，上將軍會生氣嗎？」

桓齮聞言略略一愣，溫和一笑道：「那也定是心如姑娘有什麼難言之隱，我又怎會責怪你呢？更何況你主動的向我說出此話，更可見你並不是存心欺瞞我的。對了，到底是什麼難言苦衷，心如姑娘可以告訴我嗎？看我能不能幫你解決什麼事？」

孟姜女對秦兵秦將，心目中一直都沒有什麼好感，認為他們全都是為非作歹的惡徒，不想這桓齮雖是官居高位，卻是如此的平易近人，想起自己自從被迫過著流離失所的生活後所受的萬般苦難，眼圈一紅道：「桓將軍……」

當下把自己一直對秦兵的觀感和自己的真實身分，以及在這高陽縣裡所遭受的種種秦兵欺凌和剛才那監選官差點對自己非禮的諸般事情一一向桓齮道出後，神情凜然的道：「桓將軍，民女並不想進宮去作什麼嬪妃，民女已是有了夫婿的人，只求往後的日子能過得平靜開心真實些，求桓將軍救救民女吧！」

桓齮聽得孟姜女的這一番話，氣得胸中怒火直燃的道：「這簡直是太不像話了！光天化日之下調戲民女還出手傷人，眾目睽睽之下欺凌民女而無人吭聲，這……全都是敗類！全都該殺！若如此下去，我大秦的威信還何存於世？」

說到這裡，頓了頓，緩和下語氣又面有難色道：「至於釋放孟姑娘出府之事，本將軍也難以做出決定。這樣吧，待會我帶你去面見皇上，你出面去指證那些秦兵秦將的罪行，我順便向皇上進言，請他放了你，孟姑娘認為如何？」

孟姜女這時把自己今後的命運可以說是全交到了桓齮手中，聞言默默的點了點頭。

桓齮望了孟姜女一眼，心情複雜難言的領了她向縣府大廳走去。

雖然他與孟姜女只短短的相處不到一個時辰，但連他自己也不明白不知怎的對眼前這美女先是生出好感，現在更是多了幾份憐愛之心來。

二人走到大廳門口，守衛的秦兵只有些訝異的望了桓齮身邊的孟姜女一眼，也沒有阻攔，更沒有說什麼，就讓他們進了廳內。

二人剛一進得大廳，方才在應選廳內選招美女的十多名秦官，連那監選官在內，臉上的神色都因見著桓齮身邊的孟姜女，而不自然起來。坐在廳中大堂正欣賞十幾個美女飄飄起舞的秦始皇見得孟姜女則是雙目倏地放光，從座上站了起來拍掌擊好道：「高陽出美女這話果然名不虛傳，原來還有這等絕色佳人沒有出場！要不然朕來高陽此行，有點叫人大失所望呢！」

那監選官見得秦始皇的神色，忙心懷忐忑的附和道：「此女名叫孟心如，乃是高陽城中應選出的眾佳麗中最為出色的一個，不知皇上……」

監選官的話還未說完，秦始皇就已哈哈大笑的截口道：「孟心如！好，好名字！人與其名一樣都是清麗脫俗！不過又豈只是高陽城中的第一美女呢？舉國上下也再找不出第二個此等絕世佳人呢？馮大人此次功勞不小，找出一個此等佳人來，理應重重有賞！好，朕就封你……」

秦始皇的話讓得那監選官正樂歪歪的側耳細聽著秦始皇對他的封賞時，不想孟姜女卻突地嬌聲截口道：「皇上，民女有一句話想講，不知皇上聽不聽民女進言？」

秦始皇此時龍顏大悅，聞言溫和的笑道：「准奏！有什麼話就請說來吧！」

秦始皇的話音剛落，孟姜女正待說話時，那監選官卻被嚇得面無人色，「咚」的一聲跌坐地上。

秦始皇見狀大訝的道：「馮愛聊，你……」

孟姜女接口冷笑道：「這就叫作『做賊心虛』！馮大人剛才對民女做了些什麼事，想來在座的也有十多位大人知曉吧！」

秦始皇聞言頓刻臉色大變的掃視了眾人一眼後，聲音緩重而嚴厲的道：「馮大人到底對心如姑娘做了些什麼事，快給朕一點一滴的從實招來，若是有得半點虛假，朕就誅你九族！」

那姓馮的監選官果也不敢隱瞞，當下顫顫巍巍的把孟姜女來府應招，直至秦始皇聖駕到來這段時間內，所發生的諸般事情，都一五一十的詳盡說了出來後，已是滿頭大汗的顫聲道：「卑職並不是想侵犯孟佳人，只是想……想幫她罷了！」

秦始皇聽得臉上的肌肉不住抖動，目光極是陰冷的橫掃了那幫跪在應選廳中的官員，突地厲聲道：「把那三名秦兵拖出來立即斬首示眾！還有，去招一名內宮檢女貞潔的婦人進來，檢測一下孟佳人是否是完璧之軀！哼，若是馮權你有半句謊言，朕就叫你馬上人頭落地！」

當下立即有四名秦兵領命退下，那監選官馮權已是嚇得有若條死魚般的癱軟在地上，連得小便都給失禁了，褲檔濕成一片。

其他的十多名馮權招供出的選美陪審官員，一個個也都嚇得噤若寒蟬，目中盡是駭懼之色，低頭不敢與秦始皇的目光對視，更是連大氣也不敢吭一聲，只有嚇得牙齒格格作響起來。

孟姜女暗暗驚服秦始皇的威嚴在眾官兵心目中之深，口中語氣也被場中緊張的氣氛壓抑得有點不自然的道：「多謝皇上為民女作主！民女還有一個請求，還望皇上恩准！」

秦始皇對孟姜女似真是一見傾心，聽得她的言語，隨手揮退了還在不知趣起舞的歌妓，柔聲道：「說來聽聽，朕做得到，一定滿足你的要求！」

孟姜女大喜的道：「民女請皇上恩准讓民女可以回家去，我出來大半天了，家人一定擔心得很。」

秦始皇聽了微微一愣，隨即哈哈大笑道：「這有什麼不可以的呢？來人，馬上給朕備駕，朕要親自去孟佳人家裡去拜見伯父伯母！」

孟姜女和桓齮聽得這話，心中均都一沉，前者不知秦始皇此言何意，後者則知秦始皇醉翁之意不在酒，看來皇上是真看上孟姜女了。

孟姜女的前途到底是禍是福是凶是吉呢？

第六章　癡情不渝

孟姜女雖不知秦始皇為何對自己這般的好，但憑女性特有的直覺，也知秦始皇對自己定也是別有用心，不由得心下又驚又急。

秦始皇乃是當今皇上，乃是當今舉國上下誰人莫敢不敬不從的人物，他要是金口一開，點名要自己入宮為妃，這可如何是好呢？

要是拒絕他的話，即使自己以死相抗，但自己家人呢？萬喜良和他的家人呢？

秦始皇的殘暴是人皆知曉的，他想得到的東西從來沒有讓他失望過的，自己一介弱質女子如何與他相抗？

若惹得他惱羞成怒起來，那後果可真是難以設想，說不定他會隨便找個藉口殺了自己和萬喜良的家人。

事情若真發展至如此境地的話，自己就是死一萬次也難辭其咎了。

但要是從了秦始皇呢，他卻並不是自己所深愛的人，並且他的殘忍寡情在自己心目中一向是深惡他的，雖然他能給自己帶來物質上和權力上的榮華富貴，但精神上卻是空虛的。

自己真正喜歡的人是萬喜良，又怎麼可以被秦始皇應召為妃呢？這……

孟姜女愈想愈是六神無主，不由得把求助的目光望向桓齮，希望他能給自己什麼幫助。

桓齮心中雖是極想相助孟姜女，但他深知秦始皇的性格，如他對自己想得到的東西所施手段的殘暴和毒辣，要是得不到的東西，他寧可毀掉也不願讓這存在於世上，更不消說讓別人得到了。

所以就算是自己為孟姜女說情，也絕對是於事無補，說不定反而會激起秦始皇對自己的惱怒和猜忌，以為是自己看上了孟姜女。

桓齮太清楚秦始皇的性格了，與他相處了十多年，為他東征西戰的打天下，雖說秦始皇甚是欣賞自己，但他更為自己的利益著想。

想當年就因項少龍深知秦始皇身世的秘密，竟然不顧惜項少龍對他有若父母般的養育之情，連項少龍也欲殺之滅口，雖然最終還是放了項少龍，但秦始皇卻還是焚書坑儒，不允許世人提起「項少龍」這三個字，此等作法已經足夠看出秦始皇的殘暴無情了。

桓齮長長的歎了一口氣，卻突地發覺秦始皇看著孟姜女的神色有些古怪，心下生疑之際也再仔細的向孟姜女望去。

一種似曾熟悉的感覺突地湧上心頭，桓齮閉目仔細一想，心中頓然一震。孟姜女似乎有些像太傅琴清！那眼神，那笑意，那鼻樑，還有那清塵脫俗的氣質，都真的是太像琴清了！難怪秦始皇一見著孟姜女就大生興趣，且露出少見的興奮和一抹讓人不易覺察的黯然神傷了。

桓齮邊如此想著，也不禁深深的想念起項少龍來，喃喃自語的失口道：「項上將軍，不知你和眾位夫人以及家族人現在都怎麼樣了？」

秦始皇聽得臉色大變，厲目望向桓齮，冷冷道：「桓將軍，你剛才說些什麼？」

桓齮聞言斂回心神的惶聲道：「末將失言，請皇上責罰！」說著忙跪了下去。

秦始皇見狀，不想卻也是歎了口氣的緩和語氣道：「桓將軍是不是也看出孟姑娘像我們從前所見的一個熟人了？」

桓齮壯起膽子答道：「是的，皇上，末將覺得孟姑娘太像太傅琴清了！」

秦始皇點了點頭，似是陷入沉思中般的沉聲道：「十幾年了，兩位太傅都離開朕有十幾年了！唉，時間真是過得很快，不知兩位太傅現今過得可好？朕也甚是想念他們呢！」

桓齮也動情的接口道：「不過皇上雖是派屬下等四處去探聽兩位太傅他們的下落，至現今還是一無所知，可真是讓人傷感得很。」

秦始皇卻突地又恢復了冷漠之色的道：「桓將軍先不要談這些過去的話題了！對了，馮權他們一夥人就交給你來發落了，一定不得輕饒他們，此等傢伙，讓他活在世上是一種浪費！」

桓齮黯然點頭，再也不敢說什麼，只是顯得無可奈何的望了孟姜女一眼，心下甚感慚愧。

孟姜女原本把自己最後的一絲希望寄託在桓齮身上，見他也還是屈服在了秦始皇的淫威之下，不由得渾身冰涼，陷入絕望的境地。

不過，她並不怨恨桓齮，因為桓齮也有他自己的苦衷，作為秦始皇的一名忠臣，如違抗了秦始皇的命令，說不定就會給他帶來株連九族的災難，他自是得三思而後行了。

秦始皇見得孟姜女失魂落魄，還以為她是為對自己沒有懲罰馮權等人而感到失望，當下朝已是嚇得有若驚弓之鳥的馮權等人冷冷的掃視了一眼後道：「爾等知法犯法，無視我大秦律規，全都先打入天牢，待桓將軍查清你們的罪行後，再來定奪對你們的責罰。」

這時，大廳外走進個秦將朝秦始皇跪身道：「皇上，馬車準備好了，只等皇上和孟佳人起駕了！」頓了頓又道：「皇上，需要派多少內衛武士護駕？廳外已招集了三百名武士了！」

秦始皇卻是搖頭朗聲道：「不需要人馬跟隨了，朕這是送孟姑娘回家，無需勞師動眾的，朕一個人就夠了！噢，也不要車夫，就由朕自己來駕車好了。尉將軍就與桓將軍一起先徹查馮權他們過去所做下的惡行吧！」

那姓尉的秦將大是訝然而惶恐的喏喏道：「這個……皇上，怎可勞動你龍體，讓你涉險呢？」

秦始皇聞言顯得不悅的道：「尉將軍，朕的話你也敢不聽嗎？怎麼這般的囉嗦？」

尉僚嚇得連連請罪後又道：「皇上，微臣也只是……請皇上多多保重龍體罷了！」

秦始皇對這尉僚的忠心似是大為滿意，當下緩和了些語氣道：「尉將軍是否對朕的武功沒有信心呢？試想朕的『九天神功』普天下有得幾人能抵抗？再說小小一個高陽縣又能有得什麼厲害的絕世高手？朕自一統天下之後，除了曾遭那韓國舊餘孽張良的一次襲擊外，尚無第二次遭人暗殺的記錄，況且自張良與滄海君偷襲朕未遂後，朕就頒佈了剷除六國餘孽的命令，還有什麼人敢來襲殺朕？要來，也是枉自尋死路了！好了，不要再多說了，朕意念已決，你就勿須擔憂了吧！」

尉僚這下自是再也不敢多說什麼，只是一臉的惶急之色，眼巴巴的看著秦始皇拉了神情黯然的孟姜女出了縣府。

孟姜女雖隨秦始皇走出了那讓自己心惶的高陽縣府，但心中一點也不輕鬆，只覺沉重得似是有許多的思想卻又似什麼思想也沒有，空空蕩蕩的，整個人都有點麻木了。

秦始皇自也看得出孟姜女的神態，卻以為她是太害怕自己，當下輕聲道：「孟姑娘不必對朕深懷懼心，其實朕對你並沒有什麼惡意，只是從你身上看到了從前一位故人的影子，所以甚想與孟姑娘接近罷了。」

孟姜女聞言生出一絲希望的試探道：「民女可以自行回去的，不必勞動皇上聖駕了！」

秦始皇臉色微微一變，卻還是笑著道：「朕與孟姑娘一見投緣，所以甚想去拜識一下伯父伯母和你那未婚夫婿萬喜良，你怎麼可以拒絕朕的一番好意呢？再說此等話來，朕就要生氣了。好了，上馬車吧！」

二人這時已到了縣府門前停靠著的一輛由黃銅鑄造成的馬車前，車廂的四壁上雕刻有十多條形態各異，騰空飛舞的巨龍，車頂的四隻角上也各有一條引頸高昂的飛龍，中心則是一個鑲嵌有一個拳頭般大的珍珠的銅柱。

秦始皇半推半慫的拉著孟姜女上了馬車，向孟姜女問了一下她家的住址後，關了車門，自己則上到御者駕車的位置，手中韁繩一抖，四匹體態高大的清純白馬頓即放蹄向高陽縣城西部奔去，一片塵土頓即揚空而起。

半個時辰的工夫，終於到了孟姜女家所在的胡同，這是高陽縣城西部一個較僻靜的地方，處在這裡的住戶全都是一些家境比較貧窮的人家。

許多正在胡同裡玩捉迷藏遊戲的孩童，見得這麼一輛漂亮豪華的馬車，都呼喊著奔跑追趕，就是連得不少大人也都駐足舉目觀望。

孟姜女叫秦始皇把馬車停在胡同裡一處較為優雅些的院落前，秦始皇依法而行，停住馬車後，見得身後不遠處一群歡聲雀躍的孩童，忽地又想到了自己的童年，想到了母親，也想到了有若慈母嚴父般一手把自己栽培為今日這般崇尊地位的太傅項少龍。

不勝感慨的長歎一聲後，秦始皇從衣衫口袋裡掏出一把金葉子，向那群衣著襤褸的孩童拋去，笑著道：「送給你們一些禮物！」

孩童們看著地上閃閃發光的金葉子，卻不但沒有如秦始皇所料想般的哄搶起來，反是全都止住了笑聲，怔怔的看著秦始皇，甚至讓秦始皇從一兩個年紀較大的孩童眼睛裡看到了憤怒。

秦始皇對孩童們的態度有些愕然，但同時也有些惱火，不過一種異樣的情感控制著他暴怒的臉色，強作出一絲笑意溫和的道：「那些金葉子是送給你們的，你們幹嘛不去撿呢？」

似是眾孩子的「首領」的一個十二三歲的男孩壯起膽子站了出來道：「我們萬老師對我們講過，不可隨便接受別人的施捨，男子漢大丈夫當應該頂天立地自食其力，所以我們不能要你的金葉子！」

秦始皇大訝道：「萬老師？他是什麼人？」

那孩子「首領」語氣顯得甚是尊敬的答道：「萬老師是孟姐姐的意中人啊，他叫萬喜良，在我們這整個胡同裡，人們都很尊重他，他懂的東西可多呢，我們這裡的人遇到了什麼難題都找他幫忙，且他的心地也很好，教我們讀書不收學費，我們和孟姐姐都很喜歡他。」

孟姜女這時從車廂中走了出來，臉色顯得煞是蒼白。那男孩見了孟姜女欣喜的叫道：「孟姐姐，原來這位大叔是你的朋友啊！對了，萬老師正去了縣城找你了呢！」

秦始皇這刻臉上的神色甚是陰晴不定，心中的各種情緒也是複雜難明，目中精光一閃的望了那男孩一眼後，又轉望向孟姜女，淡淡的道：「看來那萬公子對孟姑娘甚是癡情的嘛！如此一個有情有義有才有識的傑出青年，埋沒在這樣一個偏僻的胡同裡，可真是我大秦之失。孟姑娘，我想破格提升萬公子為禮部侍郎，你看怎麼樣？想來像萬公子這等人才如入仕途，定可讓他更是鴻圖大展的吧！」

孟姜女感覺得出秦始皇方才一瞬間所透露的殺機，知他說什麼提拔萬喜良之言的背後，定是醞釀有什麼陷害萬喜良的陰謀。

不過，萬喜良十多年的寒窗苦讀，一向的抱負就是為了能入仕途去實現自己的理想，現在有這麼一個大好機會……如自己答應從了秦始皇，秦始皇不就不會陷害萬喜良了？萬喜良也就中……

孟姜女心念一動，一種異樣的感覺湧上心頭，是淒苦還是喜悅，她自己也分不清，或許是兩樣都有吧。

收拾了一下情緒，孟姜女語音乾澀的道：「皇……秦大人若真願意提升萬喜良，小女子定以湧泉報之，給秦大人為奴為婢也……」

孟姜女的話還未說完，秦始皇就已哈哈大笑道：「孟姑娘言重了，其實唯才是舉乃是我大秦之福，像萬公子這等人才埋沒了真是可惜，所以提拔他卻是朕的私心所至呢！你倆可不要誤會我的意思了。噢，對了，那些金葉子乃是朕誠心送給那些孩子的，你就叫他們拿去吧！」

孟姜女對秦始皇時陰時晴的態度可真是搞不清楚，滿懷疑惑和不解的叫那些孩童們拾了金葉子散去後，向秦始皇福了福身子道：「多謝皇上對他們一片體恤之心了！」

秦始皇不以為意的罷了罷手，卻是突地慨歎道：「說起體恤民眾，朕卻可真不是一位仁君，在世人的心目中，朕是上帝和魔鬼的化身，但魔鬼這種感覺在他們意念中更是根深蒂固些，朕的殘暴是讓世人談虎色變的。不過以朕的立場來說，不殘忍一些能安定天下嗎？現在大一統的局面是靠對六國的血腥鎮壓所得來的，他們對我大秦深懷仇恨，隨時都有死灰復燃的可能，要徹底剷除六國的殘餘勢力，就只有用殘酷的高壓政策來對付他們。所以對於朕的殘暴，在朕的心目中是一種政策手段，是適應現今社會的現況的。如朕不殘忍，那些六國的餘孽就會捲土重來，天下就會再次陷入戰火紛起的局面，人民的生活會比現在還好嗎？」

秦始皇愈說愈是激動，語氣昂揚的接著道：「朕所施的殘暴政策是有些迫不得已的，但是世人有幾人能瞭解朕的這番苦心呢？『政治』這一詞很是複雜，有時候作下的惡事是身不由己的。世人都只知道咒罵朕，其實創業的艱難他們卻又知道些什麼？他們又懂些什麼？朕今天所取得的成就有誰能知道朕為之所付出的慘重代價呢？喪失親人的痛苦，孤獨寂寞的滋味，這都是一個成功者心底深層處的悲哀啊！」

孟姜女聽完秦始皇的這一番話，心下也不禁有些感動。雖然秦始皇對自己的評說還是顯得有些牽強，但在某些程度上還是不無道理的。

作為一個開國君主，要成就前人所不能為的事情，他所面對的困難和挫折自是有許多，要解決這些困難，要解脫那些挫折，他自也是需要付出許多的代價。

或許他的政策是存在著不少錯誤，但在他的立場看來卻不一定是錯誤。其實秦始皇統一中原以來，所作下的功勞卻也是功不可沒的，他統一了文字，統一了度量衡，統一貨幣，建立了比較完善的國家體制，等等這些措施都在政治和經濟中起到了積極的作用。

只不過秦始皇太進激進，同時也被勝利沖昏了頭，使得這些正確的政策和措施偏離了歷史需求的軌道。不斷的推行苛暴政策；無限制賦稅徭役，再伴以嚴峻的刑法，結果使得舉國上下的人民對他怨聲載道。

唉，秦始皇的天下是靠武力得來的，或許這也註定了他用武力來治天下的政策體制吧！

人無完人，秦始皇或可稱作是戰爭中的天才，但卻不是一個治理國家的明君。

有一得必有一失，天意使然，秦朝的天下如照這般的政策統治下去，絕對不會長久。

孟姜女亦也是滿懷感慨的望了神情激動的秦始皇一眼，嘴上卻是不敢把心中的想法說出來，只苦然一笑道：「皇上說得極是，世人對你的看法顯得有些偏激了些。」

秦始皇這刻也漸漸平靜下了心懷，仰天一聲長歎道：「自古英雄多寂寞，說來朕今日雖然取得了萬人之上的尊崇地位，但是其實朕內心的空虛，卻是又有幾人能夠體會得出呢？」

秦始皇在說這話時又是不知不覺的想起了項少龍，想起了昔日自己有項少龍在身邊時的那種溫馨如家的感覺。

要是現在太傅項少龍還在自己身邊那會有多好啊！就不會一個人承受各種壓力了，同時太傅也會教自己如何解決自己現在所遭受的各種心理困境，自己也就可生活得輕鬆些了。

十多年的征戰生活已經讓秦始皇感覺有些討厭戰爭了，同時那無以數計橫屍遍野的屍體，讓秦始皇想來還會感到一陣陣的心悸，空虛寂寞的感覺時常掠過他的心頭。現在唯一讓他大感刺激的就是金錢和美女了。只有這些才能讓他沉迷和興奮，讓他感覺到空虛的滿足。

權力他已經是滿足了，統一了七國，中原現在是唯他獨尊，報仇的欲望也早就消退了，害死母親趙妮的罪魁禍首趙穆已被自己親手殺死，他似乎感覺所有的心願已了。

現在是追求享受的時候了！辛苦了這麼多年，享受一下也是理所當然的！

在追求享受的同時，秦始皇也漸漸愛好上了另一種感覺——就是愛慕虛榮，喜歡向別人誇耀自己當年的功績，並且修馳道，修驪山皇陵，修長城，建兵馬俑等等，他要讓後世也深記著他一統天下的豐功偉績。

還有，就是秦始皇希望自己能夠長生不老，所以拚命的搜集各種武功秘笈和成仙得道之術，廣招天下間的修道士來為他煉長生不老丹。

基於這些不能抑制的魔道思想在他心中的深化，所以秦始皇變得日趨殘暴起來，有時候連他自己也不敢相信有些惡行是自己做下的。

普天下之間，或許只有太傅項少龍才能把自己從泥足深陷的魔道之境中拯救出來了！

在秦始皇小時的心裡就對項少龍產生了一種對他敬若天神的心理，在他心目中項少龍是無所不能的，並且他對項少龍一向都有一股怪異的畏懼心理，普天下之間，秦始皇或許只心甘情願聽項少龍一人的話。

唉，師父，你現在到底在哪裡呢？你可知道，朕現在非常的想念你啊！你可知道，現在朕自己也有點害怕自己了啊！

秦始皇突地變得異常的沉默，心情似是平靜得如不波的古井，卻又似如波濤洶湧的大海，他也不記得自己有多少年來情緒沒有如此大的波動過了，雖然在某些夜深人靜的時候，他也會想起項少龍，但卻總能很好的把握住自己的情緒，可是今天……

秦始皇望了一眼正怔怔看著自己的孟姜女，心中突地對她生起一股恨意來。都是這臭婆娘，為何要長得極像太傅琴清呢？讓得自己情懷大亂，這可不是一種好現象，自己每天要日理萬機，如心緒不穩定，哪還會有得什麼精力來打理朝政呢？

得好好的報復一下這婆娘，只有讓一切擾亂自己心懷的人都承受痛苦，才會讓自己感到一種刺激的興奮，如此一來，自己也就可以把全副精力放在自己身上來了！

秦始皇魔性倏地一生，把他方才湧生的理性和感性又給壓了下去，見著孟姜女看著自己已大有改觀的目光，心中只覺一種興奮在湧生著，一種罪惡的念頭掠過他的意念。

嘿嘿，方才自己心底的隱藏感情雖被這婆娘得知，但豈知又何嘗不是一件好事？看孟姜女現在對自己比先前觀感改變許多了，那麼自己就可以抓住她心理的某些弱點，對她進行控制，再得到她。

孟姜女不是很關心萬喜良嗎？那自己就從萬喜良身上著手，還怕她不聽自己的話？自己一定要讓孟姜女嘗嘗生不如死的滋味！

秦始皇也不知自己為何突地憎恨起孟姜女來，只覺起先對她的親切感覺全都在一種他自己也說不出來的憤恨情緒中一點一點的破碎，繼而起之的是一種玩遊戲時的怪誕心理。

或許是在他的潛意識裡存在著一種被項少龍和琴清拋棄的感覺，所以想把對項少龍和琴清愛恨交織的變態心理，發洩到孟姜女身上來吧！

唯叫她像極琴清呢？這也就註定了孟姜女以後一生中坎坷痛苦和偶獲一身神功的命運。

孟姜女中不知秦始皇對自己的惡毒心理，就是連做夢也想不到自己今後苦難的命運會是因像一個人而引起的。

在她這刻的心裡，秦始皇是一個富有深厚感情的梟雄，並且也有他脆弱的一面，而不全如世人所說的那般——秦始皇是個殘暴的魔鬼。

在孟姜女的心中又生起了一股希望，就是希望秦始皇對自己真是如他所說的那般，是因自己像他的一位故人才想與自己接近，而並沒有其他的什麼邪心，那自己可真也願意與他交朋友了。

秦始皇率先打破了二人間的沉默，笑道：「孟姑娘，不好意思，今日朕的話似乎太多了！」

孟姜女此刻放鬆了許多，也朝秦始皇嫣然一笑道：「秦公子的話我很喜歡聽呢！想不到你的感情原來也如此的豐富，並不像我想像中那般是個冷血動物嘛！」

秦始皇皺眉道：「要是他人當朕的面說我是什麼『冷血動物』的話來，朕當即便叫人把他拉出去斬了。不過，孟姑娘卻是例外，因為你這話卻是在誇讚我，而不是在諷刺我。」

二人正談笑風生時，不覺已走進了院落內。一個四十許間的豔美婦人聞得說話聲走了出來，見得孟姜女和她身旁的秦始皇，對後者是不其然的被他身上的氣勢所懾，心底不自禁地一震，對孟姜女則是抑制心中的感覺，笑著道：「心如，怎麼這麼晚才回來？對了，應選的事應付過了嗎？噢，這位是……」

孟姜女面對婦人一連串的發問，不由得大感頭痛的嬌羞道：「娘，叫我先回答你哪個問題嘛？」

頓了頓，又道：「這位是秦公子，叫他來回答你的這些問題吧！」

秦始皇接口笑道：「伯母，孟姑娘說笑了！我叫秦少龍，乃是京城派來高陽應選皇上嬪妃的監選官，其實憑令千金的姿色，可以說是絕世無雙，自是足夠資格進京城應選了。但據她對本官所講，她已有了心上人，且是個滿腹經論的飽學之士，所以本官免了她入選資格，並且想見識見識萬才子，把他向皇上舉薦，或許皇上會重用他，萬才子也可一展抱負嘛！」

婦人聞言臉色半喜半憂的把疑惑的目光投向孟姜女，孟姜女聽得秦始皇的這番話還以為他真是如此想，自是喜得臉上都如綻開了的花兒，連連向婦人點頭道：「娘，秦公子說的都是實話，你現在知道你要問的話的答案了吧！」

婦人得孟姜女肯定了秦始皇的話，忙熱情的把秦始皇恭請進屋中廳裡坐下，又是倒熱茶又是把孟姜女父親拉出來與秦始皇相見。

眾人正在客套之時，一走路有些顛跛，臉上有一道十字架疤痕的書生模樣的青年氣急喘喘的走了進來。

孟姜女見了，忙從座上站起迎了上去攙扶住他，親熱的道：「喜良哥，你回來了！今天家裡來客人了呢！專門來找你的！」

萬喜良在孟姜女的攙扶下坐到秦始皇對面的一張椅子上，朝秦始皇一拱手道：「兄台就是心如妹子口中所說的來找在下的客人了吧！你我似是素未謀面，不知兄台找在下有得何事呢？」

秦始皇聽得孟姜女和萬喜良哥來妹去的叫得很親熱，目中飛快的朝萬喜良掠過一絲殺機，但轉瞬即逝，口中溫婉的道：「在下從孟姑娘口中得知，萬兄乃是一個憂鬱不得志的有識之士，所以特來拜見一下萬兄，看看你有沒有興趣進入仕途，為我大秦萬民效力？」

萬喜良聽了這話，眉毛一揚的大喜道：「不知兄台在朝中為何官職？在下是甚想為我大秦效力，怎奈官場腐敗，歷年殿試，考風不良不說，更有甚是像我等這般無權無勢的落魄書生根本不會考中，高中狀元者不是萬貫家財的財主之後人，就是朝中有親的權勢之家。

「唉，幾次應試失敗之後，也便心灰意冷，沒有再去應試了。嘿，在下這般說來，兄台可不要見怪，我只是說朝中作風敗壞的一面，當然正直者也不乏其人，就如王翦上將軍，李斯丞相，他們都是全心全意的為我大秦效力的忠臣。」

秦始皇拍掌擊好道：「萬兄斥責得極是，當今朝中腐敗現象的確是氾濫成風，致以搞得天下烏煙瘴氣的，也使得不少像萬兄這等具有凌雲壯志的有識之士給埋沒民間。

「我今日之所以來拜見萬兄，就是希望你能夠入得仕途，為我大秦正氣樹立榜樣，為我大秦萬民造福！」

孟姜女本是對萬喜良方才所說的話感到忐忑非常，這刻見秦始皇不但沒有生氣，反大加讚賞，心中的懸念也頓然落下。

萬喜良則是對秦始皇有若遇到知音般，神情激動的侃侃而談道：「不想兄台竟也敢評擊秦政，想來也是一位有志之士。

「是的，秦始皇統一六國，成就了千古一帝的不世基業，本對天下萬民來說是一件好事，他所施行的政策也有不少積極的方面，推進了生產力。但是空前的勝利讓得他飄飄然、昏昏然，認為自己似已主宰一切，為所欲為了。所以產生了一些愚蠢行為與暴行，使得本是積極的政策扭曲變形，殘忍與暴虐成了秦始皇的化身，這也就使得他的豐功偉績在人民的心目中被沖淡了，甚至對他產生了憤怒與欲叛逆的思想。

「其實人們都渴望安定，嚮往和平。他們在秦始皇統一六國的時候，都擁護他的統一戰爭，這是因為他們希望這種戰爭能夠給他們帶來和平和安定的生活，使父子相聚，夫婦相守，能過上穩定與平靜的生活，永離戰亂之苦。但是秦始皇卻逆行倒施，不僅未能滿足他們的願望，反在戰爭已經結束後，繼續推行戰爭時期的暴力政策。這樣一來，秦始皇也就不得民心了。不過，無論怎麼說，秦始皇還是一個時代造就的集英雄與暴君於一身的人物。」

一口氣說到這裡，萬喜良情緒稍稍平靜了些，繼續道：「現今要扭轉目前這種民怨載道的逆勢，秦始皇就必須對政策進行大刀闊斧的改革。

「首先就是要施行仁政，所謂『得道者多助失道者寡助』，一個政權能不能得民心是至關重要的。現今天下可以說是基本太平的，其中某些潛伏的舊國勢力，只要在仁政的影響下，覺得比舊國時國度的政策要好，他們的思想也就會漸漸的投靠到秦朝這邊來。

「再說，大秦氣勢正是如日中天，又有誰人敢來作反呢？心戰才是當前政策的首要任務。否則，苛政把人民給逼上絕路的話，他們也就只好用武力來為自己嚮往的和平王朝而鬥爭了。」

秦始皇對萬喜良的話一直是不動聲色，聞得最後幾句時，卻是「唰」的一聲從座上站了起來，臉色鐵青的冷冷道：「萬兄這話是什麼意思？難道你已有反叛我大秦的意念了嗎？」

孟姜女對萬喜良的口不擇言，也是急得如熱鍋上的螞蟻，連連和他使眼色打手勢，甚至乾咳數聲想暗示萬喜良不要再說下去了，不想萬喜良卻在情緒激動之下視若未睹。

這下可好，把秦始皇給激怒了！也不知秦始皇會怎樣……

孟姜女心急如焚地想著時，萬喜良聞得秦始皇此言，卻是不慌不忙的道：「非也！在下只是與兄台有著一種一見如故之感，所以直性之下把心中對當朝君王的觀感給說了出來，並非有得什麼想反叛我大秦之念，兄台可不要誤解。若是你不喜歡聽，在下也就絕口不提政事罷了吧！然而不管怎樣，在下願交了你這個朋友。」

秦始皇本是對萬喜良對自己的評判給氣得七竅生煙，恨不得一掌把他給宰了，但聽得萬喜良如此說來，卻又是滿肚子的怒氣發不出來，只哭笑不得的一臉冷漠之色的瞪著萬喜良。

其實秦始皇的本性是善良的，只不過自從母親趙妮被趙穆姦殺後，使得他的心性大變，再加上項少龍把他塑造為秦國儲君，現實的壓力和隨後滋生出的野心，使得他變得冷酷無情了。

萬喜良見得秦始皇的模樣，失笑道：「想不到在下對秦始皇的一番評說，讓得兄台氣成這般模樣，可真是過意不去了。嘿，你又不是秦始皇，為什麼生如此大的氣呢？」

秦始皇卻突地一字一字冷聲道：「不錯，我就是你口中所說的暴君秦始皇！」

話音剛落，萬喜良和孟姜女父母頓嚇得面無人色，從座中彈跳了起來，忙向秦始皇下拜，前者語音顫震的道：「草民不知皇上聖駕光臨，方才……方才……請皇上降罪，以治草民對皇上的不敬之罪！」

秦始皇冷哼了一聲，沒有吭聲。

孟姜女這時也跪了下去，惶恐的淒聲道：「皇上，不知者不罪，民女求你饒過萬喜良一命，他的罪都讓民女來負吧！」

秦始皇聽得孟姜女為萬喜良求情，更是醋火中燒，暴性大發的厲聲道：「欺君之罪，罪不可赦！萬喜良，朕要誅你九族！」

第七章　情天恨海

萬喜良和孟姜女以及孟姜女父母四人，聞得秦始皇此言，心中猶如晴天更是打了個霹雷，均都全是整個人都給震呆住了。

萬喜良只覺自己的整個心神都如墜進了一個深不見底的冰冷深淵裡，思想一片空白。

孟姜女稍定心神，臉色蒼白的望著神情威嚴且憤怒的秦始皇，顫音淒聲道：「皇上，不要，不要啊！萬喜良他實則上是非常忠心於我大秦的，他方才只不過……只不過是胡言亂語，民女求皇上饒過萬喜良吧！」

秦始皇聽得孟姜女這話，更是如火上加油，目中殺機大熾的望著失魂落魄的萬喜良，陰冷的道：「朕是一個暴虐的君主，可不懂得什麼叫仁慈，只知道跟朕作對的人，全都只有一個下場——那就是死！」

萬喜良卻突地神經質似的發出一陣狂笑道：「像我這等一介藉藉無名的書生，能死在皇上手下，卻也是一種殊榮了呢！說來死又有什麼可畏的呢？但只願我的死能點醒皇上亦或讓世人從我的死中領悟些什麼，那我也就死得其所，死得無憾了。其實死對我這樣一個落魄的殘疾書生來說，或許還是一種痛苦生命的解脫呢！」

秦始皇聽得一愣，卻也獰笑著道：「朕不會讓你死得那麼痛快的！朕會讓你受盡世間折磨而亡，朕會讓你死得如世上的空氣般沒有人在意你！朕要把你發配到西域邊疆去修築長城！」

萬喜良似是豁了出去般變了一個人，衝著秦始皇冷笑道：「如此的冥頑不化，我看你大秦的江山坐不穩多少年的！我怎樣死去都不足為意，只是皇上你親手打下來的江山卻要毀在你的手上，我為你深感痛惜罷了。」

秦始皇氣怒得猶如一隻咆哮的獅子般，雙目透紅，臉上肌肉繃緊，手上青筋條條勃起，衝著萬喜良大聲喝止道：「住口！大秦的江山只會蒸蒸日上，永世不敗！誰人敢來作反？趙國、楚國，還是齊國？他們都已經被朕擊敗灰飛煙滅不復存在了！

「你說那些刁民嗎？他們能成什麼氣候？即使起來起義，也只是些烏合之眾，那堪我大秦八十萬精兵的輕輕一擊？只有你這等狂妄小子才敢口出狂言！」

萬喜良冷哼一聲道：「自我陶醉，自我崇拜有什麼用？現今天下人民已對你秦苛政漸容忍至了快到絕望的境地了，只要你還是固執的橫徵暴斂，大秦氣數必亡。你難道看不出來嗎？

「現今天下群盜紛起，這是什麼原因呢？還不是徭役苛稅搞得民不聊生造成的？俗話說『水能載舟亦能覆舟，如果一個為君者失去了民心，則豈不如孤舟怒濤中行？很容易翻船的呢！」

秦始皇一向目空一切，狂妄自大慣了，自他作了秦國儲君以來，除了項少龍，就從來也沒有人敢像萬喜良這般的斥責過他，不由氣得怒極反笑的道：「好小子，有你的！朕為君十多年還從來沒人敢在朕面前如此說話！今日之事若被傳了出去，那朕日後還威信何在？哼，可也不要怪朕心狠手辣，你們四人今日全得死！」

說著，秦始皇把「九天神功」在體內運行了一個周天，提聚了九成功力凝貫於雙掌，雙掌不多時就已成了一片赤紫之色，且不時的有著紫光一閃一閃的，紫光中竟冒出一縷縷紫氣來！

萬喜良這下再也堅強不起來了，面如死灰的連連向秦始皇叩頭道：「皇上，孟姑娘一家三口可沒有犯什麼欺君之罪，他們可都是我大秦忠實的良民，求皇上開恩，饒……」

萬喜良的話還未說完，秦始皇暴喝一聲道：「好！那就讓朕先送你上西天極樂去吧！」

話音剛落，一股強大無比的紫色罡氣就已從秦始皇掌中發出，向萬喜良當胸擊去。

眼看著萬喜良就要魂歸九天，孟姜女突地嬌喝一聲，縱身向萬喜良身上撲去。

「砰」的一聲勁氣著落之聲，秦始皇所發罡氣全都擊在了孟姜女的背部。孟姜女「啊」的一聲慘叫，與萬喜良的身子一起向後暴飛。「咚」的一聲著地之後，孟姜女又跟著「嘩」的噴出一口鮮血，頓時昏迷過去。

萬喜良只是被跌得背骨劇痛，秦始皇發出的內勁卻並沒有傷著他，所以他並沒昏死過去，見得孟姜女吐血昏迷，頓時心痛地輕呼道：「心如，心如，你醒醒啊！可不要嚇我！幹嘛這麼傻呢？都是我把你害的！我該死！我該死啊！」

邊泣聲呼喊著邊不知從哪裡摸出一把短劍來，就欲向自己心臟處刺去。

秦始皇也想不到孟姜女竟然願捨身救萬喜良，心中有一股怪異的刺痛感覺，見萬喜良欲自殺殉情，竟是不願讓他如此便宜死去的冷哼一聲，左手中食二指射出一束氣往萬喜良握劍的手腕疾點過去。

萬喜良手腕一麻，短劍頓然脫手墜地，一雙憤怒且仇恨的目光，緊盯著秦始皇。

孟姜女的父親和母親見女兒身負重傷，生死不明，也頓然消去了對秦始皇的懼怕之心，繼而起之的是仇視，再也不管秦始皇兇神惡煞的凶態，悲呼著向萬孟二人奔去。

秦始皇心中也不知怎的突地又為孟姜女的生死非常擔心起來，身形一動，掠至萬、孟二人身邊。

俯下身子拉過孟姜女的右手，為她把了一會脈後，先是點了孟姜女周身的二十幾大穴道，又運功將雙掌抵在她背部的中樞和命門兩大穴道上，把功力源源不絕的輸入孟姜女的體內。

看著秦始皇的怪異舉動，萬喜良和孟姜女父母卻也並沒有出言喝止，因為他們看得出秦始皇是在給孟姜女療傷。

也不知過了多少時候，孟姜女「嚶嚀」一聲悠悠醒轉過來，蒼白的臉上也微微現出了些許紅暈，目光卻是黯淡無光的望著秦始皇，口中聲音脆弱的斷斷續續道：「皇……皇上，民女求你饒過萬公子吧！他……他是個好人呢！民女的命是萬公子救下的，皇上若要殺萬公子，就由民女來抵命好了！皇上……饒過他吧！」

萬喜良此時是一臉慘痛悲苦之色，孟姜女的母親卻已是哭得像個淚人似的，不斷地叫喊著孟姜女的名字，她的父親則還略微顯得堅強些，不過一雙眼睛卻也脹得通紅。

秦始皇心中也像有個什麼東西哽住似的，異常沉重和不舒服的一語不發的盯著孟姜女，默默的從衣兜掏出一個綠玉瓶，撥開瓶口，一股清香頓漫室內空間，由這清香中可知玉瓶中盛裝的定是什麼靈丹妙藥。

秦始皇神色陰沉的對孟姜女道：「你的五臟六腑已全被朕的內勁所震碎了。天下間可以說是無藥可以救得你了。朕這裡是一瓶千年何首烏配以菊蜂鮮蜜調成的藥液，你把它喝了，可以延續你三天的生命。」

頓了頓，沉吟了好一陣，似做了極大的決定似的道：「只要你們答應朕不把今日之事洩露出去，朕可以應允不殺你們。不過，萬喜良對朕不敬之罪，死罪雖免，但活罪難逃，朕就罰他到西域邊疆修築長城三年。孟姑娘，你認為朕這做法怎麼樣？其實朕可是全看在你的面子上，才決定饒過萬喜良的！」

孟姜女聽秦始皇決定不殺自己四人，欣喜得無光的秀目中生出些許光彩來。

萬喜良和孟姜女父母三人則聽得孟姜女已無法救治，只有三天可活，對於秦始皇饒去自己等不死的事反不以為意，均都心中充滿悲傷和對秦始皇的仇恨。

萬喜良把孟姜女的嬌軀輕輕放下，站了起來，滿身是孟姜女所噴吐的鮮血，再加上臉上的極度悲傷和憤怒，神情顯得恐怖的指著秦始皇，激聲道：「你……你是兇手！你是魔鬼！心如若是有任何閃失，我定與你拚命！」

秦始皇對萬喜良可是恨不得把他給碎屍萬段，但自己既已向孟姜女保證過不殺他，那就自也得遵守「諾言」。

更何況把萬喜良發配到西域去修築長城，自己至少有一千種比殺了萬喜良更讓自己洩恨的辦法。

西域邊境乃是個不毛的沼澤之地，那裡蛇蟲眾多，人跡罕至，只有凶殘野蠻的匈奴人居住在那裡，派去修長城的也全都是些死囚，他們當中凶殘暴虐者比比皆是，且懲治人的方法花樣百出，更有甚者是心理變態的人，他們好男色。

在這樣的一群組合裡，萬喜良將所遭受的慘境，秦始皇閉目一想，心中就覺老大開懷，對萬喜良的恨意也就淡了許多。

嘿，生不如死將會是萬喜良的下場了！

秦始皇迷醉的想著報復萬喜良跟自己搶爭孟姜女的氣恨幻想之境，對萬喜良這刻對自己的狠態，竟是毫不生氣的不悅不火道：「與朕拚命？憑你還不夠資格！論權勢，朕是一國之君，論江湖，你是一介手無縛雞之力的文弱書生。

「更何況，普天之下莫非王土，普天之民莫非王臣，你是我大秦的子民，君要臣死臣不得不死，難道你敢違抗君令？

「至於孟姑娘麼，朕也是錯手才傷著她的，並且朕也已經盡了力救治她了。哪，為了能夠使你們能夠嚴守今天的事情，朕要讓你們每人服一顆『噬心丸』，這種丹丸每個月都需要朕給你們一顆解藥，才能控制住它的毒性。若是一個月之後沒服解藥，你們就會寸腸斷裂而亡。再有，你們所有的族人朋友，朕都會派人暗中給他們服這『噬心丸』。所以你們若是違背諾言，後果也可想像得出吧！」

萬喜良痛苦的哀叫一聲，身形顯得踉蹌的向秦始皇撲去。秦始皇不待萬喜良撲至，已冷笑著隔空點了他的幾大穴道，讓萬喜良動彈不得，「嗤」了一聲道：「想找死麼？可惜朕不會如此的便宜你！朕要教你求生不得，求死不能！」

萬喜良聽得心頭一寒，秦始皇既然對自己親口說出了此等話來，那麼他就一定會如此對付自己的。

求生不得，求死不能！若是只對付自己一人，豎橫都是死，那倒沒得什麼。但是秦始皇難道就看不出自己已把生死置之度外了麼？

那麼他說出這等話來，自是會抓住自己的弱點，傷害自己的親人和朋友來懲罰自己。

這就是秦始皇的真面目了！

世人說他是集殘忍與暴虐於一身的魔鬼君王，這話可也真沒說錯！暴君終究是暴君，他即使表現出仁慈來，那仁慈的背後也是陰險的，是有著某種利益的目的的，是一種陰謀的仁慈。

萬喜良只覺自己的意志又在崩潰，自己無論怎樣也不是眼前這一代梟雄之敵，看來自己要救脫親人和朋友，就只有以退為進了。

看秦始皇對自己的恨怒，有一方面是出於自己方才那番話的直言不諱，也有一方面是因心如與自己之間的親熱而引起的。

秦始皇似是很在意心如，那麼心如如果真……有什麼意外，秦始皇就一定會把他心中所有的怨恨都發洩到自己身上，但如若自己也跟心如而去了呢？

秦始皇心中的怨恨或許也就消散了。

不，最好是自己比心如先去，秦始皇沒得了自己這顆眼中釘、肉中刺，說不定會為了心如，而鼎力相救於她。

秦宮中醫道高手如雲，並且秦始皇可以請天下醫術高明的大夫去給心如治病，心如的病大有可能會好轉過來。

如此一來，秦始皇也就會龍心大悅，心如更是個聰明的人，只要她稍對秦始皇施加影響，那麼自己的族人和朋友都不用被誅殺了，並且還會大有保證，自己則也就死得值得了。

萬喜良如此想著，只覺良心有一絲自責的刺痛，並且自己把自己的感情給深深傷害了。

自己這不是在想利用心如麼？不是在把心如往火坑裡推麼？其實自己這般的想來，與小人又有什麼分別呢？

即使是自己死去了，但如讓心如痛苦的生活一輩子，那自己在九泉之下也難以安眠啊！

不，不能！要死也要與心如死在一起！

禍端是自己挑出來的，自己現在是萬死難懲其咎！再說，自己深愛心如，心如也對自己印象不錯，都是自己一意固執的不敢開口表達心中的情意，要不自己二人成親了，也就不會有今天的這種局面。

自己為什麼要自責呢?到現在這等絕望的境地才醒覺過來，可是已經太晚了!一切都怪自己沒用!

萬喜良心中的矛盾與痛苦讓他恨不得自己馬上死去，這樣也就可以得到一種解脫了。

秦始皇從龍袍裡取出一個黑色瓷瓶，緩緩從中倒出四粒黃豆大的黑色藥丸，給已無力抵抗了的萬喜良和孟姜女等四人分服了。

孟姜女的母親把秦始皇交給她給孟姜女服用的千年何首菊蜂鮮蜜餵孟姜女喝了一小半，孟姜女的臉上更顯現出些紅潤來，人也顯得精神了許多，目光複雜難明的盯著秦始皇，脆弱的道:「多謝皇上的寬容!民女就是到了九泉之下也會記得你的大恩大德的!」

在孟姜女現在的心裡，她還是因為秦始皇先前對自己的一番坦誠而對他頗具好感，雖然秦始皇打得自己重傷，但孟姜女卻還是不憎恨他，反覺得秦始皇事實上真不像傳聞中的那麼凶殘。要不，像傳聞中的那等個性，自己四人現在哪裡會有得什麼命在?

秦始皇倒也聽得孟姜女這等溫婉的話而大是為之一怔，在他的心目中自己現在露出了凶殘的真面目，孟姜女定會對自己又懼又恨，誰不想她卻還要謝自己什麼的呢？

難道這孟心如也真對自己一見傾心了？

不可能的啊！她……難道是為了軟化自己放過萬喜良？看她神色也不大像是言不由衷。

唉，這等一個絕色美人，三天後就要香消玉殞了，也真是可惜！不，還有點……浪費！

秦始皇想到「浪費」這個字眼時，一個罪惡的念頭快捷的掠過他的腦海，讓他大感一種刺激的興奮。要是自己當著萬喜良的面強姦孟心如，哈，那種感覺真是太美妙了！

秦始皇目中邪光一閃，眼珠一陣滴溜溜的急轉，突地射出幾縷指風點了孟姜女和她父母以及萬喜良的昏穴，掠抱起二人身體，一陣風般的向院落外馳去。

一陣急疾的馬車聲在夜幕下靜寂的胡同裡響起。

高陽縣雖是個小縣，但縣城四周崇山峻嶺可真不少，其中又以南面的五指山最是出名，據聞此山中指峰峰頂上有一「音波泉」。

此泉每當日光斜照的時候，就會發出震人心魄的怪異聲音，不知有多少江湖武林人士因對此泉充滿好奇，欲上五指峰去一探終究，但從無人能得知些什麼，並且上了五指峰頂的人都會患上失憶症，智力也會大大下降，所以近幾十年來，從來無幾個再敢上中指峰峰頂去。

五指峰已成了個近乎是死亡之峰、江湖禁地，上峰去的山道路面中也都長了長達一尺多深的野草，看來真是不知有多長時間沒人上過此峰了。

山道兩旁怪石幾立，在月光下猶若一尊尊形態各異的鬼神般，讓膽小者見了會不寒而慄。

秦始皇不是個膽小者，並且可以說得上是個普天下之間沒有幾人的膽子能比他大的人物。

他一到高陽縣，就曾聽說過五指峰，聽說過五指峰的音波泉，本早就想去見識見識，怎奈一到縣衙剛坐定沒一會，就見著了孟姜女，讓得她像極琴清的絕世容顏所吸引，所以沒得閒暇來上中指峰上去探險。

現刻秦始皇攜扛著孟姜女和萬喜良二人就是準備上中指峰去，一是可以探看那傳聞中的音波泉到底有何神奇之處，二是在此險絕之地來實施自己的陰毒計畫，可真是別有一番讓人大感刺激的滋味。

雖然肩上扛著兩人，但秦始皇卻還是能夠足不沾地，施展凌空飛渡的絕世輕功身法，從草叢上輕點足尖，向峰頂疾飛而上，由此可見，秦始皇內力之深。

秦始皇的武功自小是項少龍傳授與他的，在項少龍未離開他以前，一直都認為項少龍的武功是天下無敵的，但自平定了繆毒和呂不韋的內亂，秦始皇開始實施他雄霸天下的野心時，在東征西戰的戰場生涯裡，秦始皇深深的感到項少龍教予自己的武功並不無敵，這世上的武功高手比比皆是。

並且，在秦始皇的權勢愈來愈大時，許多武林高手都紛紛來投靠他，從這些人身上，秦始皇看到了自己武功的脆弱，於是暗中收集天下間的各種武功秘本，想練成一種絕世武功。

不想被他搜集到一本看起來平淡無奇的武功秘笈「九天寶典」，而此「九天寶典」卻是三皇五帝的皇家武功寶典。

因此中武功只適宜於具有皇者霸氣的人練，所以此寶典雖然流落民間，但從無人練成內中的「九天神功」。

秦始皇得此寶典後欣喜若狂，於是日夜苦練此中的「九天神功」，但一年多下來，進展卻是並沒有自己所料想般的神速，只練到了「九天神功」的第四重功力。

為了迅速提高功力，秦始皇於是召集手下武士，叫他們想法出來。其中有一個叫「冷面陰魔」的傢伙向秦始皇提出了一個令人髮指的殘忍之法。

就是把八到十歲的童男童女抓來，用器物榨出他們的骨髓液拌合他們身上的血漿和腦髓，採集萬年何首烏和萬年冰山雪蓮配合些其他的藥物，放到童男童女的骨髓、血漿和腦髓混合液中去熬七七四十天，然後再把那些藥物和何首烏、冰山雪蓮取出來，放到丹爐裡煉。

只要再煉三十天，那萬年何首烏、冰山雪蓮和那些藥物煉成的丹丸服食下去，可以讓人平增一甲子的功力。

秦始皇聽後大喜，叫人抓來百多個童男童女和從國庫中拿出了那些煉丹需要的藥材，交由「冷面陰魔」去如法炮製的煉增功丹丸。

「冷面陰魔」倒也不負所托，三個月後終於把增功丹練成。

秦始皇吞服後，閉關練功月餘，那增功丹確實是大有功效，但也只把秦始皇的「九天神功」功力提高到了第八層，此後任他服多少增功丹，也還是突破不了第九層的至高境界。

秦始皇惱羞成怒之下把那「冷面陰魔」給殺了，同時再著手下的那幫武力高手為他想辦法。

辦法自是沒想出來，再說就是有人想到辦法可也不敢說出來，因為若是辦法不靈，豈不要落得個如「冷面陰魔」一般的下場？

秦始皇見眾人全都是一籌不展，氣急敗壞得欲把那幫所謂的高手全給宰了。正當此關頭，一個叫作趙高的太監，稱他有靈藥可助秦始皇突破「九天神功」的第八層功力，而升至巔峰。

秦始皇大喜若狂，頓即召來趙高問他有何靈藥。趙高是有準備而來，自是不慌不忙，從衣兜裡取出了母親留給自己的一枚蛋狀物質。

對秦始皇說，此蛋狀物質乃是一種叫做火鳥的怪鳥所生下的蛋，火鳥生活在高溫灼熱的火出口地帶，因其食的也是火山噴發出的遺冷物，再加上火鳥吸收了火山的高能熱量，所以牠生下的蛋乃是世所罕有的珍寶，就是一個常人服食後也可平增百年功力，不過能夠承受和吸收火鳥蛋能量的人，卻是江湖中鮮有耳聞。

所以此火鳥蛋功效雖大，江湖中甚少有人敢服食，就是趙高也不敢，不過他看準了秦始皇喜歡冒險和急功冒進的性格，便頭號膽趁此緊要關頭，把這外公楚原當年在任武林盟主時，所獲得不敢享用的怪火鳥蛋，在秦始皇極想增進功力之際獻了出來。

其實趙高這是在賭一把，若是秦始皇服食了火鳥蛋安然無事，他趙高自此以後是飛黃騰達，若是秦始皇死去了呢，憑他的武功要想逃離皇宮自也不是什麼難事，更何況有個北冥宮的少宮主孤獨行在保護自己呢？

秦始皇見了紅光閃閃的火鳥蛋，大喜過望，可顧不得什麼服食後會有危險。向趙高問了食之法和服食後應運功消化多少天後，便攜了火鳥蛋再次閉關練功起來。

這一閉關不想卻是三個月之久，正當連趙高在內的所有大臣都感惶惶不可終日時，秦始皇練功的密室突地「轟」的一聲巨響給炸裂了。

一道赤裸的身形直沖天空二十幾米高，在空中一陣狂野的哈哈大笑，一道道狂猛無匹的罡氣從空中直劈下來，罡氣所到之處，建築物盡毀，武功較低的逃不了的武士全被炸得血肉橫飛。

半個多時辰過後，那赤裸身影情緒似是漸漸平息下來，從半空中降落地面。

趙高等倖存者舉目一看，原來卻是秦始皇，只見他雙目神光閃閃，身上的肌肉泛著紫紅色光，全身上下都縈繞著一道紫氣。

眾人皆都忙向秦始皇道賀，秦始皇通過服食火鳥蛋後三個多月的煉獄修練，「九天神功」不但達到了巔峰狀態，且體內還多了一道灼熱無比的內力，這道內力融合進「九天神功」中，可以使「九天神功」發揮出比料想中更大的威力來。

秦始皇對獻寶的趙高此後自是大加賞識，把他提升為自己身邊的常侍太監，兼管宮中所有太監，也即太監總管。

可殊不知秦始皇就因此舉為他大秦江山日後的覆滅埋下了禍根。

秦始皇到快要接近中指峰峰頂時，倏地一聲清脆的「叮咚」滴水聲傳來，讓得他的心神猛地一震，體內的真氣竟也被震得突突亂竄起來。若不是他功力深厚，忙提升功力護體，怕不就要給震倒當場。

秦始皇暗暗心驚，想不到這「叮咚」一聲滴水之聲竟也有此等威力，看來這五指峰頂倒真大有神秘之處了！

不過，愈是神秘危險才愈是刺激有趣呢！是沒什麼神奇的，自己可真就要大失所望了！

想到這裡，低頭看了肩上的孟姜女一眼，一股強烈的欲望突地劇升了起來。秦始皇把「九天神功」提升到第七重功力，施展開「九天寶典」中的「龍飛九天」的絕世輕功，身形竟是直線往上上升。

當離峰頂不到十來丈高時，秦始皇驀地清嘯一聲，身形在空中連綿幾個筋斗，轉瞬功夫已是落到了五指峰頂上。

環目四顧之下，卻見峰頂怪石森林，花草鬥豔，峰頂當中的一個水潭閃閃發展銀白色的光芒，水潭約有一百三四十平方米大，潭中的水色晶瑩通透，水質看來黏度很高，有若蜂蜜，水波一輪一輪的在無風之下也自動蕩漾著，發出悅耳有節律的「咚咚咚」聲。

看來這水潭就是傳說中的「音波潭」了，但聽這聲音也沒什麼奇怪的嘛！倒是方才那聲滴水聲甚是古怪，不知是從何處發出的。

傳聞這「音波潭」在每當日落之際，就會發出神奇的威力，這……到底日落與這「音波潭」之間有什麼古怪的聯繫呢？

秦始皇怔怔的看著水銀般的潭水，卻始終沒有發現潭水的源頭。

難道這潭水是從地底冒出來的？

但為何沒有冒溢出來呢？

這地底難道有自動調節潭水深淺的功能？

看來這「音波潭」的古怪之處定是在於這潭底有著什麼古怪了，日後自己定要領來人手探看一下這「音波潭」到底有什麼秘密！

秦始皇邊想著邊放下了孟姜女和萬喜良二人，銀白皎潔的柔和月光灑在孟姜女的俏臉上，更增了孟姜女在秦始皇眼中的美麗了。

秦始皇看得意亂神迷的不由自主跪下身去，伸出手來輕輕的撫摸著孟姜女柔嫩的臉蛋，手指有些輕微的顫抖，緊接著愈撫摸愈是氣息喘重，手法也變得粗野有力起來。

孟姜女被秦始皇點了穴道，自是什麼也不知曉，一動不動的像個木偶人般任由秦始皇擺佈著。

秦始皇此時已是慾念高漲，渾身的血液翻騰奔突著，但神志中卻還知曉自己帶孟姜女和萬喜良到這五指峰頂所要實施的陰謀。

射出指勁解去了孟姜女和萬喜良封制的穴道後，萬喜良不多時就悠悠醒轉過來，睜開雙目。

卻見秦始皇正在解著孟姜女的衣衫，孟姜女白若凝脂般的酥胸已是如兩隻小白兔般在月光照射下，散發出少女特有的幽香。

萬喜良一陣氣急攻心，掙扎著爬起酸痛的身體，怒吼一聲：「畜生！」向秦始皇猛撲過去。

秦始皇正在慾火大熾的興頭上，被萬喜良的一聲大吼給嚇了一跳。見他向自己撲來，氣怒得迎著萬喜良撲來的身形飛起一腳，正踢中萬喜良的膝蓋處，萬喜良慘叫一聲，頓即撲倒。

秦始皇惱怒的道：「臭小子，你給老子睜大眼睛看好了，老子現在就給你上一堂生動的夫妻生活課！嘿嘿，老子借用你的馬子一下！你有得眼福，也不虧本嘛！」

秦始皇這些粗話都是從手下那些江湖人那裡學來的，從來不敢說出，現刻再也顧不得什麼身分制約的顧忌，所以就隨口罵出了。

這一罵卻也大感過癮，心頭對萬喜良的惱怒頓去了一大半，見得萬喜良的目光不是望向自己，而是望向孟姜女堅挺裸露的酥胸，且呼吸也加重了許多，目中透出野性。

秦始皇哈哈大笑道：「原來『噬心丸』還有提升性慾的功能，曹秋道卻沒有告訴我呢！看萬公子本是一介守德守禮之人，這刻卻也為何如何色急呢？哈，貞潔的孟姑娘也有了反應了！你叫啊，叫啊！叫得讓老子興奮了，朕就饒了你的情哥哥萬喜良！」

孟姜女這時也醒了過來，見得自己上衣完全被解去，不由大羞得驚叫出聲來，但體內卻倏地升起一股異樣刺激興奮的感覺，讓得她不由自主的呻吟叫哼出聲來。

秦始皇看得心中大樂，一股報復的樂趣反讓得他的慾火平息了下來。

嘿嘿，要是自己先與孟姜女行巫山雲雨之後，孟姜女那時「噬心丸」中的催情藥力一解，人也就會清醒過來。

而萬喜良卻是因看得自己和孟姜女所行一副活春宮圖，更是催發了藥力，使得情慾更是旺盛，那時自己故意把孟姜女塞到他懷中，萬喜良見了定會不顧一切的獸性大發去姦污孟姜女，那樣孟姜女就會痛恨萬喜良……

哈哈，這個計畫真是太妙絕了！

秦始皇想得情慾又漸漸升起，獰笑著俯下身去，再次在孟姜女身上展開挑情手段。

他細緻地捏摸著孟姜女玲瓏有致的身體上的每一寸肌膚，不斷加壓的揉捏著孟姜女堅挺的乳房，使得它變得更加尖巧挺拔。孟姜女不斷的呻吟起來，她的神志已在強烈的慾潮需要中迷失了，似若有一股電流讓得她全身震顫起來。

秦始皇看著孟姜女的浪態，自言自語的邪笑道：「小騷貨，老子馬上就來滿足你了！」

萬喜良的雙目看得發出野獸般的紅光，口中粗氣比秦始皇和孟姜女二人的粗喘嬌吟聲還要大，雙手把地上的沙石抓得「咚咚」作響。

怎奈他的身子被秦始皇封住了穴道，所以是看得乾著急，也還是只得強忍住慾火。

如此殘忍的春色在五指峰頂瀰漫著。

第八章　孔雀公主

秦始皇大叫一聲，終於癱軟下來，撲在孟姜女身上大喘著粗氣，額上豆大的汗水冒著熱氣的滾動著，全身上下通極透了。

孟姜女此時也漸漸的舒緩下激蕩的情慾，神志慢慢恢復過來，感覺下體一陣鑽心的劇痛，心神也隨之猛地一震。

自己……難道失身了！身上冰涼冰涼的，似也沒有著衣服！嗯，身上似乎還壓著一個人，口中正對著自己臉上噴著熱氣。

這……到底誰呢？秦始皇還是萬喜良？二者似乎都大有可能，因為他們知道自己只有二天可活了，說不定就會……

不過秦始皇可能性要大些，因為秦始皇自一見著自己就對自己大生興趣，且他有著壓倒性的優勢強佔自己——超然的權勢和高絕的武功。

現見自己命不久矣，所以就……

萬喜良呢，如若是他，那可就太令自己失望和傷心了！因為在自己心目中，萬喜良一直是個對自己超然於色欲的正人君子，他如對自己趁危非禮，那他在自己心目中的美好印象全都會因此而破碎了，這比遭秦始皇非禮還會讓她更加傷心，因為若是如此的話，孟姜女會覺得自己對萬喜良所傾注的真情都白費了！

是的，自己雖然心下裡願意接納萬喜良，但如不是自己心甘情願的，萬喜良來侵犯她，會讓孟姜女感到自己比被他人侵犯更加痛苦傷心。

希望不是喜良！孟姜女心下祈禱著緩緩睜開雙目，卻見秦始皇已是顯得猙獰的面目顯露在眼前，正用著一張狼虎般的血盆大嘴在自己身上亂舔著，目光裡露出貪婪的神色。

孟姜女心底下是大鬆了一口氣，而嘴上則是女性自然而然的嬌呼一聲，伸手往身上的秦始皇推去，嬌軀一陣扭動。

秦始皇猝不及防之下也被孟姜女給推了開去，孟姜女頓然身體縮成一團，嬌軀發抖著，嘴裡發出憤怒而又羞辱的輕泣聲，目光不敢與秦始皇對視，把嬌首深埋在玉腿間，倒是沒有發覺神情異樣的萬喜良也就在旁邊。

秦始皇見得孟姜女的反應，哈哈的狂笑一陣，射出一道指勁解除了萬喜良的穴道。

萬喜良的慾火已經升騰至了巔峰，全身皮膚通紅，身上的衣物早就自己撕了個精光，口中熱氣騰騰，髮絲凌亂，雙目赤紅，再配上他臉上那道十字疤痕，神情甚是顯得恐怖。

穴道一解，萬喜良就大喝一聲，瘋狂的向正在抱頭痛哭的孟姜女撲去，他的體內因被秦始皇特意貫注了少量的「九天神功」真氣，所以動作甚是顯得快捷有力之極。

孟姜女毫不及防之下，被萬喜良一把抱個正著，驚呼一聲，斂神舉目一看，竟是萬喜良，氣得臉色鐵青的拍手就往萬喜良臉上「啪」的一下狠摑了下去，口中同時羞憤交加的怒喝道：「無恥！快放手！」

不想萬喜良卻已是被催情藥物迷得神志盡失，哪裡會識得眼前的女人是誰？現在他唯一想做的和知道做的就是情慾的發洩！

抱住孟姜女柔軟的嬌軀後，萬喜良頓即如同一個色中餓鬼般在她身上亂摸亂捏起來，大口也是沒有閑住的在孟姜女身上狂親著。

孟姜女見得萬喜良神態比秦始皇更是可惡，心下真如針刺一般的劇痛。

想不到自己深愛的男人竟也是……

淚水順著孟姜女的俏臉流下，她的口中不斷的呼喊著咒罵著，雙手更是在萬喜良身上一陣狠打狠抓，雙腿也在彈踢著萬喜良。

可萬喜良已是喪失了本性的萬喜良，且他體內有了秦始皇貫注的「九天神功」真氣，使得他力氣大增，孟姜女又哪裡掙扎得出？

素始皇在一旁慢條斯理的邊穿著衣物，邊欣賞著自己導演的這幕精彩的戲，一股報復的興奮讓得他雙目發光，心裡的氣恨也平衡許多。

跟朕作對的人都只有悲劇的下場！無論是什麼人只要違背了自己的意志或損害了自己的利益，他都只有一個下場——那就是痛苦的死去。

在這世上只有師父項少龍是唯一的例外了，因為他……是自己的第二父親，殺了他自是大逆不道，更何況自己一切的成就，都是項少龍賜予自己的，所以當年……

孟姜女和萬喜良自是都不能讓他們活在世上，但也不能讓他們痛快的死去。那樣自己就沒有欣賞到別人被自己折磨得痛苦的樂趣了！

想來去找自己的下屬，都已按自己所留下的暗號把事情都辦好了吧！到時孟姜女和萬喜良本是失魂落魄的回家，再加上看到自己做下的慘劇——滿屋子親人和朋友的屍體，哈哈，他們那時的表情恐怕是百年難得一見的表情吧！

秦始皇愈想愈是興奮，看著正在孟姜女身上發洩的萬喜良，和帶著泣音呻吟著的孟姜女，秦始皇的嘴角浮起一絲陰毒的笑意。

此時已是夜正時分，天上的月色顯得分外的明亮，灑照在中指峰頂上，「看著」峰頂所發生的一幕人間悲劇的昇華。

明亮的月色使得「音波潭」水中反射的光芒也愈來愈熾，潭水的水波似也因月色明亮了些而加快振動速度起來，那「咚咚咚」的水波蕩漾聲也隨之加速，音律節奏變快起來。

秦始皇在津津有味的欣賞著萬喜良和孟姜女所幹的好事，倏地發覺水波聲的異樣，心神猛地一震，因為他感到這加速了的水波蕩漾聲也如他上峰頂前「叮咚」的水滴聲一樣，讓得體內的真氣運行路線凌亂起來。

斂神凝氣的緩步向「音波泉」走近過去，目光一瞬不瞬的盯著那潭水，卻見蕩漾的水波猶如一根根振動著的琴弦，明亮的月光照在水波上，是如拔動琴弦的手指。

再順著潭水反射的光線望去，卻見潭水的反射光共有三十二道，每一道均射在峰頂的一座小石峰上，那些石峰也剛好是三十二座，且似乎是按一座什麼陣勢排列起來的。

射在每一座石峰上的光線似乎又有一道微弱的反射光，這些反射光似乎可以交集在一起，有一個交叉點，但任憑秦始皇怎樣努力也發現不了那交叉點。

到底這五指峰上蘊藏著什麼奧妙呢？看這佈置，似是先古奇人的隱居之所。難道這裡藏著前人遺留下來的寶藏不成？

想到這裡，秦始皇心癢難熬，倒再也顧不得孟姜女和萬喜良二人了。

要是這峰頂真有什麼寶藏，而這寶藏中定有設計這玄奧之境的前人留下的畢生所學，單看這峰頂的奇奧佈置，就足以顯示出佈置此境的前人定是位胸懷萬象武功高絕的奇人了。

自己要是得到了這奇人的武功秘笈，練成了上面的武功，那自己的武功修為定又會大上一個台階，天下間更是無人是自己之敵了！

佈置這峰頂的人說不定是什麼仙界之流，如自己能竊得成仙得道之術，那自己豈不就可長生不老而永享這不世基業了！

秦始皇的心情有些激動起來，把「九天神功」提升至第八層功力貫注於雙掌，一式「飛龍潛淵」，有若一道龍捲風道的猛烈罡氣頓時從秦始皇掌中發出，向「音波潭」擊去。

「砰」的一聲，秦始皇所擊出的掌勁有若擊在一道堅硬無比的光牆般，「音波潭」中的水平靜如常，根本沒有什麼異樣。

原來當秦始皇擊出的掌勁在剛要觸擊潭面時，一道不知從何處射來的光牆把秦始皇擊出的掌勁給反震了回來，讓得秦始皇被自己掌勁反震力的餘勁給震得「蹬蹬蹬」的連退了四五步。

目光驚駭的望著平靜如常的潭水，秦始皇心中的好奇更是大了。

方才那道光牆到底是從何處發出的呢？

看潭面反射的那三十二道光線在那一刻光亮似乎明亮了一倍，難道是這些反射光裡有什麼玄奧之處？

但是光牆為何卻也有如此大的威力呢？竟然硬擋住自己八層功力的「九天神功」，並且把自己的掌勁給反震了回來！

這簡直是太不可思議了！

試想自己八層功力的「九天神功」就是一塊鋼板也可被擊碎，但是那神秘光牆……卻是……

秦始皇愈發肯定了此地是仙人居所的想法，心中不由得激動起來，整個人都精神抖擻。

哈，只要自己解開了這「音波泉」的秘密，得到了仙人的遺物，自己也就……

秦始皇興奮得突地發出一陣哈哈大笑來。

萬喜良和孟姜女被水波音律給迷醉得雙雙昏了過去，但卻還是緊緊擁抱在一起。

秦始皇的大笑聲把萬、孟二人驚醒過來，此時萬喜良神志也已清醒，見得與孟姜女緊擁在一起，嚇得率先驚叫一聲，彈跳了起來。

啊，自己對心如……到底做了些什麼？

怎麼會這樣的呢？

是秦始皇，定是秦始皇！自己看到他解心如的衣服，向他撲去時，中了他一腳，被他點了穴道，看著他對心如……再隨後就什麼也不知道了。

孟姜女此時是抱縮成一團，雙目絕望的怒瞪著萬喜良，歇斯底里的大喝道：「萬喜良！我恨你！我恨你！」

邊說著竟是情難自控的突地赤身站了起來，向怔怔不語的萬喜良撲打過去。

萬喜良一動不動，任由孟姜女在自己身上撕咬抓擰，只目光似要噴出火來般盯著秦始皇，嘴角喃喃抖動著，卻發不出聲來。

秦始皇正被自己的發現而興奮得欣喜若狂，被萬、孟二人的撕打聲斂回心神，當下收回目光往二人望去，見得孟姜女和萬喜良的神態，更是一陣心懷大暢的放聲大笑。

萬喜良終於發出聲音來，顫音的怒聲道：「你……你這魔鬼！你不配作一國之君！你下流！你無恥！你……你太過陰毒！」

秦始皇這時心中大是暢快，倒也沒有惱怒的怪笑道：「不錯，朕是下流無恥！但朕本是一個人皆恨之的暴君，已無所謂他人再對朕多些怨恨了。而你呢？你是一介有德有禮的書生，方才對孟姑娘所作下的醜事卻又比朕清高得了多少？嘿嘿，你骨子裡不也是下流無恥嗎？」

萬喜良臉色脹得紅中帶白的道：「我……可是那是因為你對我施了催情藥物，所以才……」

秦始皇截口道：「不要找藉口了！真正的正人君子就是天塌下來，你也會坐懷不亂，而你卻只是看了一場朕和孟姑娘……嘿，這證明你早就對孟姑娘動了邪念了，直到方才才情難自控的把慾念發洩了出來，你不也像朕一樣嗎？」

孟姜女連遭秦始皇和萬喜良的作弄，已是顯得渾身酸軟無力，這刻對萬喜良的抓打，也只是心中的一口氣憤，把她身體裡殘餘的力氣給發掘了出來。

聞得萬喜良和秦始皇的對答，孟姜女思緒漸漸清晰過來，想起萬喜良來侵犯自己時的神態，倒確是中了什麼催情藥物的樣子，還有自己先前在被秦始皇蹧蹋時，似是也情慾高漲得忘乎所以，那……難道自己和萬喜良真是中了秦始皇所施的媚藥？

對了，自己服了那什麼「噬心丸」後不多時就有了生理慾念的衝動，這……會不會是此藥丸？

如真是如此，那喜良他方才所對自己做下的……自己倒是有些錯怪他了，罪魁禍首應該是秦始皇！是該千刀萬殺的秦始皇！

孟姜女的心中倏地爆發出對秦始皇的極度憎恨來，先前對他所滋生出的一點殘餘好感，此刻全都煙消雲散，現在是巴不得一把把他掐死！

反正自己只有三天的生命了，打不過秦始皇，狠狠的咒罵他一頓總可以吧！大不了就是早一刻被秦始皇打死嘛！

想到這裡，孟姜女停住了對萬喜良的撲打，轉目盯著秦始皇，生硬的一字一字道：「原來這是你所設的一個陰謀！為什麼？你為什麼要如此狠毒的對付我們？我們跟你無怨無仇啊！只是一介平凡誠實的老百姓，你為何要如此殘忍狠毒的對付我們？

「世人說得沒錯，你是一個暴君，你是一個殺人不眨眼不吐骨頭的魔鬼！天啊，你如此的對付我們，還不若痛快的把我們一刀給殺了！

「如此我們只是覺得你是個暴君，而不會像現在這般的痛苦！是不是我們愈是痛苦你就愈是開心？你這變態的魔君！你的秦朝天下一定不會坐得太長時間就要被人民所推翻了！」

秦始皇還未見過孟姜女的怒態，這刻見得她連珠彈發的對自己的質問，先是愣了愣，繼而一陣哈哈大笑道：「說得好！罵得好！朕是個變態的魔君！朕喜歡看著別人在我面前所表露出的痛苦之態！你們自一開始就在朕的算計之中！

「你以為朕真會對自己的所作所為反省麼？不，朕對自己所做下的事從來就沒有後悔過！

「朕對你先前所表露出的話語只是惺惺作態，只是想讓你對朕產生好感，因為朕想泡你！」

頓了頓，接著道：「誰知卻出現了個萬喜良？老子喜歡的女人還從來沒有一個老子泡不上手的！不過，看到你和萬喜良那小子間的親親我我，讓得老子很是氣惱，所以就想教訓教訓萬喜良這小子了！

「可怎又知萬喜良這小子竟然不知死活的對老子進行胡亂評判，且語意中透著反秦意味，這怎不讓朕火上加油，氣上加氣，對萬喜良動了殺機。但豈知你卻還不知天高地厚，不知火燒眉毛的竟為萬喜良說情？呸！老子說了當死的人就決死無疑，要不怎叫金口玉言？

「不過，由此一來，朕卻也對你動了殺機，因為朕看出你對萬喜良確實是死心踏地了，那朕也就是沒有得到你的機會了。

「寧為玉碎不為瓦全，這乃是朕的為人處事準則，朕得不到的東西別人也休想得到！但朕此時卻已不想輕易的殺了你們，因為如此太便宜你們了，不足以洩朕對你們的心頭之恨，朕要叫你們生不如死的痛苦死去！」

聽完秦始皇的這番話，孟姜女驀地失常的一陣哈哈大笑道：「果然是你對我們下了媚藥！嬴政，我孟姜女就是下了地獄變成厲鬼，也不會饒過你的！我會陰魂不散的天天詛咒你！」

秦始皇毫不為意的笑道：「能有一個像你這般漂亮的女鬼天天跟在身邊，卻也是朕的福份呢！不過，你的眼福可也就大了，朕有無數的嬪妃，天天都會找她們作樂，你可以一天看一個新，哈，不要春情大發了，讓我們來場人鬼交戰！反正跟你這麼漂亮的女鬼作愛也並不是一件什麼苦差，朕會樂意奉陪的！」

孟姜女想不到秦始皇竟然這麼無恥下流，說出這等話來，冷冷的哼道：「獵天者被天獵，獵色者必被色獵，嬴政，你會遭到報應的！」

秦始皇正待接口，卻見孟姜女突地身形一晃，竟是欲向「音波泉」跳去。

萬喜良見了嚇得亡魂大冒，忙衝上去拉住了孟姜女的一隻手臂，但孟姜女已奔得潭口，萬喜良拉救已是來不及了。

眼看著孟姜女和萬喜良二人就要跌入「音波泉」中，秦始皇忙釋發一股內力，欲用「吸」字訣把二人吸回來，怎知那道擋了秦始皇一掌的光牆又倏地顯現，使得秦始皇心神一震，所發出的內力也隨之一緩，竟只把萬喜良吸了回來，而孟姜女則躍入了「音波泉」中，剛好落在那道光牆的中心。

孟姜女的下體此時正滴流著處女破身之血，那光牆的中心點光束正射在她的下體。

奇怪的現象出現了，那光牆倏地被染得血紅一片，並且變成了一道圓形光柱，孟姜女赤裸的身體被裹在光柱當中，隨著光柱的快速轉過，孟姜女的身體也旋轉著。

「嗤」「嗤」「嗤」！一束束光線破空之聲驀地響起，「音波泉」射向三十二峰的光線的反射光倏地灼亮的顯現出來，在空中五彩繽紛的閃耀著，光線交匯處竟是一隻七彩孔雀的光影，籠罩孟姜女的血色光線正是那孔雀口中吐射出的。

血色光柱的紅色把那孔雀也渲染成紅色，再繼而產生連鎖反應，那些石峰的反射光也變成紅色，再接著「音波泉」中反射出的本是銀白色的光線也變成了紅色，水晶般晶瑩通透的池水也不知什麼時候給變成了紅水晶色。

秦始皇和萬喜良對這突如其來的異象感到驚詫不已時，「音波泉」卻突地發出一陣「咕嚕」「咕嚕」的氣泡聲，那「咚咚咚」的有節奏的音律豁然而止。

裹著孟姜女的光柱變得越來越紅，射在孟姜女下體的光束似在吸納她下體流出的處女落紅。漸漸的漸漸的，孟姜女下體的鮮血終於全被吸光，那空中的孔雀光影口中倏地吐出一把血光刀，從光柱中快捷無比的向「音波泉」水面射去。

「轟」的一聲巨震響起，光影中濺起一片血色水花，那水花被孔雀順著光柱向口中吸去，而孟姜女的身軀卻是順著光柱往「音波泉」落去，似是泉底有一股強大吸力在吸她軀體似的，而這股吸力與光影孔雀口中所發的吸力卻互不干擾。

秦始皇和萬喜良對這景象只看得口瞪目呆，後者見孟姜女的軀體在光柱中消失不見時，才醒悟的大叫一聲向「音波泉」中的光柱撲去。

秦始皇一時也沒覺察，直到萬喜良被光柱反震回岸上來後，才也「啊」的一聲失聲叫出，但他卻不是為孟姜女的生死安危而叫出，而是為想不透這異象的出現到底是為何？

空中的孔雀光影到底是怎麼回事？還有所有的光線都變成紅色，這又到底與女人的處女落紅有什麼關係？

還有，孟姜女被吸入「音波泉」中，會不會因此而破壞「音波泉」的功效？是不是此中仙長也看中了孟姜女？

等等疑問和怪異的想法從秦始皇腦海中掠過，氣急得他「鏘」的拔出了腰間的「天王刀」，此刀乃是三皇五帝使過的寶刀，吹毛立斷，削金如泥不說，此刀還有集中皇者霸氣，調動世上萬物靈氣為使刀者所用的特殊功效。

身形在一聲大喝中騰空而起，秦始皇手中「天王刀」使出了「九天神功」中一招最為厲害的刀法「天下無敵」，並且刀中貫注了九層的「九天神功」向空中的孔雀光影劈去。

「噹」的一聲硬物碰擊之聲響起，聲音震得整個五指峰頂四處都不斷的「嗡嗡」作響。

秦始皇擊出的刀招猶如擊在堅不可摧的金剛石上，與孔雀光影撞擊得濺出火花來。

秦始皇的身形被震過在空中一陣倒飛，口中「嘩」的噴出一口鮮血來，顯是受了內傷。

這怪孔雀竟然這麼厲害？受自己畢生功力一擊，也只是讓得孔雀的模樣顯得受了重傷，而還是沒有擊得它形神俱亡！

這「音波泉」到底有多大的異能？那孔雀光影到底是怎麼來的？為什麼泉水反射出的這些光束能量這麼大，能承住自己「九天神功」的全力一擊？

秦始皇正在驚駭中如此想著時，空中的孔雀光影驟然而逝，泉水的反射光也不見了，光柱也沒有了，那三十二座小石峰突地在「轟轟」聲中全都自行炸毀，「音波泉」中的音律也沒重現，只是泉水卻驀地變得清淡稀釋起來，再也沒有了水晶般的通透之色，跟平常的泉水無異，且泉中心冒著水泡，使得泉水不斷的往上湧。

一切異象在短瞬之內豁然而逝。

這到底是怎麼回事？秦始皇見了又驚又急，凝氣揮刀往「音波泉」劈去。

「轟」的一聲，「音波泉」中的潭水被劈得掀起萬丈的巨浪，泉水「嘩嘩嘩」的有若傾盆大雨的從空中落下，根本就再也沒得什麼特異之處了。

難道「音波泉」的靈氣被孟姜女全給吸收了？

難道孟姜女被「音波泉」的仙長帶走了？

那麼孟姜女豈不是會得到「音波泉」真正秘密的寶藏？

秦始皇愈想愈是氣惱，揮刀在中指峰頂一陣狂舞，心中的感覺無以名狀。

看來「音波泉」再也不是原來神秘的「音波泉」了！秦始皇悲哀的心下歎叫一聲。

萬喜良本是對孟姜女躍入「音波泉」中傷心欲絕，但看著秦始皇氣憤難當的神態，也隱隱猜測出孟姜女定是有著奇遇了。

當下心神一亮，臉上反露出了舒心的笑意。

秦始皇正怔愣在極度的恨惱中，恨自己為何不殺死孟姜女，惱孟姜女破去了「音波泉」的靈氣。突聽得萬喜良的笑聲，頓時回過神來，把心中滿腔的恨惱都發洩到了萬喜良身上。

先是對萬喜良一陣狠狠的毒打，直至打得萬喜良差不多只剩下半條命了，才獰笑著對他道：「你奶奶個熊，你婆娘搶奪去了老子發現的寶物！這個恨就記在你頭上了！老子要把你發配去西域修長城！要讓你生不如死！要讓孟心如見了你後都認不出你來！朕要把你變成人猿！嘿嘿，你知不知道？你的家人和孟心如的家人都已經被朕的屬下殺死了！還有你們那條胡同裡所有與你們接觸的人都已經死了，包括那幫向你讀書識字的小鬼！」

萬喜良聽得手足冰冷，失聲道：「你……你說什麼？那可是真的？你不是答應過心如不殺我們家人的麼？你怎麼可以出爾反爾呢！」

秦始皇嗤笑一聲哂道：「無毒不丈夫，朕可不喜歡拖泥帶水，對自己動了殺機的人，就要連根拔去，毫不留情地把他們全殺光！承諾麼，在朕心中不值多少錢一斤的！」

萬喜良身體一軟，只覺一陣天旋地轉，人給氣憤驚駭得昏了過去。

孟姜女在紅色光柱中被一股奇異的吸力給吸入「音波泉」中，她的身體並沒有觸著水的感覺，只覺全身輕飄飄的如置身在一個暖爐之中，灼熱異常，但並不感氣悶，眼前是漆黑一片。

自己到底是進入了一個什麼世界裡？

是不是地獄？

但為何不見陰府裡的一個鬼魂呢？

孟姜女的人雖給昏了過去，但神志卻清醒得很，身體在不斷往「音波泉」下墜時，思緒卻在心念電閃的亂七八糟想著。

「砰」的一聲，孟姜女的軀體終於落在了一軟綿綿的物體上，此物卻甚是灼熱，幸得曾服過秦始皇所贈的千年何首和菊蜂鮮蜜調成的靈藥，使得身體也具有了一定的抵抗外力的能力，要不她全身赤裸，身上都要給燙出泡來。

孟姜女還是被灼熱痛得「啊」的一聲叫了出來，睜開秀目舉目望去，卻見落入眼簾的是一個瑰麗的景象。

一座孔雀狀的白色水晶大門門頂上寫著「孔雀宮」三個隸體金字，在這三個字一尺來高處鑲嵌有十顆拳頭大的避水夜明珠，把這水下宮殿照得一片通明。

再轉目四顧時，一隻體態碩大的火龜讓得孟姜女驚駭得大叫一聲，人竟給嚇昏過去。

一種黏黏的感覺讓得孟姜女清醒過來，睜目一見卻又是那足有一米多高，三米來長的大火龜正伸著又長又大的舌頭在自己臉上輕舔著。

這次孟姜女只叫了一聲，卻並沒有給嚇昏過去，只爬了起來，向後退了幾步，見那火龜目光慈善友好的望著自己。

孟姜女壯起膽子道：「龜……龜爺爺，你是鎮守這孔雀宮的靈物嗎？我是不是被你給帶到這裡來的？」

孟姜女本是抱著試試看的心理，看這火龜聽不聽得懂自己的話，不想火龜倒真連連點頭的衝著孟姜女嗚叫著，並且口中吐出一道真氣在地上寫起字來。

原來這「孔雀宮」乃是三皇五帝時的一位公主建造的，這位公主與她父王甚是合不來，但她自小聰穎過人，尤其對機關玄學、天文地理一道甚感興趣，並且一學就通，能舉一反三。

一日在她父王練功的時候，此公主突地出言指出她父王武功的不足之處來。此王君知公主從不諳武道，對她的見解甚是不以為意。

公主氣父王不尊重自己的意見，於是為了證明自己話中的正確，自此對武道也大是生出興趣來。

這一來可好，公主因迷戀上武學，而當她到了二十歲的花季之齡時，也還是不願出嫁。

父女二人因婚事經常發生口角，甚至有了矛盾。

一日，公主欣喜狂叫著找父王比武，說是已經可以打敗她父王了。父王因對公主有了氣惱，聞言大是不服，父女二人便鬥了起來。

這一戰打得可好，二人鬥了一天一夜，鬥得天昏地暗，父王以半招之勝打贏了公主。

公主是個心高氣傲之人，雖是敗給了父王，卻也大感傷心絕望，於是逃出宮中，來到這高陽縣，看中了五指山的五指峰，決定在此峰隱居餘生。不想一日被她從峰頂的泉水中領悟出了凝氣成音，如水波般用聲波來攻擊目標的武功。

這一發現使公主忘我的投入了此種武功的創造中，這公主倒也真是個武學奇才，兩年多下來，真被她練成了舉世無敵的「音波功」，中指峰頂那泉水也被她命名為「音波泉」。

武功大成之後，公主本想重下山去回宮找父王比試，不想這日「音波泉」中突地冒出一隻萬年火龜和一隻修練足有幾千年的天地赤龍。

二獸在中指峰頂鬥了個天昏地暗，最後萬年火龜落敗，就要被天地赤龍擊殺時，公主於心不忍，發出「音波功」為萬年火龜擋了天地赤龍一擊。

天地赤龍正想著殺死萬年火龜享用美食一頓，不但可使自己氣血大補特補，而且食了萬年火龜的內丹可平添百年修為，被得公主這一阻攔，天地赤龍暴跳如雷的頓把滿腔惱怒對公主發洩了出來。

一人一獸在五指峰頂大戰了數千回合，公主在鬥得就快力竭時，施展出「音波功」第九重「天梵魔哭」，把也已力竭的天地赤龍炸得形神俱滅，只有一顆內丹。

公主在擊殺了天地赤龍後，勁力耗盡，眼看著就要魂歸九天，那被救的萬年火龜運用「龜息寢氣大法」，把自己體內真氣波送入公主體內，才保護了公主一命。

公主大難不死，不但得了一顆天地赤龍內丹，且這萬年火龜成了她忠實的僕人，把公主帶到這「音波泉」的水底。

公主不經意發現了水底的一個寶藏，於是把這藏寶藏之地改造為自己的住所，因她叫作孔雀公主，所以她把住所大門裝飾成了一座孔雀石雕。

經過二十多年的努力，孔雀公主把「音波泉」大加改造，利用所知的天文地理機關玄學知識，「音波泉」被改造成了死亡之泉，五指峰也被改造成了死亡之峰，這其中最大的妙用之寶就是天地赤龍的內丹，把「音波泉」泉水質地大大改質，並且使泉中蘊藏了一股巨大的防守能量。

孔雀公主因與天地赤龍一戰，全身經絡全斷，不能再練武功，然她對敗給父王一事始終耿耿於懷，認為自己要是無恙的話，憑自己的「音波功」，定可打敗父王。

但這一願望，她卻不能去實現了，所以把畢生所學都記載了下來，錄成了一本「音波神功」，並且留了一瓶萬年石乳液和一瓶萬年火龜膽汁留待有緣人，想教有緣人去發揚光大自己所創出的「音波神功」。

因孔雀公主是女性，所以她所創出的這套「音波神功」也只能是女性修練，並且只能是處女剛開苞，所以孔雀公主僅為了這個難題，想方設法利用光學和化學的某些原理設計出了三十二光陣的驗身驗血之法來。

孟姜女看完萬年火龜所寫的這一番介紹，心中也不知是喜是悲。自己現在不但可以不死了，並且可以獲得一身絕世神功，這確實是件喜事，但萬喜良的不知是生是死，讓得孟姜女的心在欣喜之中升起沉沉的悲痛來。

不管怎麼樣，自己先練好神功，出得這「音波泉」後再說其他吧！

孟姜女的秀目中射出思念和復仇的火花。

第九章　初試神功

孟姜女在「音波泉」水底的「孔雀宮」中也不知過了多少個時日了，因這水底世界不分白天黑夜，再加上孟姜女整個身心都沉浸在孔雀公主所遺下的「音波神功」典藉中，所以時間在她腦海中也沒有了任何概念。

她現在已經迷醉在這片武學和玄學的寶庫中了，孔雀公主所遺下的專著實在是太多，讓得孟姜女猶如一個孩童躺在母親的懷中吮吸乳汁般的貪婪，這些武學和玄學的乳汁讓得孟姜女已是脫胎換骨，再也不是以前柔弱的孟姜女了。

她服食了孔雀公主所遺下的萬年石乳和萬年火龜膽汁，讓得孟姜女平添了幾甲子功力，到底高深到何等程度，連她自己也不知道。

「音波功」實在是一門玄奧高深的武功，它可以由一個人的喜怒哀樂來發揮神功的威力，把感情凝注於功力之中再以聲波的形式發射出去，不但可以控制他人的心神，並且可以使得殺傷力收發由心，再加上聲波乃是甚難把握其規律的無形之物，敵方不易破解，所以「音波功」確可算得上天下無敵的神功了。

「音波功」共分九重，乃是孔雀公主根據其父王的「九天神功」的克制之法而分的。

第一重「天梵古箏」、第二重「天梵箏魂」、第三重「天梵奪魄」、第四重「天梵心咒」、第五重「天梵怒笑」、第六重「天梵梵音」、第七重「天梵無波」、第八重「天梵震雷」、第九重「天梵魔哭」。

孟姜女大約花了三個月的時間，才把「音波功」練成，雖然她的功力已可讓「音波功」發揮出至高威力，但是由於還是初成，不大純熟，所以還不能夠收發由心。

孟姜女如此專心的練功，雖說是孔雀公主遺下的武學確實讓她著迷，但對她真正的策動力卻還是為了練好武功去向秦始皇報被凌辱之仇。

其實她現在還不知家中發生的慘境，否則她或許根本等不到今日就要去找秦始皇了……

現在最是讓她擔心和牽腸掛肚，練功時常分心的就是萬喜良，他現在怎麼樣了呢？

秦始皇是把他發配到西域邊疆修長城去了，還是把他給殺了？

想來以秦始皇變態般的性格是不會殺萬喜良，而是想盡辦法折磨他以洩恨吧！

有人就有世界，只要活著就好！

否則自己雖是練就了一身絕世神功，但沒有了自己深愛的人在身邊，那自己的生命又有什麼意義呢？

唉，也不知自己躍入這「音波泉」中，習得孔雀公主所遺下的武學寶典，到底是不是因禍得福？

孟姜女近些時日來發覺自己身體有了變化，時常的想嘔吐，並且口乾舌燥，腹部也漸漸隆起，這讓得她知道自己定是懷孕了！

但是又一個讓她心煩意亂的問題從她心中長起，那就是秦始皇和萬喜良都與自己有過合體之緣，腹中的孩子到底是誰的呢？

是萬喜良的，自是一切都好；如是秦始皇的，那自己還要與他生死搏鬥，這……

孟姜女心中都滲出苦水來，心理上的這種種障礙，讓得她再也無法專心的練功了。

出得這「孔雀宮」中的念頭，這幾天時時在她心中縈繞，但是出了這「孔雀宮」，自己如何去面對別人呢？

自己可是個……

還有，自己出了「孔雀宮」，又應該做些什麼呢？

自己到底敵不敵得過秦始皇還是個未知數，若是不敵於他，自己沒得了命在，那可是兩條性命啊！

小生命是無辜的，自己又怎可在他未出生之前就讓他夭折了呢？

無論肚裡的孩子是萬喜良的還是秦始皇的，自己一定得讓他健康的出世！

孟姜女想到這裡，決定先回家中去見了自己父母和萬喜良的父母，安頓好他們之後，再去尋找萬喜良，活要見人，死要見屍！

做好決定之後，孟姜女在「孔雀宮」中收拾一番，發現許多金葉雕造的孔雀，並且這些金孔雀一隻隻都栩栩如生，甚是可愛，便包裹了起來。

這些金孔雀日後便成了她的身分令符。

孟姜女攜帶的兵器是孔雀公主所遺下的一把「天梵古箏」，此古箏架是海底的千年寒鐵鑄成，箏弦是天蠶絲製作，一般人根本拔不響此古箏，因為拔箏時必須以內力催發。要想發揮出此古箏的威力，那更必須是內家功夫的絕功高手。

孟姜女一切準備妥當後，喚來萬年火龜，著牠送自己出這「音波泉」。

萬年火龜目光裡流露出難分難捨的神色，嘴裡低聲嗚咽著，竟是不肯合作。

孟姜女一陣好說歹說，才讓得萬年火龜極不情願的點了點頭，待孟姜女縱身到這巨大的背殼上坐穩後，驀地翹首仰天一聲長嘯，「孔雀宮」應嘯而倒，發出「轟轟轟」的一陣爆炸之聲，水底這瑰麗的世界刹然成為一片廢墟。

孟姜女看得一陣心痛，這「孔雀宮」不知耗費了孔雀公主多少心血，但是現今卻……

不過也知道這是無可奈何之事，因為萬年火龜奉了孔雀公主的遺命，待得有緣人來到這「孔雀宮」藝成出泉時，務必毀去「孔雀宮」！

然心裡終究是極不舒服，不管怎樣，這「孔雀宮」的毀去都與自己有些關係，因為自己若是沒有進入這「音波泉」的話，那可就……

孟姜女看著已是狼藉一片的「孔雀宮」的殘物，心下不勝感觸的長長歎了一口氣，低聲的對萬年火龜道：「走吧！從今以後你守宮的任務已完成，你可以覓地去修練你的道行了！」

萬年火龜的雙目突地落下淚來，口中吐出一道白色的氣往泉水成一斜角度射去，泉水頓然空出一條通道來，萬年火龜馱著孟姜女有若脫弦之箭般從這通道向水面升去。

就快要升到水面時，突地只聽得有人驚呼道：「啊！『音波泉』有反應了！似有一龐然大物正往水面衝來！會不會是皇上叫我們守獵的什麼仙人？這……皇上現在在京城，可怎麼通知他呢？」

另一人朗聲道：「當然是尋出了這『音波泉』的寶物之後再稟報皇上！否則，你有幾顆腦袋，這半年多來也不知有多少人因此死於非命了，就連桓上將軍也因此受得皇上責罰了呢！嘿，我們這次還好，只在這五指峰尋探了半個多月，泉中靈物就自動出現了，若是我們擒住了這靈物，皇上一高興下來，我們可就……哈哈，黃金美人大大的有了！」

此人話音一落，當即有十多人跟著狂笑起來，先前那人道：「奪命郎君說得不錯，我們卻是運氣不錯，連桓上將軍那等有本事的大人物，對這『音波泉』尋寶也是一籌莫展，想不到我們卻只坐著等寶，毫不費功夫。」

那奪命郎君此刻卻又是沉聲道：「看來潭中寶物是隻異獸，我們中原十二星象可也決不可大意了，若是一擊不中嚇跑了寶物，那我們也就準備人頭落地吧！

所以大家一定得齊心協力，不可像平常那般的面和心不和了！」

其他的十多人斂了笑聲，齊聲應道：「是！」

萬年火龜背負著孟姜女已剛好騰出水面，中原十二星象中頓有一人又失聲驚叫起來道：「喂！大家快看，是一隻火龜！牠的背上還有一個大美人呢！」

此人話音剛落，萬年火龜口中突地噴出一道內家三味真火，向這對孟姜女語帶調戲的漢子射去，另有一人驚呼道：「老三，小心！」

火龜噴出的三味真火已是籠罩住了這「老三」，「老三」慘呼一聲，渾身頓然成為火球，不消片刻，竟被燒成了一具焦屍，還冒著青煙。

其他的一人見了這境況，驚駭得內心狂震，再也不敢吭聲，連大氣也不敢喘的望著萬年火龜，對孟姜女的絕世姿色再也無心欣賞。

孟姜女看得也是一陣駭然，想不到萬年火龜的三味真火竟是如此厲害，在片刻之間就可把人燒焦，並且對方連一絲掙扎反抗的機會也沒有。

萬年火龜的道行已如此厲害，想當年那打敗了火龜的天地赤龍，威力更是不可想像，而打敗了天地赤龍的孔雀公主武功的威力呢？

這……自己練成的「音波功」的威力豈不比萬年火龜方才吐出的那道內家三

味真火的威力還能大得多？

那……自己如施出「音波功」，天下間還能有幾人是自己之敵？秦始皇的「九天神功」定然敵不過自己的「音波功」了，自己的仇恨終於可以得報了！

孟姜女心中一陣激動，驀地一聲喜極而悲的嬌吟叱喝，身形「哩」的一聲飛離萬年火龜的背殼，在空中劃過幾道優美的弧線，才降落至中指峰頂的一石峰上，對萬年火龜道：「回去吧！以後每年的今日我都會來看你的！」

萬年火龜在「音波泉」水面上一陣旋轉，翹首望著石峰上的孟姜女，嗚嗚的叫幾聲，巨大的身子在旋轉中向水下沉去。

中原十一星象一直都在心驚膽顫的盯著那萬年火龜，心神一片麻木空白，這刻見得萬年火龜要沉下水去，頓然想起秦始皇交給自己等的任務。十一人對望一眼，不約而同的飛身落至「音波泉」水面上，施展「凌波虛度」的輕功在水面上定住身形，再同時揮掌向因捨不得孟姜女而正緩緩下沉的萬年火龜猛力擊去。

孟姜女見了心頭火起，怒喝一聲：「不知死活的傢伙。」

纖手快捷的取下背上的「天梵古箏」輕輕一拔，「咚」的一聲箏弦震動之聲，卻見一道成波狀遞進的罡氣向十一星象所發的掌勁抵禦過去。

「轟轟轟」的一陣勁氣相觸炸裂聲響起，十一星象的身形齊被震得在水面一陣暴退，功力較深者或臉色蒼白或嘴角溢血，功力較弱的呢，則是喉嚨一熱，「嘩」的噴出鮮血來。

萬年火龜似是為十一星象慶幸他們有福氣，小主人沒有殺他們似的掃視了十一星象一眼，在孟姜女的再次催促下，巨大身體把「音波泉」捲出一個急勁的漩渦。過了好一陣漩渦在平息下來。

而十一星象在漩渦最猛之際，再也在水面上立不穩身形，只得飛身躍向地面，眼巴巴的看著萬年火龜沉下水去，消失不見。

不過他們的注意力這刻都轉移到了孟姜女身上，十一道目光又驚又疑的盯著石峰上的孟姜女。

這絕色女子是什麼人？

她似乎與那火龜甚是熟識，且她方才隨意彈出的一聲琴音，竟然不但化解了自己十人的勁氣，而且把自己等人震退，這份絕世功力普天下能有幾人會得？

十一星象驚駭得望著孟姜女時，孟姜女也想不到自己只貫注了四層「音波功」功力於「天梵古箏」上，「天梵古箏」發出的威力就已如此之大，那麼……要是九層功力的「音波功」，其威力到底高深到什麼程度呢？

孟姜女不禁凝視著自己的雙手和手上的「天梵古箏」發愣，十一星象中有一人終於忍不住的衝著孟姜女喝道：「喂！小美……你是什麼人？那沉入水底去的火龜是你所看養的嗎？我們乃是奉當今皇上之命來這『音波泉』尋寶的，就是你那隻火龜了！小姑娘，只要你喚出火龜交由我們交給了皇上，皇上高興下來，你不但有享之不盡的榮華富貴，說不定還會被皇上看上，把你納為皇妃呢！那小姑娘你可就財勢兩得了！」

孟姜女現在最惱的就是旁人拿秦始皇取笑她，這漢子不知其中曲折，信口說來，讓得孟姜女又羞又恨，頓時冒出一股無名怒火來，冷哼一聲中叱喝道：「住口！秦始皇這惡賊就是不找我，本姑娘也會去找他的！你們滾回去告訴秦始皇，我孟姜女一年之後，會去向他索取舊帳的！」

十一星象顯不知秦始皇和孟姜女之間的恩怨關係，聞得孟姜女不但敢稱秦始皇為「惡賊」，而且口氣如此托大，不由得人人皆憤。

那奪命郎君臉色一沉，陰笑著道：「姑娘把我們十二星象當作什麼人了？在中原，江湖中誰人不知我十二星象的大名？你可去打聽打聽，中原近二十幾年來所發生的特大殺人盜竊搶劫案，那都是我十二星象所作的！皇上也因看上了我們的盜搶手段，所以收了我們作他的內衛佩刀武士，姑娘口出如此狂言，似根本沒把我十二星象放在眼裡，且不說你言中的犯君之罪，就這一點我們十二星象也咽不下這口氣，今天是決不會放過你了，定要你為你方才的狂氣付出代價！」

孟姜女冷笑一聲道：「原來是十幾個毛毛盜賊！就憑你們想要本姑娘付什麼代價？哼，我今天倒要替天行道、為民除害了！」

孟姜女此刻對自己的武功信心巨增，知道憑這十一星象的這般身手，聯手起來也不是自己之敵，聞得他們乃是盜搶的惡人，當下對他們動了殺機。其實孟姜女本是一個對善惡感很強的人，以前雖然見著了許多不平之事，卻只得忍著不敢吭聲，因為她自己也只是一介弱質女子，根本幫不了他人。

這刻突地身俱一身絕世神功，心底深處受壓抑的俠義之心頓然升起，再加上她修習孔雀公主所留下的武功，不知不覺也沾染上了孔雀公主好鬥的習性，所以對十一星象的出言毫不客氣，一開口就充滿了火藥味。

十二星象自出道以來，還從未被人像孟姜女這般的罵過，何況對方還只是個看起來弱不禁風的女人，聞言氣得個個都是肝火陡升。

一白皮膚紅頭髮的怪人更是暴跳如雷，吹鬍子瞪眼睛的怒吼道：「臭丫頭，不要以為自己有幾招三腳貓的功夫就如此狂妄自大！我們十二星象可也不是被人嚇唬著長大的！既然想逞英雄，你就放馬過來吧！先讓我『紅毛獅王』來見識見識你手底下到底有幾招功夫！」

孟姜女對這什麼「紅毛獅王」的凶態不屑一顧的嗤笑道：「你們十一人還是一起上吧！免得我大費手腳！噢，對了，留下一人，本姑娘饒他不死，讓他去向秦始皇報告說，『孔雀令主』孟姜女不會放過他的，叫他小心提防著點！也不要患了什麼傷風感冒給病死了！叫他多多保重身體！」

孟姜女說話的這種語氣和態度，根本就是沒把十一星象給放在眼裡，奪命郎君喋喋怪笑道：「好！這可是你要找死，怪不得我們十二星象以少勝多來了！兄弟們，擺開十二星宿大陣，咱們就來見識見識『孔雀公主』的厲害吧！」

其他的十名漢子聞言，皆都沉聲應道：「是！」

一陣「呵！呵！」的喝聲頓時隨著十一星象轉動的身形響起，並且愈轉愈快，最後形成了一個光團騰空而起，向孟姜女所站立的石峰衝來，有若一道旋轉的狂風，又猶若一隻滿身是刺的刺猬，並且帶著「嗤嗤」的勁氣破空之聲。

孟姜女見這十一星象果真還有幾許斤兩，也暗暗收斂了心神，在他們所形成的光團就要襲至時，施展開「音波流星」的輕功身法，閃過他們的襲擊，飛落地面，把「音波功」提升至六層護體。

因為孟姜女感覺十一星象施展開什麼「十二星宿大陣」後，他們就似乎成了一個整體，功力也隨之比單個時提增數倍，若不提升功力，自己可能不敵，所以不敢硬接十一星象的這記聯手之擊。

奪命郎君見孟姜女如此輕鬆的就避過了自己十一兄弟這「星宿合體」的凌厲攻擊，心神也是大震，想不到這自稱「孔雀令主」的孟姜女武功當真是高深絕倫，方才那身法簡直快如鬼魅，這……剛開始擊退自己十一兄弟的真是這孟姜女所釋發的功力嗎？

自己還懷疑是那火龜搞的鬼呢！如果這孟姜女功夫高絕，自己十一兄弟今日說不定真要命送五指峰了！

不過，退縮是絕對不行的，因為無論孟姜女怎樣厲害，即便是把自己等全給殺了，也比被秦始皇無孔不入的追殺好，要是落入秦始皇手上，他們十二星象可都親眼見過秦始皇懲罰叛徒的手段，那簡直是生不如死，想來都讓人覺得恐怖可怕。

孟姜女避開十一星象的「星宿合體」後，「音波功」第六重「天梵梵音」應手拔箏而出，「咚咚咚」一陣甚有節律的音律頓然響起，「天梵古箏」的琴弦每震動一下就有一道圓形旋轉的勁氣釋出，成波狀的一層一層快速遞進著向十一星象組成的光團擊去。

十一星象的聯合體也頓然作出反應，倏地光團一散，又組合成一條「一」字長蛇，奪命郎君排在前頭，其他十人一人接一人抵在他背後，把功力輸入奪命郎君體內。

奪命郎君驀地大喝一聲，雙掌一陣揮舞，十一人的功力在他掌中釋出，帶著「轟轟」的奔雷聲向孟姜女古箏音波狙擊過去。

「轟轟轟」的罡氣炸裂聲再度響起，勁氣爆炸的餘勁向四周石峰石筍擊去，炸得石粉紛飛，塵土飛揚五指峰一片狼籍。

孟姜女和奪命郎君領頭的「一」字長蛇陣各皆向飛暴飛了三四步，孟姜女的嘴角給震得溢出一絲血絲來，顯是受了內傷，奪命郎君則只臉色一陣蒼白，喉嚨「咕咕」作響兩聲，又很快平息下來。

見得孟姜女嘴角流血，奪命郎君心中大喜，以為孟姜女的功力也只不過如此，當下怪聲一陣獰笑道：「嘿，本以為姑娘真的可以傲視天下呢！原來卻也只是裝腔作勢的！現在只要你放棄抵抗投降，喚出水底的火龜，讓我們帶走，再隨我們進京去見皇上，說不定我們會為你在皇上面前求情幾句，請他饒了你一命！要不然，姑娘國色天香，甚是誘人，我們十一兄弟一時把持不住，那可就……」

奪命郎君的話還未說完，孟姜女氣得臉色鐵青的把「音波功」提升至了第九重功力，怒叱一聲道：「找死！」

「天梵魔哭」頓即應琴而出，「天梵古箏」發出世界末日降臨一般的哭聲，那聲音有若地獄裡的陰世魔王，正在一場昏天暗地的狂風中的厲叫聲，又有若天崩地裂時世上所有的人一齊發出的淒嚎聲。

五指峰上頓然狂風大作，石走沙飛，天空也突地湧來一片烏雲，並且烏雲間隙中閃電大作，雷聲轟轟。

「天梵古箏」發出的哭聲音波在閃電的劈擊下突地光芒大作，與雷聲相和的成包圍狀向十一星象擊去。十一星象人人只覺耳中厲哭陣陣，眼前幻象四起，自己先前所殺的人都面目猙獰的張牙舞爪向自己撲來，並且眼中所有的空間都滴著血，只嚇得他們全都抱頭掩耳的在地上翻滾起來，哪還顧得什麼擺「一」字長蛇陣與孟姜女相鬥？

孟姜女本是因對奪命郎君對自己的謾罵氣恨不過，所以才施出了這「音波功」中的最高境界，不想果也湊效，「天梵魔哭」一經施出，十一星象頓然潰不成軍。

但孟姜女也對「音波功」的這招「天梵魔哭」生出懼意來，因為她感覺自己施展此招武功時，猶如變成了一個魔鬼，殺機大熾，並且思想也變得惡毒。

其實孔雀公主當年創造此招「音波功」時，因針對「九天神功」的第九式「天毀地裂」，想來要破此招，務必把自己變成一個比陽世君王還要凶殘的魔鬼，才能發揮出這招「天梵魔哭」的至高威力。

孟姜女在修練這招「天梵魔哭」時也曾有過心理波動的感覺，但卻沒有這刻對敵時的這麼強烈。原來這招也是孔雀公主所弄的玄虛，那就是「音波功」中的每一招武功都與施功者的心情有關，也就是說施功者的思想感情可以決定「音波功」威力的大小。

孟姜女這刻對十一星象生出了森嚴殺機，所以使得「天梵魔音」的威力比她修練此招武功時增強了一倍有多。

十一星象被孟姜女的「天梵魔哭」擊得如滾地葫蘆般在地上亂滾亂竄，全身的衣物都被地上的飛沙走石劃破，露出的肌膚也是鮮血淋漓一片，淒厲的叫聲迴盪在這五指峰上，顯得格外的詭異恐怖，並且帶著濃重的淒涼。

孟姜女此刻已經止住了箏音，見得十一星象的慘景，心下一陣惻然，對他們所生出的憤恨也全都煙消雲散，並且有了些許同情。

唉，他們其實也只不過是秦始皇淫威下屈服的一幫忠實走狗而已，自己何必把對秦始皇的怨氣發洩到他們身上呢？

還是放了他們吧！也不知自己方才所施的「天梵魔哭」把他們傷得怎麼樣了？

孟姜女正如此想著時，卻見那十一星象突地都從地上爬了起來，顯得傻頭傻腦的對著孟姜女笑了笑，竟是手舞足蹈的向孟姜女走去，目光呆滯，行止笨拙。

孟姜女見了心神大駭，甚是不明所以，卻也隱隱可以測知十一星象現今的這等神態，可能是與自己所施展的「天梵魔哭」有關。

看來「天梵魔哭」威力太過霸道，自己往後可得慎重使用！

這十一星象本是大奸大惡之徒，死了也不可惜，現今傷得他們這般，也可以說是他們一生作惡多端的最好歸宿了吧！孟姜女正如此自我安慰的想著時，突見兩道黑影流星趕月般的從山下向峰頂飛來。

待得兩道黑影站定後，孟姜女舉目一看，卻見兩個一黑一白的長髮怪人，正閃動著二雙精光閃閃的雙目，盯在神態失常的十一星象身上。許久才轉望向孟姜女，臉色不大自然的那白怪人道：「丫頭，這幫人是被你所傷的嗎？」

孟姜女只點了點頭，還沒有說話，那黑怪人失聲道：「什麼？真是你傷了他們？那……那你可就是居住在『音波泉』中的『音波仙子』了？」

孟姜女聞言略一遲疑，想來自己是孔雀公主的記名弟子，也可自認是她門人，當下點首道：「不錯！我就是居住在『音波泉』中的『音波仙子』的弟子！兩位前輩如何知道我師父的？」

孟姜女確是對黑怪人的話大存疑問，因為孔雀公主乃是三皇五帝時的人，距今已是有一千多年了，這黑白怪人如何得知孔雀公主的呢？

因為一個人任你怎樣長壽也不可能長生不死啊！心存疑問之下，便也問出來。那黑怪人聽了孟姜女的話，卻是突地神態變得對她恭恭敬敬，俯身行禮道：「原來是仙子的後人！晚輩這廂有禮了！但不知仙子她老人家……」

孟姜女倏然心動，她在泉府的「孔雀宮」居住了半年有多，卻是未見著孔雀公主的遺體，難道……孔雀公主沒有死？這……不可能吧！

萬年火龜的語意中也是認為孔雀公主已不在人世了，可……這黑怪人又似見過孔雀仙子，這……到底怎麼回事呢？

黑怪人見得孟姜女的怔態，不解道：「前輩，晚輩的話你可聽見了？」

孟姜女卻是想得失神的脫口道：「你們二人是什麼人？認識我師父嗎？」

那黑怪人點頭道：「我們見過仙子兩次，每隔二十年八月十五的中秋那天黃昏時分，仙子就會在『音波泉』的水面上現出她的幻影，並且會選擇一人作為她武功的傳播者。

「在仙子在江湖中傳聞她要現身時，我們兄弟二人有幸見著了仙子，並且被她選中，傳授了我們兩招『音波功』，使得我們兄弟在江湖中獲得了『黑白無常』這個稱謂。

「今年仙子第三次現身的時候快到了，再過十天就是八月十五，所以我們兄弟倆提前趕到五指山下住下。不想，我們在山下聽著了峰頂上的異聲，所以被吸引上來了，還請前輩恕罪！」

孟姜女聽黑無常對自己「前輩」前「前輩」後的大感尷尬，不過從黑無常的這番話中卻也知道了個中原因。

原來在孔雀公主的一本隨記中記載，她曾轉告萬年火龜，若是五百年後還未有緣人到得孔雀宮來，那就以後每隔一百年後的八月十五中秋的黃昏時分，把她的畫像利用「音波泉」的特殊水質和一定的光學原理給反射到「音波泉」上，並且叫萬年火龜用「凝功變音」的秘技發出像她一般的聲音，選擇一個資質好些的人作為傳人，把「音波功」傳授給他，讓有緣人發揚光大她的「音波功」。當然這般的學「音波功」者就得看他的悟性和資質，能學得幾層就誰也不知了。

萬年火龜等待了一千來年，才在六十年前發現了可以有資格繼承孔雀仙子「音波功」的黑白無常，因為要練「音波功」需具有深厚的絕世功力，黑白無常兄弟倆因偶食過千年黑蟒卵，所以被萬年火龜所選中，並且他們兄弟倆的怪樣也是因食了千年黑蟒卵所導致的。

黑白無常兄弟當年闖過了萬年火龜特意施出的孔雀公主所授的「音波功」，既沒有被迷失神志，武功也沒有被廢掉，所以萬年火龜選下了「黑白無常」為「音波功」的繼承者。

然由於「音波功」太過深奧，孔雀公主當年授功萬年火龜時，因人龜智力分差始終太大，所以萬年火龜所習得的「音波功」顯得形似而神不似，再加上習「音波功」要想在短時內學完全，就必須得具備有絕世無雙的內力。

孔雀公主因擔心後人功力不濟，所以叫萬年火龜因材施教，看適選者的功力基礎而定多少年教他一重「音波功」，絕不可操之過急。

因得這些前因，才出現了江湖中人紛紛想上五指峰，但卻無一人能夠成為幸運者，直至六十年前的黑白無常，但他們也只可二十年才能習得一招。

當然這其中的內幕原因黑白無常兄弟並不知曉，他們只是覺得「音波功」玄奧異常，自己二人有緣能習得此功，已是莫大福分，倒也不貪心巴不得一下子全都習完。

孟姜女從孔雀仙子所遺的筆記中倒是大概的猜出了這個中原因，有些欣喜之色的道：「你們也會『音波功』？那我們可稱得上是同門師兄妹了！兩位師兄在上，請受師妹孟心如一拜！」

說著孟姜女已是突地跪地向黑白無常倆兄弟拜了下去，只把兩人慌得手忙腳亂的去攙扶孟姜女，白無常惶聲道：「我們只是仙子她老人家的賞功者，又怎能與心如姑娘比呢？你是仙子的親傳弟子，這個……可也說算上是我們的少主人呢！

「因為我們當年在被仙子應選中時，仙子給我們下了一個禁約，就是不得把她傳授武功的事傳洩出去。我們兄弟倆那時年少氣盛，哪會願聽他人左右自己？

「所以不服仙子的似若命令的話，於是與仙子打了個賭，就是我們若能接下她一招，禁約就全破去且教我們全套『音波功』，否則就得效忠於她，作她的忠僕。我們兄弟倆當時在江湖中也算得是有些名字的人，且自負武功不弱，便應承了仙子的賭約。

「不想我們未能接下仙子的一招半招……嘿，我們自是輸了！現姑娘是仙子唯一門人，那也就是我們的少主人了！」

頓了頓又一臉困惑的道：「這十年來的兩次相見，我們從未見過仙子的真身，少主人這次現出真人卻是為得何事？我兄弟二人是否可以幫得少主人的忙呢？」

孟姜女也不點破事情的真相，想來自己有得這黑白無常二人相助，找萬喜良也方便快捷些，再有就是自己若被秦始皇打敗了，孔雀公主的「音波功」也不至失傳。

想到這裡，略略沉吟了一下道：「師父測算說當今世上出現了一位暴君，所以著我下山除去此暴君為萬民造福。不想我還沒有下山，那暴君就派了這麼一幫廢物來想破壞『音波泉』，被我給懲罰了一番！」

黑白無常早就見得峰頂的異景和十一星象的呆態，心下也早就為之納悶，但是一直沒有機會向孟姜女發問，這等聽得她提起，並且說要去刺殺秦始皇，黑白無常同時失聲驚叫，前者沉默了一陣，細目向十一星象望去，見清他們樣貌時，又是叫了起來道：「十二星象！他們……怎麼變成這樣了？噢，怎麼只少一人？還有一人呢？少主，這……到底怎麼回事？」

孟姜女輕描淡寫的答道：「他們中了我所施的『音波功』，武功全失，神經失常，已經變成廢人了。至於還有人一麼，哪，已經變成一具焦屍了！」

黑白無常聞得十二星象是被孟姜女所傷，已是大是驚駭，又順著孟姜女的手勢望去，見得那被萬年火龜的三味真火燒焦的十二星象中的老三，心下更是一陣駭然，只瞪大眼睛張大嘴巴不知怎言的望著孟姜女。

這時，五指峰下突地人聲洶湧，似是有大批人馬正往峰頂馳來。

孟姜女聽得臉色一變，黑白無常則是一臉惱色。

第十章　音波大會

孟姜女眉頭一皺，問黑白無常道：「怎麼回事？這麼多人似都往我們這裡馳來？」

黑無常苦色道：「還不是因為過幾天是中秋了！武林中人誰不想見見『音波仙子』？即便不能學得她的武功，也想目睹一下她的絕世容顏！當然，最主要的是想伺機探得『音波泉』的秘密，獲得『音波仙子』的真傳。

「因為江湖中人人皆知，若是誰能解開『音波泉』的秘密，就可被『音波仙子』選作傳人。不過，此消息放出近一百年來，尚無人能窺破『音波泉』的玄機。」

白無常接口道：「這幫人最是可惡了，平時不敢一人上這五指峰，每當到了中秋這天，就集到這高陽縣，成群結隊的上這五指峰。不過如不是『音波仙子』開放的中秋，想行上這五指峰的江湖人士全都不死即瘋，並且武功全廢，所以這二十年來，甚少人敢獨闖五指峰了。

「今年是『音波仙子』放言開放五指峰的一年，中秋這日整個中午都開放，所以那些形形色色的武林中人都集湧到了中指峰下，只等時日一到就上峰。

「當然，五指峰四面臨崖，且崖高數十丈，一般的武林中人自是上不了這五指峰，山下那幫人絕大多數都只是湊熱鬧，真正的高手可並不多。」

孟姜女聽得二人的話，心情倏地沉重起來。秦始皇是窺出了「音波泉」的奧秘的，雖然現在「音波泉」的價值已因自己而不復存在，但秦始皇卻會利用這次五指峰的「音波大會」來實施什麼陰謀，使天下群雄為他所用。

這……怎可讓秦始皇的奸計得逞呢？

若是天下群雄真被秦始皇所控制，那……秦始皇的爪牙就更多了！天下黎明百姓的日子也就是更加淒慘，這世上的悲劇也就會更多！

不行，自己一定得阻止秦始皇的陰謀！

不，最好是能當著天下群雄的面揭穿秦始皇的陰謀，讓天下英雄能夠覺醒起來，憎恨秦始皇的殘暴，高舉大旗起來推翻暴秦。

萬喜良曾也說過，水能載舟亦能覆舟，人民的力量是偉大的，若是有英雄志士站出來領頭反秦，天下百姓都定會紛紛響應，那……秦王朝……也不會永坐江山的！

想到這裡，孟姜女的心情有些激動起來。

自己與秦始皇的怨仇是不可不報，但為了天下百姓，自己也只得暫忍一下了！

至於找喜良的事情，也得等這「音波大會」完了再說。現在距離五指峰的開放時間還有四五天，自己還是先回家探看一下父母吧！

也不知他們現在怎麼樣了？彼此之間杳無音信的分離了半年多，他們現在還好吧？不知秦始皇有沒有為難他們？

孟姜女一想到父親和母親，念家的心情突然迫切起來，也不由自己的生起一股莫名的忐忑不安之感，似是預感到什麼不祥兆頭似的。

再看著自己隆起的小腹，孟姜女只覺一陣酸楚湧上心頭。唉，自己的命運可真是太苦了，家境敗落不說，竟是連平靜的生活也得不到！本以為遇著了喜良後，自己也就有了一個幸福的歸宿，可誰知……

孟姜女心頭一陣刺痛，望著十一星象的呆滯模樣，竟生起一股與他們同病相憐的感覺。

十一星象雖然說來是被自己的「音波功」所傷，但是實際上他們卻都是秦始皇所利用的工具，所以間接說來他們也是被秦始皇所害的。

一切的罪魁禍首都是秦始皇！

像這樣的暴君來統治國家，可真是天下人民的災難！自己現今習得一身絕世武功，為公為私，自己都一定得與秦始皇一拚！不管勝敗如何，只要自己盡了心盡了力，也就無愧於心了。

孟姜女秀目裡突地暴閃出一絲濃重的殺機，自言自語的狠聲道：「嬴政，我一定不會讓你的奸計得逞的！我一定會揭穿你的陰謀——只要你來參加這『音波大會』！」

黑白無常見得孟姜女一直沉默不語，也不敢開口打攪孟姜女的沉思，這刻聞得孟姜女此言，二人心神同時大震，白無常率先脫口道：「少主人你說什麼？秦始皇會來參加這『音波大會』？這……你……他會搞什麼陰謀呢？」

孟姜女聞得白無常的發問，知自己失言，差點洩露了自己與秦始皇的恩怨關係，心神一斂，胡編道：「你們不是說十二星象是秦始皇的手下麼？既然如此，十二星象定是秦始皇派來這中指峰探看消息的，想秦始皇也會從江湖人士口中得知『音波大會』的事。

「對於秦始皇來說，『音波泉』的秘密雖然讓他大是好奇，但是天下間的廣大武林高手卻讓他更感興趣。所以據我推測，秦始皇一定不會放過這大好機會，他一定會在『音波大會』上搞什麼花樣的！」

白無常聽得點了點頭，面色一沉道：「秦始皇的殘暴普天下皆知，要是被他降服了來參加『音波大會』的武林好手，那天下更要疾苦了。

「看來我們得先去提醒那些武林同道，他們雖然心俱貪心，但貪心天下間有幾人沒有呢？

「為了普天人民的疾苦著想，我們得與他們聯手起來對付秦始皇，至少不能讓秦始皇的奸計得逞。」

孟姜女搖了搖頭道：「不！我想在八月中秋，天下英雄群集中指峰的那天，待秦始皇出現時，再當眾揭穿他的陰謀。

「當然，在這剩下的十天裡，我們三人得暗中展開偵察，看看秦始皇到底在玩什麼陰謀詭計，並且從中加以破壞，擒住秦始皇佈置的眼線，在『音波大會』上好作為人證。」

白無常遲疑了一下道：「憑我們三人之力，怎配與秦始皇交手呢？我看還是……」

白無常的話還未說完，黑無常就微怒的惱道：「二弟，你連小主人的本事還信任不過嗎？普天下之間有誰能一招擊敗十二星象？我想就是連秦始皇也無此把握。有小主人為我們撐腰，我們黑白無常又怕得誰來？再說，還有『音波仙子』前輩會暗中相助我們，我們需有什麼顧忌呢？」

白無常老臉一紅，喏喏道：「大哥，我……我也只是為小主人的安全著想嘛！」

黑無常又準備斥責白無常，孟姜女插口道：「你們二人不要再爭了！一切都依我的計畫行事！我先回家去看看，你們先行在中指峰這一帶展開偵察，到時我會來與你們會合的！噢，這十一星象也就交給你們來打理了！」

三人當下詳細的商妥了一番對付秦始皇的方案後，孟姜女辭別了黑白無常二人，展開「音波流星」的絕世輕功身法，在黑白無常駭異的目光中，如一陣旋風般的向中指峰下飛馳而去。

孟姜女剛走進自家所在的胡同，一股異樣的凝重氣氛讓她的一顆芳心不自禁的突突跳著。

靜！是靜得讓人心悸的可怕的靜！

似乎還有著一股濃重的血腥味和屍臭味！

沉重的不祥之感深深的襲上孟姜女的心頭。

胡同路面上乾凝的血跡讓得孟姜女內心的恐懼感越來越深，同時也生起了一股歇斯底裡的憤怒。

但願情況並不是如自己所想般的殘酷！

孟姜女的一顆心顫慄的震抖著，愈是走進深胡同，愈是走近自家的院落，心中的顫抖愈是劇烈，連嬌軀也都震顫起來。

腳下猶如給套上了萬千的巨石般沉重，每走近家門一步都似非常吃力。

終於到得門前，半虛掩著的大門讓得孟姜女又是恐怕又是欣喜。平靜了一下心情，孟姜女暗暗咬了咬牙，鼓起勇氣伸手向院門推去。

「吱」的一聲大門被推開，同時兩聲「砰砰」硬物著地的聲音落入孟姜女的耳中，讓她嚇了一大跳。

但異聲剛落，掉在大門內正中處的物體讓孟姜女的腦中轟地一片巨響，悲呼一聲：「爹！娘！」

疾步向兩物奔去，「撲通」一聲跪地，伏在兩物上放聲大哭起來。

原來那跌地的兩物是孟姜女父母的屍體！

屍體已經腐爛，發出難聞的臭氣，它們是被繩子支架在虛掩的大門背後的，利用了些機關原理，大門一經推動，機關就會發動繩子把屍體從門後給彈跳出來。

孟姜女只覺心裡是撕心裂肺般的刺痛，對秦始皇的仇恨如山洪奔發般爆發出來。

嬴政，你……你也太過於狠毒了吧！連手無縛雞之力的兩位老人家也……這簡直是太過慘無人道了！嬴政，你曾親口答應過我不殺我父母的，可是……堂堂的一國之君，竟也出爾反爾！

嬴政！我一定不會放過你的！

我……我要把你碎屍萬段！

孟姜女的雙目中射出似要噴出火來般的仇恨，牙齒咬得「咯咯」作響，下唇也被咬得滲出血來。

正當孟姜女沉浸在極度的憤怒與悲痛中時，突地一陣極低沉的抽泣聲傳入她的耳中。

孟姜女神經質般的猛地跳了起來，大喝道：「誰？是誰？快給我站出來！」

孟姜女的聲音因貫注了內力，震得已是狼藉一片的院落嗡嗡作響之餘，屋中的什物也紛紛落地，發出「啪哩叭啦」的物體砸裂聲。

一個蓬頭垢面的十二三歲男孩從屋頂上也給驚震得跌了下來，幸得孟姜女眼明手快，看出這男孩乃是胡同裡鄰居家的孩子，也是萬喜良所教私塾的一群學生中的孩子頭，當下發出一股柔和的內力托住孩子就要跌地的身體，身形一掠到男孩身邊，顯得甚是激動的一把抓住男孩的雙手道：「山娃子，我們這胡同裡到底發生了什麼事？你老師回來沒有？我們這胡同裡的人呢？怎麼不見他們？還有，我家中到底發生了什麼事？是什麼人幹的？」

面對孟姜女這一連串的發問，那叫山娃子的男孩卻是愣愣沒有回答，只是瞪大眼睛駭異的望著孟姜女，過了好一會兒，也顫顫的反問道：「你是孟姐姐嗎？」

孟姜女聞言，知道他是被自己的武功所懾，收拾了一下情緒，點了點頭道：「我是孟姐姐！山娃子，你快告訴我，我們這裡到底發生了什麼事？」

山娃子突地「哇」的一聲大哭了出來，撲進孟姜女的懷中，渾身抽抖著，斷斷續續的泣聲道：「孟姐姐，是他們……是那個那天駕馬車與你一起來我們胡同的人！是他……是他叫他的手下來殺我們這裡的人的！我看到他了！萬老師被他折磨得不成人形！他看著我們這裡的人一個個被殺死，卻是哈哈大笑！他……好狠毒！」

孟姜女聽得心神劇震的顫聲道：「山娃子，你說什麼？我們胡同裡的人……全被秦始皇給殺了？這……是不是真的？」

山娃子邊哭泣著邊連連點頭，接著把孟姜女和萬喜良被抓去中指峰後的事一一向孟姜女說來。

原來，秦始皇把孟姜女和萬喜良抓走後，當晚就有百多個秦兵也來到了這胡同，發現秦始皇留給他們的暗號後，闖進孟姜女家中，抓走了孟姜女的父母，並且把整個胡同的人不分男女老少的全給抓囚了起來。

山娃子因天氣太熱，所以約了幾個朋友一起去距胡同有四五里路的河裡去洗澡，因此避過了此劫。當他和幾個朋友一起回來時，正值那些秦兵在挨家挨戶的抓人的時候。

山娃子年齡雖小，卻是非常機警，發現胡同四周都被秦兵封鎖，頓知胡同裡發生了什麼事，忙叫幾個朋友一起躲藏了起來。

晚上夜半時分，秦兵押了胡同裡老老少少二百多人回去了高陽縣城，山娃子和幾個孩子一起心驚膽顫偷偷摸摸的進了胡同，卻見家家屋中一片狼藉，顯是被搶劫過，並且整個胡同裡找不到一個人影。

幾個孩子不知出了什麼事，當晚嚇得抱成一團的低聲哭了起來，直至天亮時分才睡著。

正當山娃子幾個睡得十分香甜時，一陣急促的腳步聲、馬蹄聲、車輪聲和叱喝聲把他們驚醒了過來，卻見胡同裡的居民又被秦兵給押解了回來，馬車停下時，車廂裡走出的正是昨晚和孟姜女一起來胡同，並且打賞他們金葉子的那名漢子。

所有的秦兵都對他恭恭敬敬，再從那漢子和秦兵的對話中得知了此漢子乃是當今皇上秦始皇，只嚇得山娃子和幾名孩子渾身發顫。

山娃子倒是很快就平定下情緒，再次偷目看去時，嚇得他差點失聲驚叫起來。

原來秦始皇身邊不知何時多了個囚犯，這囚犯正是他的老師萬喜良。

萬喜良那時全身衣服破裂成絲絲片片，露出的肌肉全是一道道皮開肉綻的鞭痕，面部腫大得像個饅頭，嘴角掛著滲出的血絲。

秦始皇獰笑著一把抓住萬喜良亂糟糟的頭髮，陰冷的道：「萬公子，孟姑娘已經掉進『音波泉』淹死了，她一個人在陰間裡定是非常寂寞。上天有好生之德，孟姑娘生時定特別敬愛她的父母，與這胡同裡的居民關係也一定很好，我作為一國之君，並且與孟姑娘有過一段露水戀情，所以想作作好事，讓他們全都下地獄去陪陪孟姑娘，讓她不再孤單一人，你看怎麼樣？」

萬喜良似是不能說話了，只嘴裡呀呀的大叫著，眼睛裡對秦始皇仇恨得要噴出火來，但流下的卻是血水。

秦始皇見得萬喜良的痛苦樣子，發出一陣喪心病狂似的哈哈大笑，突地又語氣一轉的狠狠道：「孟心如這賤人明知朕有意納她為妃，卻還是執意不肯，並且與你這小子卿卿我我的，朕看著心頭就冒火！哼！朕得不到的東西，天下間誰也不要想得到！萬喜良，這只能怪你們的命不好！誰叫你們不早日成婚呢？那不就可以不去應選皇妃了嗎？」

說到這裡，秦始皇頓了頓又道：「孟心如那賤人臨死之前也跟朕作對，破壞了我好不容易才發現其秘密的『音波泉』的靈氣！這筆帳自是記到你頭上來了！我要讓你親眼看著你的父母、孟心如的父母，你的學生，還有這整個胡同跟你們建立起了鄰里感情的鄰居，一個個、一個個的全都被我砍殺去！我要讓你生不如死，要折磨得孟心如那賤人在地獄裡也不得安寧！」

接著一幕接一幕的慘狀讓山娃子幾人看得給嚇昏了過去，整個胡同的人，不分男女老幼，在秦始皇的令諭下，被秦兵的劊子手一個一個的給斬殺了，只一聲接一聲的慘叫聲迴盪在胡同的上空，地上的鮮血如雨水般的流淌著。

山娃子說到這裡已是泣不成聲，孟姜女也只聽得心頭如萬針齊刺般的劇痛，驀地揮出一股掌力，「轟」的一聲把地面給炸出一個大坑來。

山娃子看得哀傷的眼睛裡放出光彩來的止住泣聲道：「孟姐姐，你一定得為我們死去的親人和朋友報仇，他們死得太慘太冤枉了！」

孟姜女凝重的點了點頭，轉口又問道：「對了，山娃子，你不是說還有幾個朋友與你一起逃過了秦始皇的殺戮嗎？怎麼不見他們呢？」

山娃子聞得這話，眼睛裡又露出仇恨和悲傷的神色道：「那秦始皇大開殺戒之後，還是不時派秦兵來我們這胡同裡。在他們殺了人撤走的第三天，我和他們幾人正在想從死人堆裡找出自己的親人時，剛好有一隊秦兵來到，我因逃進家中的地窖裡，所以沒被秦兵抓住，而他們幾人卻……卻……

「孟姐姐，秦始皇和秦兵都太可惡了，待我長大後，一定要領導貧苦人民起來反秦，我要殺光那幫秦狗！我要殺了秦始皇和他所有的親人和朋友！我要讓秦始皇也嘗嘗喪失親人的痛苦！」

說到最後時，山娃子的眼睛裡突地湧生出濃重的殺機，頓了頓又道：「孟姐姐，原來你也會武功的啊！你教我好嗎？這半年多來你上哪兒去了？你怎麼到現在才回來啊？」

孟姜女對山娃子的這些問題真是一言難盡，當下簡要的答道：「我……以前我並不會武功，這半年多來，我跟一個武功很厲害的高人學武去了。至於你想學武功的事，並不是孟姐姐不肯教你，只是我還要去為我們死去的親人和朋友報仇血恨，所以我沒時間傳你武功。不過我認識兩位隱世高手，我請他們收你為徒好了！」

山娃子本聽得孟姜女不願傳他武功，眼睛露出失望的神色，又聽得孟姜女後面的話大有轉機，忙大喜的問道：「孟姐姐，你所說的那兩位高人的武功跟你比起來是誰厲害？」

孟姜女慈愛的撫著山娃子的頭，笑道：「他們兩人乃是年過百歲的武林前輩，一身武功深不可測，自是高出我許多了。放心吧，山娃子，有那兩位前輩教你武功，你一定會成為一個絕世武林高手的！」

山娃子聽得雙目放光道：「只要我學好了武功，一定會誓與秦狗作對！」

孟姜女聽得心頭大是寬慰，點頭道：「你有這等凌雲壯志，姐姐甚感高興，不過你可也得記住，要想推翻秦朝，就一定得依靠群眾。」

說到這裡，又轉過話題道：「對了，山娃子，秦始皇有沒有殺害你萬老師？」

山娃子搖頭道：「胡同裡的鄰里屍體全被秦兵掩埋在五指山的無名峰山腳下，我去挖看過，沒有萬老師，想來他還沒有被害吧！」

孟姜女心中燃起一絲希望的喃喃道：「希望他平安無事！唉，說來他的一切災難都是我帶給他的！先是為救我被秦兵打成殘廢，現在又是因我而搞得他家破人亡生死不明。我欠他的實在是太多了，這輩子也還不清！」

說完一臉肅穆的哀傷之色，當目光落在地上父母屍身上時，又不禁是一陣悲從中來。

孟姜女和山娃子沉默一陣後，後者打破沉寂道：「孟姐姐，據我前些時從縣城裡探聽來的消息說，萬老師被秦始皇發配到西域邊疆修築長城去了，我也不知是真是假。」

孟姜女曾聽秦始皇說過要把萬喜良發配西域這事，想來這消息可能是真的，心下頓然安定了些，卻是忽地又道：「山娃子，近些時有沒有秦兵來過我們這胡同？」

山娃子點頭道：「有！這幾日還尤其多些，似乎還有些江湖中的武林人士與秦兵一起出入胡同。起先他們對伯父伯母的屍體看得很緊，也不知是為什麼。

「後來時日一長，他們漸漸的放鬆了對胡同的防守，有時幾日也沒一秦兵到來。我正於這幾天準備將伯父伯母的屍體偷走，讓他們入土為安。

「可誰知這些天秦兵又漸漸頻繁出入胡同，鬼鬼祟祟的，似乎在搞什麼新的陰謀。我看他們似乎並不在意伯父伯母的屍體了，今天正準備偷走屍體，不想卻見到了孟姐姐。我……太高興太激動了，所以……」

話音還未落下，突地一陣腳步聲傳來，讓得孟姜女和山娃子同時一驚，前者是驚中生出仇恨的怒火，後者是驚中生出忐忑與不安。

只聽得一個滿是牢騷的混沉聲音傳來道：「他媽的，兩具屍體累得我們守了半年，都已經爛了嘛，還守個屁啊！不過皇上吩咐下來的命令，不認真執行也不行，要不然就人頭落地囉。我就是想不通，皇上叫我們守這屍體有個啥用。據聞皇上是喜歡上了這兩個死鬼的女兒孟心如，是為了誘出此女才……」

這個聲音的話還未說完，另一個較尖細的聲音噓聲道：「唉，小聲點！要是被人聽去了報了皇上，那我們可就要被誅連九族了。反正現在上頭也疏忽了此事，我們只要覆行公務般的隨便去看那兩具屍體兩眼，敷衍一下也就行了。

「這兩天，皇上又要來我們高陽城了，據說是為了什麼『音波大會』的事。

嘿，看來皇上挺著緊此事的呢！大內高手一批一批的給派來我們高陽城，連皇上身邊的秘密殺手組織『程下劍派』的頭頭曹秋道也來了。這曹秋道可是個不簡單的人物，當年七國並立時，乃是打遍七國無敵手的劍道高手，獲得了『劍聖』美稱。」

二人說著時，已是走到了孟姜女家院落的大門口處，先前那人「唉！」了一聲大訝道：「這大門怎麼被推開了？此門乃是皇上嚴禁他人觸摸的地方，誰人這麼大膽，竟敢擅闖禁地？」

另一人語音震顫地道：「會不會是……是那兩個老鬼的怨魂？這……？」

先前那人斥責道：「大白天的會有什麼鬼呀魂的！不要自己嚇自己了！不是有個機靈的小鬼我們一直沒有抓到他嗎？很可能是他回來偷這兩個老鬼的屍體。嗯，剛才我似乎聽見裡面有人說話的聲音，看來那小鬼和他的同黨還沒有把屍體偷走，他們的人也定還躲藏在這屋裡。嘿，只要我們把他們給抓住，那可就發達了！」

另一人被此人這話給誘激起幾分膽氣道：「不錯，兄弟推測得大有道理！嘿，區區一個小鬼有什麼難對付的呢？想他的同黨也沒什麼高明之處，只要我們擒住他們……」

話還未說完，孟姜女已是再也忍耐不住心中的仇恨，驀地嬌喝一聲道：「看掌！」

說著時雙掌一揮，兩股絕世內勁施展開「吸」字訣，向兩名秦兵擊去。

兩秦兵猝不及防之下根本沒有還手的餘地，已是被孟姜女的強大內勁給吸得身形如脫了線的風箏般向孟姜女站立之處飛去。

孟姜女飛快地伸指點住了兩秦兵的周身要穴，厲聲道：「不要叫喊！否則本姑娘馬上取了你們的性命！」

說完見兩秦兵果也乖乖的連大氣也不敢吭一聲，只目中盡是驚駭之色的望著自己，頓了頓又道：「我就是你們要等的孟心如！秦始皇呢？他現在不在高陽城嗎？」

兩秦兵聞言連連點頭，那混沉的聲音顫聲道：「孟……孟姑娘，你父母可不是我們殺的！我們兩人只是奉命行事監看你父母的屍體而已，你……你可不要殺我們啊！至於皇上的事情，我們這些無名小卒可是什麼也不知道！」

孟姜女嗤哼了一聲，聲音變寒道：「你們是秦始皇的走狗，全都該殺！但只要你們招供出秦始皇到底想在『音波大會』上搞什麼陰謀詭計，我或可網開一面，饒你們不死！」

那尖細的聲音道：「孟姑娘，孟女俠，我們確實是不清楚皇上的行事計畫，只知道大內來了大批高手來這高陽城，似說皇上吩咐他們務必奪得什麼『音波泉』的寶藏，且讓他們居住在城西的這條胡同裡，其他的我們確是一無所知啊！」

孟姜女想想也是，這兩名秦兵看樣子身分極低，只是普通的士兵，想來也是大有可能不知秦始皇的計畫。

不過，從他們口中得知了有大批大內高手來這高陽城的消息，由此可以推斷出，自己所料果也不錯，秦始皇在「音波大會」中必定會有什麼陰謀。

大內高手住在這胡同裡！自己倒是可以聯合黑白無常對他們進行各個擊破的！如此一來，秦始皇的計畫也就難以實施了！

想到這裡，孟姜女心念一動，從腰間革囊裡掏出兩顆「孔雀宮」裡帶出的藥丸，塞進兩秦兵口中後，冷冷道：「此藥丸叫作『子午斷魂丸』，在十二個時辰之內若是沒有我的獨門解藥，你們就會肝腸斷裂而亡。所以你們最好與我合作，我就給你們解藥，否則，你們就準備去陰間見閻王去吧！我的話你們可聽清了？」

兩秦兵聞言嚇得全身發抖的點頭哈腰的惶聲道：「孟女俠，我們一定不會洩露你的行蹤的，但求你可不要為難我們，我們跟你可是無怨無仇，待得你想要做的事完後，可一定得送給我們解藥啊！我們會與你鼎力配合的，只要我們能幫助女俠的地方，但請你儘管吩咐好了！」

孟姜女看得眉頭一皺，心下雖極想殺了二人，但卻也知道因此一來，就會暴露自己的行蹤，那些大內高手就會警惕起來，自己要想對付他們就不是那麼一件易事了，所以因此種顧忌，只得壓下心中的仇恨。

山娃子這時走到兩秦兵身邊，分別狠狠的踢了他們一腳，恨聲道：「我孟姐姐說不會要你們的性命，你們就安心好了！其實說來也是，殺了你們這等窩囊的廢物，還嫌弄髒我孟姐姐的手呢！不要一副可憐巴巴的樣子了，我孟姐姐不會要你們命的！當然，秦始皇他們得知你們出賣了他，你們被秦始皇給殺了，那可就不是我們的事了。孟姐姐，怎樣發落他們？」

孟姜女沉吟了片刻後，射出兩道指勁解去兩秦兵被制的穴道，沉聲道：「你們回營去吧！我想你們應該知道對你們的長官說些什麼！」

兩秦兵聞言連聲稱「知道」，卻是可憐巴巴的望著孟姜女遲遲不肯離去。

姜女知道他們等待的是自己不殺他們的承諾，當下皺眉道：「明晨我會把『子午斷魂丸』的解藥送給你們的，但你們在現在至明晨的這段時間內，可不要給我要什麼花樣！」

兩秦兵聽了如吃下了顆定心丸，尖細的聲音道：「孟女俠，你就放一萬個心吧！我們現在的小命都給捏在你的手上，又怎敢耍什麼花樣呢？更何況我們也不滿皇上的殘暴無情！

「其實說來，我的一個幸福完美的家庭也是全被秦兵給拆散的，他們姦殺了我的妻子和妹子，還放火燒了我的家，幸得我那天不在家，也逃過了一劫。

「後來為了活命，不得不加入了秦軍，但我心裡面卻也是對秦兵恨之入骨的！」

說完，這秦兵倒也真是一臉的悲傷與羞愧之色，雙目竟也紅腫的落下淚來。

孟姜女聽得一陣黯然，好一會兒，才朝兩秦兵揮了揮手，輕聲道：「你們走吧！我不想再看到你們！否則只要我一想到你們是秦狗，就很想宰了你們！解藥到時我會給你們的！」

兩秦兵再也不敢說些什麼，低垂著頭哭喪著臉，心懷忐忑的悻悻而去。

待得兩秦兵走遠後，山娃子望了孟姜女一眼，終於忍不住道：「孟姐姐，秦狗沒有一個是好東西，你為何放過他們呢？」

孟姜女輕輕搖頭道：「其實秦兵也都是從我們這些貧民百姓當中應招去的，

他們中許多人的本性也都還不壞，那麼我們就應該給他們一個改過自新的機會，否則我們也就成了濫殺無辜的秦始皇了。

「方才那兩名秦兵，我看他們本質並不凶殘，再加上他們尚有利用價值，所以沒殺他們。因為如殺了他們，也就暴露了我們的目標，秦兵就會蜂湧而至的來擒殺我們。如此我們就是再有多高的武功機智，也是英雄無用武之地了。

「山娃子，我們還是先去會見你未來的兩位師父吧！時間不多，我們也該抓緊時間對秦狗展開攻擊了，要不『音波大會』的陰謀一經成功，秦始皇就爪牙更利，更可無法無天了！」

山娃子欣然應「是」時，孟姜女手中突地抖出一條白色絲綢向地上父母的屍體遮去。

準備妥當後，孟姜女和山娃子正待出門時，突聽得一陣急促的馬蹄聲傳來，且只聽得一個清朗而低沉的聲音向他人喝叫道：「分散！包圍整座院落！連一隻蒼蠅也不許跑出院落！」

百多個秦兵轟然應「是」，不消片刻，院落四周馬蹄聲四起，長劍出鞘聲此起彼落。

孟姜女冷哼了一聲，領著山娃子，背著父母屍體昂首挺胸的走出大門。

卻見一個一身白衣，銀白頭髮散披於肩，鼻鉤如鷹，雙目深陷，予人一種冷酷無情感覺的老者，騎著一匹高大的純白馬兒，在距離姜女家大門口十多米遠處立定。

老者見得姜女的姿態，陰冷沉狠的雙目中先是掠過一絲訝異之色，接著是仰天一陣哈哈大笑道：「一個如此嬌滴滴的大美人兒，卻也面對強敵如此的沉著冷靜，看來身手也是不弱了。

「聽皇上說你掉進了五指峰的『音波泉』裡，先前還中了他『九天神功』一掌，可你現在還沒死，必定是在『音波泉』裡有什麼奇緣了！

「素聞『音波仙子』的『音波功』天下無敵，黑白無常兩兄弟只習得『音波功』的些許皮毛，就也已能在中原武林中罕遇敵手。孟姑娘現在定已學全了『音波仙子』的『音波功』了，我『劍聖』曹秋道倒想領教領教！」

姜女聽得心中倒抽一個涼氣，「劍聖」曹秋道稱霸中原武林已是有四五十年了，傳聞齊國被秦滅亡以後，曹秋道也就失蹤，想不到卻是作了秦始皇的走狗，而自己一出「音波泉」，第二個所遇的竟是個從無人在他手下走過十招的勁敵，這……自己能否打得過曹秋道呢？

秦始皇派來實施「音波大會」的頭領或許就是曹秋道了，至少他也是眾頭領之一，只要自己擒住了他，逼出秦始皇在「音波大會」上將施的什麼陰謀，那自己與曹秋道這一戰……

成敗盡在此一舉！「音波功」的威力一定不會讓自已失望的！拚了吧！

孟姜女想到這裡，頓把「音波功」提升至了八層功力，凝神戒備，準備與曹秋道盡力一拚。

第十一章　快意恩仇

曹秋道只覺對方雖是凝神靜氣，但一股莫可抗禦和非常霸道的氣勢，令他感到孟姜女如不波古井臉色後面的堅強鬥志和濃重殺機。

如此強勁的對手，曹秋道還是首次碰到。

當年秦國的上將軍項少龍是曹秋道平生所遇到最頑強的對手了，但項少龍卻還是敵他不過。現今的孟姜女呢？能勝過曹秋道嗎？

孟姜女也只覺對方一股無形的精神壓力向自己壓來，使得她竟需增強氣勢來抵抗對方向自己所施的精神壓力。

曹秋道果然不愧享有「劍聖」之名，一身武功確是不俗，自己八重功力的「音波功」竟也差點被他給施上精神枷鎖！

看來與他的這一戰，雙方之間到底鹿死誰手，還是個未知數了！孟姜女見對方身形未動，劍未出鞘，但已有睥睨天下，擋者披靡之態，當下哪敢掉以輕心？從胳膊上取下「天梵古箏」，翻空一陣舞動，古箏在「呼呼」聲中落至孟姜女手中。

孟姜女伸出右手彈指輕輕一拔，只聽幾聲「咚咚」的箏弦震動之聲，曹秋道對孟姜女所施的精神壓力頓然全被破解，空中傳來一陣「啵啵」的勁氣碰裂聲。

曹秋道的身形在馬背上微微晃了晃，劍眉倏地一挑，露出幾許凝重的訝然之色，道：「孟姑娘果有點真功夫，竟然如此輕鬆就破擊了老夫的『如意珈瑜心法』，看來今天老夫是遇上真正的敵手了。」

說著「鏘」的一聲撥出腰間佩劍，低喝道：「此劍名曰『斬將』，乃是老夫親自冶煉，孟姑娘可小心了！好，現在就請孟姑娘賜教！」

孟姜女已是把生死置之度外，任他曹秋道威名怎麼厲害，也是夷然無懼，淡淡道：「曹公請先出招吧！小女子接著就是！」

曹秋道想不到孟姜女小小年紀，竟是如此托大，似沒把自己給放在眼裡，怒極的仰天一陣大笑道：「總有一人先出手的！好，老夫就卻之不恭了！看劍！」

「看劍！」話聲剛落，一股森森殺氣頓然從曹秋道的「斬將」劍中釋出，向孟姜女鋪天蓋地的籠罩過去，戰雲立時被拉開序幕。

孟姜女心神進入止水不浪的清明境界，待得曹秋道「斬將」劍幻出劍影，劍體迫人時，才纖指一動，射出道道指勁撥在「天梵古箏」的箏弦上，「音波功」的第七重「天梵無波」頓即應指而出。

曹秋道見孟姜女對自己的劍勢視若無睹，已是大感詫異的生出了戒備之心，正當自己長劍要擊中姜女的軀體時，突地一股怪異而又強猛的內勁向全身的十幾大死穴無影無息的襲來，嚇得曹秋道頓然撤去劍勢，身形展開「煙波無影」的輕功身法，顯得有些狼狽的才險險避過了孟姜女看似隨意的一擊。

這就是那傳聞中的「音波功」嗎？想不到卻果也是一種高絕的內家功夫，自己十層功力的「日月神功」竟然也被對方震得全身隱隱作痛，而姜女卻似絲毫無恙，看來還未盡全力。

自己與她的這戰當真是凶卜未知了！

憑自己一代宗師的身分，總不能叫眾屬下對孟姜女群起而攻之吧！

要想打贏這一戰，看來是只宜智取不宜力敵了！自己的「日月三式」，已是有多年未曾出手了，這次說不得只有以此玄奧劍法取勝。

孟姜女一招之下，信心大定，知曹秋道也定敵不過自己「音波功」的第九重

「天梵魔哭」，只不過此招太過於霸道狠毒，到底用不用此招對付曹秋道，卻是讓孟姜女遲疑不決。

「天梵魔哭」可說是殺招之尊，只要一經施出，根本就不由施功者收發由心，而是一味主攻，並且不分敵我，在「天梵魔哭」功力範圍之內的人畜會全被「天梵魔哭」所殺傷，除非有人的功力能蓋得過施功者，否則無人能破。

山娃子可不懂武功，身體內不具內力，自己的「音波功」對他是毫無影響，傷不了他，但是這些秦兵呢？

他們功力較弱，根本承受不了「天梵魔哭」的一擊！「音波功」其他八重招式可以由自己控制功力攻擊對象，對第九重卻……

孟姜女正如此猶豫不決的想著時，曹秋道已是把「日月神功」提升至十二層功力的至高境界，並且把功力貫注於「斬將劍」，「日月三式」的第一式「日升日落」已是應手揮出。

卻見曹秋道手中的「斬將劍」突地劍芒大作，有若朝陽的萬道紅光般空中一片朝紅，又有若冷月的灰暗陰冷般寒氣森森。

孟姜女心頭一陣大震，對方劍中的冷熱寒芒如道道閃電般衝擊著她「音波功」中的音波功力，差一點就把她的音波功給衝散。

若是給自己的「音波功」反震回來，那自己即便不死，也會給震成重傷。真想不到這曹秋道功力不但如此高絕，且還有如此一手精妙的劍法，若不是自己也把「音波功」給提升至了第七重功力，自己說不定可真被曹秋道方才一劍給擊敗了！

孟姜女心神緊凝，迅速收拾心情，恢復冷靜。直覺上讓她感到對方還定有更厲害的殺招來對付自己，自己如若畏縮，對方的劍招必定會如洪水決堤般向自己攻來。

看來只有硬拚了！就施展「音波功」的第八重「天梵震雷」吧！無論勝敗，在此一舉了！「天梵魔哭」太過霸道，除了用來對付秦始皇的「九天神功」第九重「天毀地滅」外，還是慎用為是！

如此想來，孟姜女頓把左手懷抱的「天梵古箏」拋向空中，隨後雙手十指勁氣齊射。

「天梵古箏」在空中翻飛如影，隨著孟姜女所施指勁的加疾，古箏發出的「咚咚咚」的節律聲也越來越是密集，古箏在空中也給幻化成了一道黑白相間的烏光。烏光伴隨著古箏發出的勁氣聲波，如閃電雷鳴在空中閃爍轟鳴。

曹秋道見自己「日月三式」一擊不中，心中一突時，孟姜女的「音波功」第八重「天梵震雷」已是驟然襲至，森森芒氣，陣陣音波勁氣，頓從四面八方襲至，使他生出陷身驚濤駭浪裡的感覺。

值此危急關頭，曹秋道正對孟姜女的「天梵震雷」無從招架，只有閉目等死時，突地只聽得一聲沉喝道：「好功夫！『音波功』真名不虛傳，看來孟姑娘已得『音波仙子』的真傳了！」

話音剛落，一道如龍吟虎嘯的強猛勁氣向孟姜女空中的「天梵古箏」擊去。「轟！轟！轟！」一連陣勁氣炸裂之聲響起。「天梵古箏」被來者勁氣震得速度一滯，顯露出原形，並且發出「嗡嗡嗡」的聲音。

來者卻也被古箏音波給震得一陣氣血翻湧，「嘩」的一聲給吐出一口鮮血來。

曹秋道隻身逃過一劫，卻是剛剛舒緩了口氣，見得來者吐血負傷，心神再度懸起，脫口驚叫道：「皇上，你……你沒事吧！」

擊退孟姜女的正是秦始皇，卻見他長長的吞吐了幾口氣後，突地哈哈大笑道：「痛快！痛快！自朕練成『九天神功』以來，還從未施展出八層功力。今天不想一出手就是八層功力的『九天神功』，卻還未傷得對方一根毫毛，反是自已被震傷，看來孟姑娘的『音波功』確是天下無敵神功，怪不得有那麼多的武林高手雲集高陽城，只想上得中指峰項去一窺『音波泉』的奧秘了！

「不過，任憑他們機關算盡，卻都不知『音波泉』的奧秘已被孟姑娘所破，孟姑娘已經是『音波仙子』武學的繼承人了！

「對了，五指峰上一別已是半年，孟姑娘因禍得福，練成不世神功，朕真是為你慶賀了！

「不過，空有一身神功，卻在這世上再無一個親人朋友，即使天下無敵又如何呢？哈哈……

「不過，孟姑娘至少還有一個至親的人活著，那就是已經被朕改造成人猿的萬喜良公子！

「嘿，他現在可快活威風得很，每天喝人血吃人肉，武功也不在你我之下，並且朕已封他為監管修築長城民工的統領，他可以肆意殺人，連他父母也是死在他的手下。」

說到這裡，拿出一塊絲帕擦了擦嘴角的血絲，接著又道：「朕早就算計著你不會死的，並預感你已得到了『音波仙子』所遺的寶藏，所以派人在這胡同裡把守著，好讓你來報仇雪恨和為你父母收屍。只是想不到你會在『音波大會』將至的節骨眼上冒了出來。

「嘿，你是不是想破壞朕降服那些武林高手的計畫？

「朕告訴你，只要是朕所想做的事，沒有人可以阻攔得了的！你也不能！不過，朕想給你一個公平的機會，只要你能打敗萬喜良，朕就放棄『音波大會』的計畫！」

孟姜女自秦始皇一入眼前，就巴不得衝上前去與他拚個你死我活，但秦始皇的內勁卻也震得她一陣氣血翻湧，喉嚨一陣灼熱，一股鮮血就欲噴口而出，幸得運血調息及時，也強行採住喉間的鮮血沒有噴出。

雙目極具仇恨的瞪著秦始皇，一張粉臉脹得蒼白而又通紅，待得秦始皇說起萬喜良時，孟姜女的心都快滲出血來，胸中的淤血再也按耐不住，「嘩」的一聲張口噴出。

秦始皇本見自己與孟姜女硬接一記，自己負傷，而對方卻絲毫無損，心下暗暗吃驚，這下見得姜女吐血，頓然放下心來。

「音波功」也不過如此嘛！自己的「九天神功」絕對不會下於它的威力！更何況還有一招「天毀地滅」沒有施展出來呢！

「九天寶典」上說此招太過具有毀滅性的殺傷力，所以告誡習此功者需慎用此招，並且用過此招後功力大耗，非得好長一段時間閉關修練才可恢復。

不過，孟姜女如是自己死敵，對自己生命構成威脅，那萬不得已時，自己也說不定要用此招對付她了！

秦始皇如此想來，口中繼續說道：「孟姑娘最好能接受我的建議，你如想現在作誓死頑抗的話，我想你是插翅難飛。在這胡同裡，有我帶來的二百多名大內高手，四千名精英武士，我想就是你武功達到了通天遁地之能，也敵不過這麼多人手吧！所以我們最好是心平氣和的來作個商議，這樣就不會弄個兩敗俱傷了。」

姜女也知道自己此時確是不宜與秦始皇硬拚，但心中燃燒著的熊熊仇恨的怒火，卻是讓得她恨不得即刻能把秦始皇給碎屍萬段。

強行的抑制住心中的衝動，冷冷的道：「怎麼商議，你說吧！不過，嬴政，我們之間的怨仇今天也得作個了結——不是你死就是我亡！」

秦始皇這等凶人聽得這話，也不自禁的心下緊了緊，但臉上還是不動聲色的笑道：「何必說得這麼殘酷呢？俗話說『一夜夫妻百日恩』，我們可也有一段一夜情，你就對我下得了手嗎？

「嘿，朕可捨不得殺你呢！並且這半年多來，朕每日每夜的都在想著你。想著你時，朕就會想盡各種辦法折磨萬喜良。

「把一個人變成一隻人猿，讓一個人親手殺死他的父母，讓一個人成為殺人不眨眼吃人肉喝人血的魔鬼，這種感覺可真是刺激而又新鮮得很！」

孟姜女的秀目通紅得如一隻發了怒的母老虎，驀地大吼一聲道：「住口！嬴政，你……你不是人！我發誓非要殺了你不可！」

秦始皇看著孟姜女的凶態，聽著她發狠的話，不怒反笑道：「不錯，朕不是人，朕是神，我是主宰天下萬民生死的神！

「萬喜良呢？他現在才是真正的魔鬼！人不像人，猿不像猿的，哈，你見了都會覺著噁心！

「他服食了一枚世上最是惡毒的『萬惡誅心果』，雖然讓他平增了一身百年功力，但本性卻已被迷失了。

「他現在唯一聽命的就是朕，因為那枚被他服食的『萬惡誅心果』給朕進行了再加工，放進了些可以控制他人心神意志的藥物。』

「嘿，說來『萬惡誅心果』可也是一珍寶，功效可讓人脫胎換骨，功力激增，如同朱果一樣。

「只不過此果乃是生長在極其陰寒黑暗的深谷絕地之中，且需有十多種珍奇毒草作為它的養份，再加上此果可吸收深谷地底的陰寒之氣，故此果功效亦同朱果，除了讓人增長功力外，還會讓人喪失本性，由道入魔。被萬喜良服食的這枚『萬惡誅心果』乃是朕的大批臣子多經周折才採摘到的，欲想法去其毒性，給朕服食，想不到現在卻便宜了萬喜良。」

孟姜女內心對秦始皇的仇恨已暴漲至極點，酥胸因情緒波動很大不斷地起伏著，一字一字的恨聲道：「嬴政，你如此的凶殘惡毒，將來一定會遭到報應的！老天一定會讓你斷子絕孫的！」

秦始皇哂道：「這個倒不勞你為朕操心，朕已經有兩個兒子了，大兒子叫扶蘇，小兒子叫胡亥，現在叫朕唯一感到遺憾的就是缺少一個公主，不知孟佳人是否可滿足朕的這個願望？」

山娃子一直都沉默不語的站在孟姜女背後，見秦始皇一而再，再而三的辱罵孟姜女，再也忍禁不住心中的憤怒與仇恨，脫口斥喝道：「嬴政，不要總是囉哩囉嗦了！你不是說要與我孟姐姐作什麼商議嗎？那就有話快說有屁快放吧！幹嘛總是把話題扯到其他問題上呢？」

秦始皇的名字自他鏟平了呂不韋、繆毒等阻礙他前程的黨羽後，就從來也沒有人敢再喊了，孟姜女三番兩次的直呼他的名字，已是讓他心中極不舒服了，這刻想不到這山娃子竟如此人小膽大，也像孟姜女一般的直呼己名，且語氣比姜女更讓人難忍，不由得就火冒三丈的大喝道：「小鬼，你叫什麼名字？大人說話，你插什麼嘴？是不是嫌活得不耐煩了？」

山娃子夷然不懼的朗聲道：「我正名叫陳勝，小名叫山娃子，因看不慣你大秦的驕橫凶殘，所以要挺身出言指責，要是我長大些有一身武功的話，更發誓要殺了你這暴君！」

秦始皇冷然怪笑道：「有志氣！比我大秦一般的人都強多了！你叫陳勝是吧！朕給你一個可以實現你心願的機會，那就是投入朕的門下，做朕的首席關門弟子，不出十年，你的武功就可以與朕不相上下，那時你就可以提出跟朕決戰了！生死由天定，不計師徒情！」

山娃子嗤笑道：「收我作徒弟？黃鼠狼給雞拜年——不安好心！我可不上你的當！再說，孟姐姐的武功比你差嗎？有她教我武功，難道會比你差？哼，待我學成了孟姐姐的武功，那時就是我找你報仇雪恨的時候了！」

秦始皇被一個小傢伙如此出言諷刺，氣得吹鬍子瞪眼睛的怒極反笑道：「小傢伙，好樣的！那我就給你二十年的時間去學任何門派的武功，並且頒令天下武林中人，只要你想學任何人或任何門派的武功，都得悉心傳教。二十年過後，哼，就是你不來找，我也會把整個中原翻了個底朝天的把你找出來，取你性命！」

秦始皇說出這番話來時，卻是做夢也想不到，陳勝就是因為他的這番氣激之下的承諾和秦始皇對陳勝的不以為意，而使陳勝在十年後成為了中國歷史上第一個領導了大型農民起義的領袖，並且就是因陳勝起義的號召，而使天下各路反秦義軍並起，秦王朝也在他說出這番話來後的第十三年宣告滅亡。

孟姜女聽得這話，不待陳勝答話，就已搶先發言道：「嬴政，這話可是你說的！給山娃子二十年時間，他一定會來找你的！但在這二十年之內，你卻不可以使任何陰謀手段對付山娃子！你是皇上，說出的話就是金口玉言，反悔不得！今天在場有這麼多人都聽見了可以作證，日後你若是有違你說的話，我就咒你死無全屍，斷子絕孫！」

秦始皇微微一愣，仰天一聲長笑道：「你不用拿話激我，此次我說出的話一定算數。嘿，親眼看著一個軟弱無力的孩子到時成為一代武林高手，而後再由我把這長大的孩子毀去，這等新鮮刺激好玩的遊戲，朕又怎麼會放過呢？

「二十年，給山娃子二十年的時間，並且朕儘量給他成材的機會，但是龍是鳳，就得靠他的運氣是否好了！

「二十年過後，朕與他相約於五指峰決一死戰！」

說到這裡，轉過話題又道：「山娃子的事就這麼說定了，今天我不會殺他的，孟姑娘你就儘管放心。

「現在要談的是如何解我們之間的恩怨的問題，朕先前說過了，只要你答應與萬喜良大戰一場，分出生死，朕就放棄『音波大會』將採取的一切行動，我們同赴西域。

「在你與萬喜良的一戰中，如你勝了，你就可以與朕大戰一場，以報你的血海深仇，如你敗了，那……嘿，故事就沒那麼精彩了，萬喜良現在是個聽命於朕的魔鬼，他可是不知道要找朕報仇。

「要是你不答應與萬喜良決戰呢，那朕在『音波大會』上將採取什麼手段，想來孟姑娘也可以想像得出來，不用朕說了吧！

「至於你想和黑白無常兩兄弟聯手起來破壞朕的計畫，那是絕對行不通的。是不是有些奇怪，朕為何知道你和黑白無常的事情？

「因為朕在十二星象體內施放了一種『天聽蠱』，此蠱可以把十二星象的狀況隨時隨地的傳與朕知曉。

「當你從『音波泉』裡一出來時，朕就由『天聽蠱』從十二星象體內傳來的危險訊號知曉了，所以朕連日八百里快馬加鞭趕往高陽城，並且運起『天聽神耳』，由十二星象體內的『天聽蠱』探獲你的消息。

「因此你的一舉一動都在朕的掌握之中了。方才你與曹劍主之戰，幸得朕及時趕到，要不然就可弄得兩敗俱傷了。

「你以為曹劍主被你擊得沒有還手之力了嗎？這種想法可就大錯特錯了，曹劍主會一種連朕也不敢擔保能避開的『解體心劍大法』，只要他自認為自己必死時，他就會施出此種玉石俱焚的神功，那時的後果可真是不堪設想了！」

秦始皇後面的一段話讓得曹秋道老臉一紅，垂首躬身道：「微臣謝過皇上的救命之恩！請皇上饒過微臣對孟姑娘的冒犯！」

秦始皇顯是對曹秋道非常器重，運功托起他的身體道：「曹劍主免禮了！現在我們都是江湖中人，就以江湖規矩和江湖語氣說話吧！」

說完又轉向姜女道：「孟女俠對在下的話是否有什麼修正意見呢？」

姜女沉吟了好半晌，才銀牙一咬，似做出了什麼重大決定似的點了點頭道：「好！我答應你與萬喜良之戰！但你也要遵守你的諾言，撤去『音波大會』上的任何行動！我們五日後五指峰頂見，在這五日內希望你也不要搞什麼花樣。待我處理好我父母的安葬之禮，以及安排好山娃子的事情後，就與你一起去西域！」

秦始皇大喝道：「痛快！咱們就這麼一言為定！五日後五指峰頂見！」

言罷吩咐眾將領領了眾秦兵撤出胡同，打道回高陽縣府去。那兩名吃了姜女的「子午斷魂丸」的秦兵卻在隊伍撤退之際，不知從什麼地方冒到姜女跟前，一臉惶恐之色。

尖細的聲音喏喏道：「孟……孟女俠，小的並沒有想出賣你，只是曹劍主見著我們二人神色有異，所以逼問我們到底發生了什麼事。我們經受不住他的嚴刑逼供，所以……所以說了孟女俠的下落。小的二人還請孟女俠網開一面，給我們解藥，饒了我們的狗命吧！」說著竟是向孟姜女「撲通」一聲跪了下去。

孟姜女正又憤又怒的準備斥責這貪生怕死的兩個傢伙時，秦始皇的沉喝聲傳來道：「既然自稱是狗命一條，那怎配作我大秦的戰士呢？我看還是早日讓你們上西天極樂世界去吧！」

話音剛落，兩道掌勁已是隨音擊至，兩名秦兵頓即慘叫兩聲，身體被掌勁擊得沖天飛出，再「砰」的兩聲跌落地上，隨後夷然不動。

孟姜女目睹了秦始皇如此隨心所欲的殺人，心中對他的仇恨更是深刻起來。為公為私，自己都得誓殺秦始皇不可！

孟姜女望著秦始皇一行離開的背影，心中燃燒著的是熊熊仇恨的怒火和對萬喜良的思念。

喜良，你到底被秦始皇折磨得怎麼樣了呢？

孟姜女帶著陳勝趕到了五指峰頂，不見黑白無常的蹤影，四處察看了一下，發現黑白無常留下的暗記，當下順著暗記尋了下去。

一陣兵刃磕擊聲傳入孟姜女的耳內，孟姜女忙尋聲望去，卻見黑白無常二人正被四五十個武林人士圍攻著，二人手使兩對金輪，在眾人圍攻之下左竄右跳，顯得有些手忙腳亂，且衣衫已是有幾處被劃破，滲出些許血絲來，但二人卻不忍對眾人施出殺招，只是拒敵並不還擊。

陳勝看得目中一寒，率先喝罵道：「四五十人圍攻兩個老者，這算得什麼英雄好漢！」

場中打鬥之人，聞言均是一驚。黑白無常和圍攻眾人在武林中都是有頭有臉的人物，一般尋常之人自是不敢插手他們之間的紛爭，因為無論得罪了哪一方，都是禍患無窮。敢出言斥責他們的人，在他們心目中定是武林名宿。

可不想當他們回頭一看，卻見是個十多歲的小孩子，圍攻黑白無常的人頓即有兩人停下手來，破口大罵道：「哪裡來的野小子？竟敢出言管大爺們的事？是不是活得不耐煩了，想大爺幫你超渡？」

說著時，即有兩名二十幾歲的粗壯大漢向陳勝飛馳而來，並且有一人施出鷹爪功欲抓陳勝的肩頭。

孟姜女就站在距離陳勝二米遠處的一草叢後面，場中打鬥之人一時都沒覺察到她的存在。

眼看著陳勝就要傷在這漢子的利爪之下，孟姜女驀地嬌喝一聲道：「住手！」指中射出一道罡氣向那漢子的手腕擊去。

「啊」的一聲慘叫聲響起，那欲擒陳勝的漢子手被孟姜女指勁射個正著，頓時血流如注，滾地慘叫不止，另一漢子聞得孟姜女的喝聲已是心神一震，止住了身形。

場中打鬥眾人聞得喝聲和慘叫聲也都一驚，不由自主的住手舉目向發聲處望去。

見得孟姜女，黑白無常欣喜的齊聲歡叫起來道：「小主人，原來是你！」而那些圍攻黑白無常的武林人士，男的是一臉驚豔愣愣之色，女的則是一副驚駭之餘的吃醋之色。

孟姜女再次射出幾道指勁點了那受傷漢子的幾處穴道，減輕了他的些許痛苦，叫另一漢子為他上些金創藥，包紮一下傷口。

那漢子似被孟姜女的武功、氣勢所懾，竟也不敢違抗的依孟姜女之言而行。

黑白無常此時臉上的惶惶之色一掃而光，白無常率先道：「我們小主人也就是『音波仙子』的門人了！你們要問我為何從中指峰上下來，我們小主人可以給你們一個答覆，因為一場武林危機在將近十來天就要來了。

「秦始皇想利用此次的『音波大會』來降服武林，使他實現天下、武林大一統的局面，那時整個天下唯他秦始皇獨尊，就再也沒有可以與他抵抗的力量了，普天下的貧民百姓生活也就會更加疾苦了。

「我們小主人奉了『音波仙子』之命，出得『音波泉』來拯救江湖武林的這場劫難，我們怎可先起內哄而予秦始皇可乘之機呢？

「大家應該齊心協力的在我們小主人的領導之下來對抗秦始皇，這樣我們江湖武林亦有一線不淪落的希望。」

黑無常接著道：「說起我們小主人的武功之高，我真不知用什麼言語可以描述得出。十二星象你們知道吧？

「縱橫武林幾十年的一眾魔頭，可在我們小主人手下連一招也走不出，就被我小主人打得一死十一傷，並且這傷的十一人武功全廢，成為神經失常的呆滯人了！」

那些武林人士聞得黑白無常二人這一唱一和，不少人臉上露出將信將疑的神色，但也有人見孟姜女的弱不禁風之態，嗤笑起哄道：「什麼？這麼一個嬌滴滴的小美人能有什麼通天砌地的神功？我王老二第一個不信！若她真有什麼本事，叫她出來陪我過兩招，讓我摸摸她身子軟不軟就知道了，是不是啊兄弟們？」

眾人中當即有五六人哄笑應「是」，孟姜女臉色倏地一青，衣袖一揮，一道罡氣隨袖射出。

「啪！啪！」兩聲清脆的耳光聲響起！

那王老二被打得愣愣不知所以，連臉頰都腫得像個麵包似的了，也竟然不覺疼痛，其他五六個跟隨王老二附和哄笑的漢子見了孟姜女所露的這一手江湖中罕見的「流雲飛袖」，當下嚇得頓忙斂起神來，再也不敢哄笑。

孟姜女拉了陳勝，施展「音波流星」的絕世武功身法飛掠至眾人身前，秀目中寒芒灼灼的一掃眾人，冷冷道：「你們如此不知自愛，那我就任由你們嘗嘗秦始皇的手段罷了！黑白無常，我們走！省得浪費口舌和時間！」

孟姜女話音剛落，卻突聽得秦始皇用「千里傳音」之術用功力凝送來的聲音嘿嘿笑道：「多謝孟女俠高抬貴手，不再阻我殺這四十幾人了！哈哈，不錯，如此一幫不知自愛的人，你對付他們的最好辦法，就是留給朕來收拾他們了！」

聞聽得這虛無縹緲的聲音，眾人嚇得面色蒼白，不少人更是渾身發顫，其中一似在眾人當中較有威信的五十來歲中年老者從人群中走出，到孟姜女身前拱手道：「在下飛天鴿，乃是白鴿門的護法，還望孟女俠多多見諒在下門人適才的出言不敬！至於孟女俠提出的欲領導天下武林同道共同抗秦之事，在下代表白鴿門完全同意，但不知孟女俠準備如何與秦始皇作戰？」

白無常嗤笑道：「剛才縱容門人對我小主人出言不遜，現在聽得秦始皇要殺你們了，又對我小主人大拍馬屁。哼，你以為……」

白無常的話還未說完，孟姜女截口道：「白無常，不要再說了。秦始皇不會殺他們的，只要他們今後不要以眾欺凌，狗眼看人就是了！」

那飛天鴿老臉一紅，喏喏不知怎言時，孟姜女攜挽著陳勝和黑白無常三人已如一道流星般快捷無比的從眾人眼前劃過，轉瞬消失不見。

孟姜女邊催動功力施展輕功身法，邊對身旁的黑白無常二人道：「秦始皇已經與我談妥了，『音波大會』他不再參與干涉，所以我們不必擔心此次『音波大會』會有什麼危機了。

「現我再交給你一個任務，就是收下我身邊的山娃子作徒弟，把你們的一身武功悉數傳給他。

「『音波功』的密笈我已經放在山娃子那裡了，你們一定得把此神功教會山娃子。我們先找一個隱密之所，待我把『音波功』詳細的給你們講解一下，你們務必強行記住。

「五天後我要與秦始皇一起去西域長城決戰，此戰是勝是敗是生是死，尚還是個未知數。如我大難不死，定會回來找你們的！」

黑白無常聽得心神大震，黑無常忐忑道：「小主人，你……到底發生什麼事了？」

孟姜女苦笑搖頭道：「這其中的細節原因，現在我已來不及向你們詳作解釋了，以後你們再問山娃子吧！我們現在去五指峰頂埋葬好我父母的屍體後，就找個隱密之所向你們授功。」

山娃子此時又是哭得泣不成聲，淚流滿面，一雙手把孟姜女的腰肢摟抱得緊緊的。黑白無常二人雖是心中滿懷疑問，卻也再是不敢問出，只默不作聲的緊緊跟著孟姜女向中指峰頂馳去，心情沉重異常。

安葬好父母的屍體，對黑白無常講解完「音波功」的要訣後，孟姜女辭別黑白無常和山娃子三人，帶著一腔極度的悲傷和仇恨，往五指峰頂會見秦始皇。

現在剛好是約定的第五天，秦始皇不會失言吧！

孟姜女一邊在山道上施展輕功飛馳著，心中卻是思緒萬千的轉動著。剛剛縱上五指峰頂，秦始皇的聲音傳來道：「孟女俠果不是爽約之人，我嬴政沒有看錯你！」

孟姜女抬頭一望，卻見秦始皇身著一身烏黑戰甲，外披一件黑色長風衣，一副武林中人的裝束打扮，正站在峰頂一小石峰上望著自己，在他身邊還有一個容貌非常醜陋的老者。

第十二章　決戰長城

孟姜女看到那醜陋老者兩眼極是邪異的目光時，心底不自禁的升起一股寒意。

秦始皇覺察到了孟姜女在注視醜陋老者，當下笑著介紹道：「此老乃是中原第一神醫『殺人王』劉不活，萬喜良的一切改造程式都是由他親手做的，我帶他一起，乃是想如若孟女俠打敗了萬喜良，那就證明劉不活的醫術並不高明，玷污了天下第一神醫之名，他活著也就沒有意思了，若是萬喜良打敗了孟女俠，也就讓劉不活親眼看看他生平最得意的作品的威力，滿足了他的願望後，再送他去西天極樂。」

秦始皇說起這番話來顯得漫不經心，劉不活聽起這番話來更是毫不為意。

其實秦始皇話中的意思很是明顯，那就是無論劉不活的醫術是高明還是不高明，此次西域之行，劉不活都得死。

讓孟姜女感到奇怪的是，劉不活明知自己此次西域之行是必死無疑，為何卻一點懼意也沒有，反顯得異常的興奮。

不過孟姜女聽了秦始皇的話，對劉不活更多的卻是憎恨，而沒有絲毫的同情。

都是這老怪物，若沒有他，萬大哥也不用變成……承受那般的痛苦與折磨了！

秦始皇就是不殺他，自己也絕對饒不了他！

姜女的沉默不語，讓秦始皇似看出她的心思來，又主動為孟姜女解述道：「是不是訝異劉不活為何不介意我的話？這原因其實非常簡單，因為劉不活是既聾且啞的人，他聽不到我們的秘密，也說不出自己想說的話。

「他的聾啞是天生的，在醫術上的天才，是先天的才智和後天的醫道高手培訓出來的。

「不要看他的容貌非常老陋，其實他的年齡還沒超過三十歲，他變得如此老陋，是因為他服食了多種可以開發人的智商的藥物，他的智商比他年紀成熟得多，已達到六十歲的智商了。

「這也就是說，他的人雖然非常聰明，但由於他的大腦受藥物刺激，使得他的生命能量提前耗盡了。他現在每活一天相當於常人活十天的在消耗生命能量，他的生命已經接近尾聲了，我想也是要為他解脫心願的時候了，便決定帶他上西域。」

說到這裡，頓了頓又道：「你或許以為我說的是胡話，但卻是事實，我的煉藥師們給我煉製出了一種叫作『生命能量開發丸』的丹丸，服了這種丹丸的人，他的生命都會比常人縮短一半。」

孟姜女越聽雖是越覺著秦始皇的話太過於荒誕，卻也抑制住心中的好奇，冷冷的道：「我今天來似乎不是來聽你講故事的！我也不想知道你的什麼『生命能量開發丸』的奧秘！」

秦始皇聞言斂神道：「當然，我們需以正事為重。我已吩咐下去，撤掉了準備在『音波大會』上實施的所有計劃，你大可放心的隨我去西域了。方才的那些話，我說來只是想為你解去心中的一些疑團而已，卻也並不是廢話呢！」

孟姜女聽了淡淡道：「好了，既然我們雙方都已準備妥當，那就啟程吧！」

秦始皇點頭道：「想不到你比我還著急，難道你不懼怕見著萬喜良慘狀時的心情嗎？嘿，那一刻是我等待了半年的情景呢！一定精彩感人至極，但卻是個悲局！」

孟姜女被秦始皇這話撩撥起種種心思，頓時臉色變得煞是繃緊蒼白。

秦始皇見了卻是發出一陣舒心的哈哈大笑。

「孟前輩，你怎麼啦！在想些什麼嗎？竟然這麼出神！」項思龍問。

孟姜女的神思突地被項思龍的話打斷，愣然一笑，喃喃自語道：「那一戰自己到底是勝了，還是敗了呢？」

項思龍聽得不知所以的道：「孟前輩，你……你說什麼呀？是……晚輩方才得罪你了嗎？」

孟姜女終於被項思龍喚回心神，收拾了一下心情，苦笑道：「這事說來可就話長了！」

當下把自己方才所想的種種前情舊事對項思龍述說了一遍，只聽得項思龍目瞪口呆。

想不到真正的歷史上孟姜女、萬喜良和秦始皇之間，原來卻還有這許多的感情恩怨糾葛。

秦始皇確實是太過於殘忍了，竟是為了一己之私念，殺了那麼多無辜的人，難怪歷史上稱他為暴君，真是名副其實啊！

不過最讓項思龍心中大感震驚和訝異的是，原來歷史上領導第一次農民起義運動的領袖陳勝竟也與孟姜女相識，且與秦始皇有過怨仇糾紛，只不知陳勝起義時，孟姜女為何不去助他？

項思龍怔怔的望著孟姜女，滿肚子是自己一時也說不出來的疑問。

孟姜女說到要與秦始皇上西域去時，悠然一歎的道：「秦始皇確是一代梟雄，那次長城大決戰，他竟也設想到自己萬一敗了的退路，利用『龜息大法』閉住呼吸和心脈裝死，騙過了我，否則我們中國的歷史將要被改寫了！」

項思龍心道：「歷史上說秦始皇是病死沙丘的，他就決不會被任何人殺死，這也只能怪你運氣不好了，要去殺個歷史上不准他死的人！在這古代裡，唯一能真正改寫歷史的只有兩個人，那就是自己和父親項少龍！」

心裡雖是如此想著，嘴上可不敢如此說出來，只是順了孟姜女的語氣道：「這也就叫秦始皇命不該絕，運氣好罷了！」

孟姜女搖頭道：「不！那都怪我的疏忽和心軟，若是我細心和惡毒點，把秦始皇進行分屍，那他的詭計也就不靈了！」

項思龍這時再也按捺不住心中的好奇問道：「那次長城大決戰的情形，到底是怎樣的呢？」

孟姜女聞言再次陷入了沉思。

孟姜女與秦始皇在五指峰頂相約後，二人頓即啟程趕往西域。

秦始皇卻果也守諾，除了帶著什麼天下第一神醫「殺人王」劉不活，其他一個隨從也沒帶。

孟姜女自是孤身一人。

三人乘坐了三輛馬車，馬車是雇請來的，倒也不必擔心車夫是秦始皇的人手。

再說，幾個車夫孟姜女不必放在心上不說，以秦始皇的個性，他也不屑如此做來。

因為此次的西域之行，秦始皇是信心滿懷，有著必勝的把握，他根本不想假借他人之手來擊敗孟姜女，他要感受的是親手殺死或親眼看著孟姜女被萬喜良殺死，再或反過來萬喜良被孟姜女殺死，這才是秦始皇所希望的結局。

在秦始皇的心目中，孟姜女和萬喜良二人此次全都是必死無疑，絲毫不用擔心其他變故。

他對自己「九天神功」的威力深具信心，他自信普天下間沒人能夠敵得過他「九天神功」第九重「天毀地滅」的雷霆一擊。

他精心策劃的這一系列明謀，全都是為了滿足他的一種報復心理，報復違背他意志的人。

在秦始皇的心目中，他統一了天下，天下的一切都是他的，他是萬民的主宰者，他以為自己可以隨意宣判別人的生死。

並且在自他滅了六國，登上皇位以來，他所聽到的全都是對他拍馬屁的歌功頌德之類的話。從來沒有一個人敢像孟姜女和萬喜良以及陳勝那般斥罵他，這讓得秦始皇大感刺激，同時生起了一股征服他們的報復心理。

所以秦始皇不惜大耗精力和時間，想出種種報復孟姜女和萬喜良的手段，後來又增加了一個陳勝，他要讓他們嘗受生不如死的痛苦，才感覺可以發洩心中對他們的憤怒。

現在這一刻終於快要到來了，所以秦始皇顯得非常興奮，一路上總是歡聲獨笑不停，對孟姜女的態度也親切溫和許多。

三個車夫從秦始皇、孟姜女和劉不活三人的神色語言中，就已測知這乘車的三人定都是不可沾惹的危險人物，一路上全都不敢言語，只專心駕他們的馬車，這倒讓得進程快了許多。

孟姜女一直都是不言不語，任秦始皇怎樣出言挑逗，她還是拉長著臉不發一言，只眼睛裡露出又是悲傷又是仇恨的痛苦神色。

想著自己自遇上秦始皇以來所遭受的種種際遇，一陣悲從中來，心中又是升起對秦始皇的仇恨怒火來。

要不是秦始皇，自己的命運一定不會弄得像現在這般的悲慘，自己的親人和朋友也一定不會遭遇不測，想來這場悲劇的發生，皆都是在自己的容貌所致吧！

紅顏禍水，這句話可真是沒有說錯，自古以來不知有多少美女的悲慘命運都是因為容貌引起，要是自己長得平凡些的話，也就……

孟姜女內心有些刺痛的微歎了一口氣，同時暗暗發覺自己的心性似乎越來越冷酷，感情愈來愈不豐富，似乎變得……變得有些無情了！

這或許就是所謂的成熟了吧！歲月的風霜已經讓得自己漸漸的學會了如何保護自己，如感情太過豐富的話，就太容易被人利用了！只有變得強大起來，以武力來充實自己，變得冷酷無情些，才可使自己不受別人凌辱。

唉，嚴峻的現實生活真是太過於殘忍了！竟是不知不覺的剝奪了一個人的善良本性，剝奪了人類真善美的本性。

人們只有在一層空虛的武力包裝中才能得以生存，而誠實卻已是行不通的了。

這就是統治者的罪惡啊！秦始皇和他的統治階級是以武力來管治社會的，平民百姓要想維護自己的利益，維護自己的尊嚴，就必須有強大的武力來保護自己。

就像自己，要是早就有像現在這般的一身武功的話，那自己的命運就絕然不同了！

秦兵就不敢欺辱自己，萬喜良就不會被秦兵打成重傷乃至殘廢，監選官也就不敢對自己非禮，還有秦始皇也就無法對自己為所欲為。

所以說來，在這個強權武力當道的社會裡，以武制武乃是生存的唯一出路。

忍氣吞聲，只會讓當權者更加驕橫跋扈！

當然，真正的出路就是推翻罪惡的秦王朝，再建新政，由人民來當家作主。

孟姜女在這樣的一個封建剛剛興起的時代裡能有這麼先進的思想，可真是顯出她智慧的非同常人和叛逆心理之重了。

秦始皇見孟姜女任自己怎樣與她搭訕，對自己也是絲毫不予理睬，心下不覺有些煩悶。

行到中途，一位車夫好意提醒道：「此處常有山賊出沒，要多加提防小心。」

正煩悶的秦始皇聞言道：「山賊有什麼了不起，會有我厲害嗎？」說著左手揮出一掌，「轟」的一聲強大的罡氣把路邊的一塊足有一立方米大的石頭給炸得碎屑紛飛，山谷中轟鳴陣陣。

幾個車夫見了秦始皇的駭然掌勁，只嚇得渾身發抖，不敢吭聲。

他們都是高陽城裡駕馬車駕了十多年的老江湖，也稍懂一些拳腳功夫，更聽過甚或見識某些武林高手的高深武功，但比起眼前這威猛漢子方才所使的掌勁卻是根本不值一提了。

這坐車的三人到底是什麼人呢？他們似乎身分超然，但江湖中卻又從沒聽過這麼樣三人的傳聞，而他們武功……

自己等還是少去招惹他們為妙，要不惹火了其中一人，或許可就小命不保了！

反正有這等高手相護，想來這裡的山賊全都不是他們之敵吧！那自己等也就安全了！

幾車夫如此忐忑的想著時，秦始皇發完掌力又哈哈大笑道：「真有山賊來攔路搶劫才好呢！老子現在一肚子的鳥氣正愁沒處發洩，他們來了，剛好可以藉以活動活動筋骨！」

不想秦始皇話音剛落，突地一個陰惻惻的聲音傳來道：「小娃子好大的口氣！想發洩肚子裡的鳥氣是吧？老夫西門無敵就來陪你過兩招，看看你到底有多少斤兩？」

秦始皇聞得這聲音內心微微一驚，聽這西門無敵的語氣，似是對自己方才那一掌七層功力的「九天神功」還沒看在眼裡，難道對方的功力比自己七層功力的「九天神功」還要高出許多？

江湖中據自己廣布的探子回報，為何沒聽過西門無敵這號人物呢？一介山賊能有多大道行？是不是自己太過多心了？

想到這裡，秦始皇又狂氣進發的大笑道：「想看看我的斤兩？那就現身與我一戰吧！」

自稱西門無敵的聲音喝了聲「好」道：「小子，有骨氣！我西門無敵橫行西域數十年，還從來沒遇上像你這般狂妄的人！看來你的武功在中原也不是泛泛無名之輩吧！唉，已是有六十多年未曾入得中原了，中原武林現今是何等一種局面？」

秦始皇被西門無敵一口一聲的「小子」叫得冒火道：「西門無敵，藏藏躲躲的算得哪門子的英雄好漢？有種就出來與我大戰一場，在手底下分出個勝負後，再看誰有資格狂妄吧！」

西門無敵的哈哈大笑聲愈傳愈近道：「小子，火氣不要如此大嘛！老夫已是有一百多歲了，在你面前托大一些也不為過吧！」

話音剛落，一個身形高大，頭髮銀白的老者已是落在了孟姜女的車頂上。

秦始皇見了對方的凌厲目光和無形的逼人氣勢，心神暗暗一震，但口中還是對西門無敵滿是敵意和不敬的道：「原來是個糟老頭，我還以為是個什麼前輩高人呢！喂，老頭，我……」

秦始皇的話還未說完，驀地兩聲大喝「住口！」聲傳來，又是兩個中年老者不知從何處縱出，所使的輕功身法竟是連秦始皇也看不清。

西門無敵見得兩人，微悅道：「鬼青王，鬼靈王，為師沒叫你們現身，你們怎麼可以……」

西門無敵剛說了一半，其中一車夫突地失聲道；「你們……你們是西域地冥鬼府的人？」

西門無敵聞言訝然道：「原來中原人還知道我西域的地冥鬼府！嘿，很可能是鬼青王和鬼靈王你們二人，為師經常派你們去中原，所以洩露了我們地冥鬼府的行蹤吧！」

那二個老者聽了，忙向西門無敵跪地躬身，叫作鬼青王的惶聲道：「弟子二人並不是存心洩露我們地冥鬼府行蹤的，乃是因為聞聽得師父意欲進發中原，尋找我們鬼府的鬼王令和鬼王劍，所以才……請師父原諒責罰！」

西門無敵罷手道：「算了，為師也知道你們的心機。再說，我們此次入中原，本就有意把我們地冥鬼府的勢力移植到中原來，如此中原既已有人知曉我們地冥鬼府，那可就事半功倍了，為師又怎會責罰你們呢？起來吧！」

叫作鬼青王和鬼靈王二老者聞言忐忑起身，靜站一旁，再也不敢吭聲。

西門無敵把兩弟子斥責了一頓，又嘿嘿冷笑的轉向秦始皇道：「年輕人，你也太狂妄了吧！就是當年的顯王也不敢對我如此無禮！」

秦始皇聽了大驚道：「顯王？你認識顯王？他死去都有一百多年了，那你……」

西門無敵截口道：「我不是跟你說我夠資格稱你作『小子』了麼！對了，年輕人，你方才所使的是什麼功夫？比起我的鬼冥神功來竟也不遜色多少？中原何時出了個武林高手傳你武功？不像是中原武林盟主楚原的武功，也不像是北冥宮的北冥神功，那你到底學的是什麼武功？」

秦始皇也曾聽手下的江湖異客提起過鬼冥神功，素聞此神功可以讓人永保元神不死，不由心念一動，但口中還是傲然道：「『九天神功』，你是否聽說過？我習的就是此項神功！」

西門無敵聽了臉色大變的道：「『九天神功』？三皇五帝的獨門神功？你……你怎麼會練成此功的？難道你是……是中原君主秦始皇？」

秦始皇見了對方神色，還以為西門無敵怕了自己，但又見他聞得自己所練的神功之名，不但可以說出「九天神功」的出處，且還可測知自己的來歷，也不由臉色一變道：「不錯，朕就是秦始皇！既然你已窺破了朕的身分，那你們三人就全都得給朕下地獄去！」

秦始皇說話時，已是把「九天神功」提升至了八層功力，準備隨時向西門無敵發動攻擊。

幾個車夫聞得這與自己幾人相伴了五日的漢子，竟是人人聞之色變的秦始皇，不由得給嚇傻了眼，渾身癱軟在車座上，如死魚般。

西門無敵證實了自己的推測，心中雖是暗暗驚凜，但卻突地仰天一陣大笑道：「真是有緣千里來相會，我和兩個弟子正欲進中原去拜見皇上，想不到卻在這裡碰上了你！」

秦始皇聞言大訝道：「你們進中原去拜見朕？為得何事？是不是想朕……」說到這裡，突地住口，似想到什麼似的，緩和語氣道：「你們要見朕到底有得何事？」

西門無敵飛身下了孟姜女馬車的車頂，俯身向秦始皇一拜後道：「草民想與皇上商討個事情，就是只要皇上答應讓我們地冥鬼府勢入中原，那我們教中所有武士包括草民在內，都定誓死向皇上效忠。此事於皇上於草民皆有益處，還請皇上能斟酌考慮一下！」

秦始皇聽得西門無敵這話，沉吟了好一會兒，才道：「此事朕需與朝中大臣作個商議才能定奪。不過，西門教主如真有誠意與朕合作，朕想來此事達成協議應該不成問題。但朕現在要去西域，有些要事要辦，所以請西門教主也還是先返西域教中去，待朕辦完事後，定當登府拜訪，隨後一起去中原吧！」

西門無敵想不到秦始皇如此爽快，大喜過望道：「如此草民就先謝過皇上了！」頓了頓，又道：「但不知皇上去西域有得何事？草民在西域一帶還算頗有影響，要是皇上需草民效力，草民定當萬死不辭！」

秦始皇連連搖頭罷手道：「此事純屬一點私事，不勞西門教主費心，我們還是就此別過，他日西域再見吧！要是有得需教主相助的地方，屆時朕一定會登門相請的！」

西門無敵聽得此言，當下也不好意思再問秦始皇去西域欲辦之事的詳情，拱了拱手道：「如此草民三人就先回西域去恭候皇上聖駕！」

說罷，朝鬼青王和鬼靈王道了聲：「咱們走！」

卻見三道有若鬼魅般的身影在空中一閃，轉瞬不見西門無敵師徒三人的蹤跡。

孟姜女本見得西門無敵要與秦始皇打起來，心下暗暗欣喜，因為她的氣機感應也覺察出西門無敵是高手中的高手，要是他與秦始皇打了起來可真也說不定一時難分高下，而西門無敵卻又有兩個武功似不弱的弟子相助，那他們打起來，秦始皇並不一定能取勝，再加上自己相助西門無敵，秦始皇就必敗無疑。

現見西門無敵不但沒有與秦始皇打起來，二人反握手言歡準備合作，這讓得孟姜女大是失望之餘，又是暗暗心神不安起來。

秦始皇要是有得西門無敵這等高手相助，已是如虎添翼，更何況西門無敵還有個什麼稱霸西域的教派地冥鬼府呢？

不行，自己一定得阻止他們的合作！當然，最好是能在西域長城一戰中打敗秦始皇殺了他，那就什麼禍患也沒有了。

但是此戰自己並沒有百分之百取勝的把握，自己的「音波功」剛剛練成，雖說孔雀公主自稱此功威力無比，可破「九天神功」，然而就連她也沒有正式與練有「九天神功」的人比試過，「音波功」到底敵不敵得過「九天神功」還是個未知數。

還有，自己還必須過喜良這一關！難道真忍心殺死喜良？但如不殺他，自己就又沒有履行秦始皇與自己相約的諾言，秦始皇惱怒起來，那後果可真是不堪設想。

自己先破諾言，秦始皇必惱羞成怒也不遵守諾言，對自己展開報復，他定會追殺黑白無常和山娃子三人，還有他也說不一定會因此而對天下的武林中人展開瘋狂刺殺，以償還「音波大會」之失，那自己的罪孽可真就深重了。

自己到底該怎麼辦呢？殺了喜良嗎？自己的良心何忍？喜良為救自己而落得今日這般痛苦的下場，自己怎麼下得了手呢？

但如自己甘心被喜良所殺，可又有誰來阻止秦始皇的陰謀呢？有誰來為自己死去的那麼多的親人朋友報仇雪恨呢？

不行！自己決不能死！要死也要死在與秦始皇的決鬥上！喜良已成廢人，他的心性早已死了，現在的喜良只剩一具空殼，再也不是以前的喜良了！自己決不能手軟，殺了他……對喜良來說還是一個較好結局的解脫！

孟姜女想到這裡，暗暗咬了咬銀牙，秀目裡射出堅定又痛苦與仇恨的目光。

說到這裡，孟姜女眼睛裡又不禁露出如重回舊景般的痛苦神色，淒然歎道：

「那一戰我終還是殺了喜良！不，是殺了許多與喜良一般被秦始皇折磨的各類平民百姓。

「『音波功』的威力突破是太大了，它可隨一個人心中的魔性增強而威力倍增。我那次施出『音波功』的威力比在五指峰上擊敗十二星象時要增一倍要多，這是因為我心中被仇恨喚醒了每一個人根存的魔性。

「秦始皇也料不到我的『音波功』威力超出他的想像太多，中途他雖出手與喜良聯手，並且加入了『殺人王』劉不活，但全都不是我的敵手。

「當我施出『音波功』第九重『天梵魔哭』時，方圓一里的人畜不是被『音波功』殺死，就是被震成重傷亦或神志失常，連長城也被震垮長達幾百米。

「在死亡的人當中，自是我心目中的攻擊對象喜良和秦始皇、劉不活首當其衝，喜良和劉不活當場被震死，秦始皇因練有『龜息大法』逃過一劫，其他的三千餘名修築長城的苦工被震死一大半，剩下千餘人，神智失常。

「我施展第九重『音波功』後，整個人的心性也進入了一種狂迷狀態，因恨秦始皇叫喜良來西域修築長城，所以叫神智失常的苦工大毀長城，共毀長城八百餘里。

「此戰過後，不知情的世人紛說是我一哭震倒長城八百里，並且因此得了個『孔雀令主』的稱號。」

第十三章　蠱毒轉嫁

「我也因此戰殺孽太重，加上喜良被自己殺死，也認為秦始皇已死，自感此生心願已了，本欲一死了之，但因懷中胎兒，所以苟活了下來。

「但卻也自此發誓不再涉足江湖中事，不再踏入中原半步，找了這雲中郡城神女峰為隱居之所，已是有十八年未曾聞世間之事了。

「後來雖也聽聞秦始皇未被自己殺死，可經多年的靜心養性，已是對世間紅塵之事看破了。想來世上恩怨無數，如總是把一生的心血投注於報仇雪恨之上，那麼生命豈不總是生活在仇殺之中？往事如煙，前塵若夢，我也不像當年那般爭強好鬥了。」

項思龍一直都是沉默不語的聽著，心中不勝唏噓，對孟姜女油然而生一股尊敬心情。

像這時代的女性，地位本是完全屈居於男性之下，可孟姜女不但承受了失去親人的悲痛，還承受了報仇雪恨的重任，並且最是難能可貴的，就是她的思想能突破於個人的私念，而著眼於關心普天平民百姓的悲苦生活，不惜放棄個人的恩怨，甚至狠下心殺死自己最是心愛的戀人。這種思想高度，在現代裡也是不多見的了。

如此感慨之餘，項思龍也不禁訝異不已，想不到秦始皇與西門無敵也有過一段交情，但後來想來是雙方合作因秦始皇被孟姜女戰敗而告吹了吧！

要不西門無敵領導時的地冥鬼府為何在中原還是鮮為人知？

對了，秦始皇為求長生不老之術而搜尋通天島的事情，或許也是因秦始皇與西門無敵有過一面之緣後，西門無敵想利用秦始皇毀掉通天島，殺了自己的兩位爺爺——鬼冥雙怪，所以告訴秦始皇自己兩位爺爺會鬼冥神功，而鬼冥神功可以讓人元神不死，而可長生不老，秦始皇受了誘惑之下才禁不住去找自己兩位爺爺蹤跡的吧！

當然，這只是自己的一番推測，個中情況到底如何，卻也不是自己所能知曉了的。

項思龍正如此黯然思想著時，孟姜女接著又滿是傷感的道：「這兩年我的心性又不安定起來，皆是因為聞聽得秦始皇已死，宦官趙高當權，害死太子扶蘇，立胡亥為皇位繼承人，而『劍聖』曹秋道也被封為國師，朝政如此動盪，想來天下黎明百姓更是疾苦吧！」

頓了頓又道：「乍聞山娃子，也即陳勝大澤鄉起義，心中又驚又喜，本希望他有得一番作為，可想不到他急功近利，忘乎所以之下，竟是兵敗城父，黑白無常也陪之送命，這讓我大是傷心一場。

「其實此際秦王朝朝政動盪不定之際，正是推翻暴秦統治的大好時機，但願項少俠還能為天下平民百姓作想，趁此良機推翻秦朝再建新政。想來以你的俠骨柔情心腸再建新政，乃是天下萬民之福吧！」

項思龍俊臉一紅道：「晚輩乃是劉邦手下的一名將領，怎配坐擁天下呢？不過他日若是晚輩義弟一統天下，晚輩定會力勸他廣施仁政，以澤萬民的。」

說到這裡，被孟姜女「音波功」震得神智迷糊的天絕、苗疆三娘和八大護毒素女，失聲「啊」的叫了出來，轉目向他們望去，卻見天絕和苗疆三娘已是恢復了神智，正坐地運功調息，而八大護毒素女卻是不知什麼時候給昏倒過去。心神稍定了些，又轉向孟姜女一揖道：「孟前輩，晚輩想請你……」

項思龍的話還沒說完，孟姜女已截口道：「八女所中的『音波功』，我已給她們解去了腦神經的禁制，現在她們只是受了些內傷，再加上神經脆弱，所以暫且昏迷過去罷了，項少俠就放心吧！對了，拜託少俠找小女無痕之事，還請多多勞心一下。她年幼無知，還望少俠多多關照。」

項思龍此刻是心中大定，當下輕笑道：「令女想來也已學會了前輩的『音波功』，現在就是任何地方她也去得，任何人也不敢欺負她！」

姜女輕歎道：「可是她涉世未深，江湖經驗不足，作為母親的我自是對她放心不下了！」

項思龍這時突地升起了一個怪異的想法，就是想問問孟姜女，孟無痕到底是秦始皇的女兒還是萬喜良的女兒，但知此問太過於唐突，當下也便沒有問出口，只是臉色有些怪怪的。

孟姜女似看出了項思龍心中的疑問，俏臉一紅的主動作答道：「秦始皇因練『九天神功』而失去了生育機能，所以無痕是喜良的女兒。」

項思龍聞得此言，心中只覺舒適許多，因為他確實不願意孟無痕是秦始皇的女兒，這種怪異心理緣何而起，連他自己也說不清。

孟姜女見項思龍還是沉默不語，接著又道：「這是我在與秦始皇決戰前問秦始皇，秦始皇親口告訴我的，想來也不會有假吧！」

二人正說著時，天絕的聲音突地傳來道：「他奶奶個熊，是哪個鬼婆娘鬼哭亂叫？擾得老子頭痛欲裂昏昏沉沉的！」

項思龍聞言臉色一變，往孟姜女望去，卻見她仍是一臉的平靜之色，剛剛靜下些心來時，苗疆三娘的聲音又突地傳來。

項思龍只聽得苗疆三娘先是「啊」的叫了一聲，接著又是嬌喝道：「是什麼人打昏了我的屬下？項思龍，是你這小子嗎？你剛才到底施了什麼妖法，把我和我的屬下給震昏了？」

項思龍正苦著臉時，孟姜女已冷冷的接口道：「什麼妖法不妖法的？那是正宗的武功『音波功』！你們內力不夠深厚，自是承受不了我音波功的輕輕一擊了！」

苗疆三娘聞言失口道：「音波功？你……你就是當年力戰『人面獸心』萬喜良和秦始皇的孟心如？江湖傳言你不是……跳江自盡了麼？」

孟姜女冷笑道：「那是我避人耳目的一種手段！想我當年在音波泉底生活了半年有多，水性自是非常人能比，又怎會被淹死呢？我只是為了躲避秦狗的麻煩才不得不如此作而已，其實這十幾年來，我一直隱居在這神女峰頂。」

苗疆三娘此刻稍稍平靜了一下心緒，有些駭然的望著孟姜女，喏喏道：「你……方才施展的就是威震武林的音波功？怎麼沒有聽見琴音？你的音波功不是需靠天梵古箏才能發出的麼？」

孟姜女淡淡道：「經過這十幾年的靜心修練，我已經把音波功練得爐火純青了，已是不需要天梵古箏的相輔，可把功力凝注於自身聲音裡來施出音波功。所以只要我意念一動，隨口說出的話都可施出音波功。你們剛才昏迷就是因為我的聲音凝注的功力聲波刺激了你們的腦神經細胞，致以使得你們受傷昏迷了。」

說到這裡頓了頓又道：「你的幾個屬下只是暫時昏迷過去，醒過來了後調息一陣就沒事了，你不用擔心。噢，對了，聽項少俠說夫人和他之間有些誤會，不知可否看在我的份上，彼此都寬恕對方一點，冰釋前嫌呢？」

苗疆三娘微微一怔，向孟姜女拱手道：「多謝孟夫人對本公主和我的幾個屬下的寬恕！至於我和項思龍之間的恩怨，還請夫人不要插手，我們另換地方解決就是！」

孟姜女見苗疆三娘絲毫不賣自己面子，微慍道：「夫人和項少俠之間到底有什麼化解不了的仇恨呢？我已經聽項少俠說過了，你弟弟童千斤乃是自殺，並不是他人所殺。當然項少俠的幾個屬下是出言對童千斤凌辱了幾句，但像他那般忘恩負義的小人，就是我在場也會對他恨之入骨。

「項少俠不計前嫌的幫助了他，但他卻想放火燒項少俠等人，這等卑鄙小子本就該死！項少俠只命屬下廢了他的武功已是夠仁慈的了，夫人卻還想為他報仇，是不是有些不顧情理了？

「我想要是有像童千斤這等樣的小人像對項少俠那般的對付你，你早就把他分屍了吧！」

苗疆三娘聽得臉色白一陣紅一陣的，心中雖對孟姜女的這番話氣怒至極，卻因懾於她的威名和剛才所表露的一手音波功，也只得強忍住了心頭這怨氣，語氣卻也變冷的生硬道：「孟夫人這話是什麼意思，是不是有意偏向項思龍？你就只憑他一人之言就信他所說的話就是事實？再說，喪失親人之痛能坐視不顧麼？今天，我是不管怎樣也得與項思龍和天絕拚個你死我活！我看夫人就不要插手此事了吧！」

天絕這時又忍耐不住的叫了起來道：「你這臭婆娘，你以為我們怕了你啊！打就打唄！」

說著作勢就要向苗疆三娘展開攻勢，項思龍喝住了他道：「義父，此處是孟女俠的清修之地，我們不得動武。既然苗疆夫人執意要與我們作個生死決鬥，那我們就另擇地處吧！」

說到這裡，又轉向孟姜女一揖道：「適才我們對前輩多有打攪，還請原諒我等的不是！現在就此別過前輩！至於前輩委託之事，晚輩定會盡力而為的！咱們後會有期！」

孟姜女卻是突然道：「項少俠且慢！既然苗疆夫人執意要與你們決鬥，那就由我來作個公證人，在此峰上了結恩怨算了吧！你們先前有約，項少俠只要破解了苗疆夫人的人蠱心魔大法，苗疆夫人的五毒門就全權交由項少俠打理，且石青青也嫁給項少俠，苗疆夫人則得退隱江湖；如項少俠不敵夫人的『人蠱心魔大法』，那就生死由天來定，並且項少俠的下屬不得找苗疆夫人報仇。

「好，現在就依你們的規定，由我來作個公證人，誰輸了誰也不得賴帳！否則，本夫人的音波功就對誰發動攻擊！」

天絕率先拍掌稱好道：「此法大成！誰輸了誰也不得賴帳！由孟女娃子作證！」

頓了頓，又向項思龍道：「少主，待會出手時你可不得再手下留情了！要不敗陣下來，你回去還有臉面見你的眾位夫人嗎？還有，石青青那漂亮的辣妮子也做不成你的老婆了！」

孟姜女眉頭一皺，對天絕稱自己為「女娃子」心中大是有點不舒服，並且聽他對項思龍雖是口稱「少主」，但卻語氣一點也不恭敬，甚是有些訝異。

項思龍看出孟姜女對天絕的話有些不滿意，當下忙作解釋道：「我義父天絕這人就是這麼無拘無束的，孟前輩還請不要見怪。其實說來我義父的年齡已是在一百五十歲以上了呢，所以他稱前輩為……這個……女娃子什麼的！」

孟姜女聞得項思龍這番話，心中頓時釋然，但目中露出驚訝之色的道：「你義父……有一百五十多歲了？那麼他……嘿，我也還應稱他為一聲前輩了呢！」

說完臉上露出一絲淺笑。

天絕大大咧咧的哂道：「孟女娃子既然與我少主甚是合得來，那老夫也就稱你為一聲『孟女俠』吧！不過，多年沒有說這些江湖客套話了，一時可真有點不順口呢！」

項思龍、天絕和孟姜女正說話時，苗疆三娘運功拍醒了八大護毒素女，著她們運功調息，走到三人身前，向項思龍冷冷道：「項小子，若是我敗了，出了什麼意外，你可得給我好好的照顧青兒。還有，五毒門也就全靠你了。」

言語間，眉梢上竟是隱隱含有一絲傷感的神色，似是在對項思龍作後事交代似的。

項思龍聽得心下暗暗一突，他曾聽石青青說過破解「人蠱心魔大法」的方法，一是殺死八大秦女，逼出苗疆三娘體內的七步毒蠍母蠱，這樣可保得苗疆三娘的性命，但她的功力卻會全廢；一是把七步毒蠍母蠱逼離苗疆三娘體內，轉嫁入他人，這樣苗疆三娘會安然無事。

只是接受轉嫁七步毒蠍母蠱的人若是功力弱於苗疆三娘，七步毒蠍的劇毒就會釋放出來，轉嫁者和八大護毒素女都會中毒而亡。接受轉嫁七步毒蠍母蠱的人功力需比苗疆三娘高，是指要比苗疆三娘及八大素女及她們體內的七步毒蠍蠱功力的總和要高，有得此份功力的，普天下間也不知找得出幾人？

當然項思龍經與苗疆三娘和八大護毒素女的一戰，已是敢肯定自己的功力可以勝任此項危險嫁蠱任務，只是要苗疆三娘與自己完全配合，卻是比登天還難吧！

唉，這卻如何是好呢？苗疆三娘似已抱著了準備輸給自己的決心，看來她也已看出自己的功力足可抗擋她七步毒蠍蠱，那麼她的「人蠱心魔大法」也就對自己起不了效用了。但如此一來，自己若是沒有把握好，出手太重使得苗疆三娘和八大護毒素女……那自己不知怎麼面對石青青不說，也逃不過自己良心的責備啊！

因為實質上在苗疆三娘的心底深層處，已是接受誨改了的，只是她一來的因面子過不去，二來見自己苦心多年所創的「人蠱心魔大法」一出場就被人給破解，心灰意冷，種種原因加在一起，也就使得她生出了死念來了。

不行，自己決不能下狠手傷了苗疆三娘！因為……因為她說不定會是自己的岳母大人呢！

項思龍的內心在作著苦苦鬥爭，望著苗疆三娘臉上掩不住的傷感神色，突地道：「苗疆夫人，在下想與你作個私人賭注，就是在我們決鬥之前，我想過你七步毒蠍蠱這一關。在下若是僥倖闖過，夫人就把青青許配給我，在下若是不幸身亡，那也只怪在下習藝不精。不知夫人同意在下之言否？」

苗疆三娘臉上的肌肉微微一動，她顯也已看出項思龍的良苦用心，心下雖對項思龍不勝感激和甚是欣賞，可口中卻還是冷冷的道：「我看我們還是比鬥過後，再言其他吧！其實，我們一戰到底鹿死誰手，還是個未知數呢！

「方才若不是孟女俠……你可是已經沒命了！我可是告誡你，我們是處於敵對位置的，你可千萬不要心存仁慈，否則就會後悔莫及，因為我不會對你手軟的，更不會對你的手下留情而心生感激。」

項思龍的心機落空，有些焦急的道：「我來闖關，還不是跟我們決鬥一樣嗎？只不過是把武門改為文鬥罷了。夫人，我看……」

不待項思龍的話說完，苗疆三娘顯得有些不耐煩的道：「不要婆婆媽媽的了！說好了由你和你義父來闖我的『人蠱心魔大法天門陣』，就不要推三推四的。是不是剛才被我的『無影蠱』給嚇怕了？你的『光波火龍』也不是我『無影毒蠱』的敵手呢！這次你可得小心了，我還有兩招殺式未曾施展出來，接不接得下就看你的本事了！」

這時八大護毒素女都已動功調息好了，站在一帝，靜待著苗疆三娘的吩咐。

孟姜女對於項思龍和苗疆三娘決鬥的方式也不好出言干涉，當下也靜站著沒有言語。

倒是天絕被苗疆三娘的話給激起魔性的道：「他奶奶個熊！少主，這婆娘不給她點顏色瞧瞧，她還真以為我們怕了她呢！闖你什麼破爛的『人蠱心魔大法天門陣』就是了！誰怕了誰啊？老子這次就要大開殺戒了！」

項思龍聽得心神一凜，知道天絕凶性一發那可就難以收拾了。他的「天魔神功」與「天絕地滅神功」終究是可威振武林的絕世武學，如他發起狠來，抱著同歸於盡的心態與苗疆三娘等狠拚，那任是苗疆三娘的『人蠱心魔大法天門陣』怎樣厲害，天絕要想殺死幾個護毒素女還是可以做到的。如此一來，七步毒蠍母蠱的毒素就無法使苗疆三娘分佈均勻的控制，弄得不好就是個兩敗俱亡的結局。倒是一定得阻止天絕亂來！

想到這裡，項思龍當下用傳聲的秘功對天絕道：「義父，你可不要濫開殺戒！要知道苗疆三娘大有可能是我未來的丈母娘，她要出了什麼事，我和青青可跟你沒完！」

天絕聞聲也凝音笑道：「放心吧小子，你沒叫我開殺戒，就是借我一百個膽子也不敢！要知道苗疆三娘出了事，羅剎雙豔也就告吹了！我才不會那麼魯莽呢！即使我不想娶老婆，可也得給你二義父地滅找個媳婦了！要不誰來為我們兄弟二人繼承煙火啊？」

項思龍聽得心下失笑，卻也安下心來，只是想不到天絕想老婆想到了這等地步，連心懷也比受自己的管束還要溫和。

苗疆三娘見得項思龍和天絕嘴唇抖動，知他們在暗地裡商量些什麼，當下著八大護毒素女排好陣形後，手中衣袖倏地射出八根天蠶線附在八女身上後，衝著二人大聲道：「你們商議妥了沒有？我的陣勢已經布好了，你們準備闖陣吧！不要延誤時間了，要不天都快黑了呢！」

項思龍聞言抬頭一看，此時確已是陽光西斜前時分了，再過得個多時辰，想來天色真是要暗了下來吧！

唉，打就打吧！雲中城裡自己的眾位老婆和姥姥、韓信他們可都在焦急的盼著自己回去呢！以一大早被苗疆三娘引來這神女峰至今已是有大半天了，要是天黑了還不回去，說不定他們就會向這神女峰湧而至，那時可真是……

自己出手沉穩些就是，只要制住了苗疆三娘，再請孟姜女前輩用音波功逼出苗疆三娘體內的七步母蠍母蠱轉嫁入自己體內，事情就可皆大歡喜的解決了。

如此想來，項思龍當下把「道魔神功」一下子就提升到十二層功力的境界，並且輔以已不知不覺練至了十二層功力的北冥神功，整個人進入意、氣、神合而為一的至靜境界，施展「分身掠影」的輕功身法掠入「人蠱心魔陣」中，對苗疆三娘朗聲道：「這次就由在下一人來領教夫人的『人蠱天門陣』吧！」說罷手中鬼王劍一抖，空中頓時現出一個紅光劍花，在項思龍周身飛舞。

天絕聽了項思龍這話，飛身進入陣中高嚷道：「少主這話是什麼意思？是嫌我天絕貪生怕死還是嫌我天絕礙手礙腳？不過，不管怎樣，與苗疆三娘這婆娘一戰是少不了我的份的！」

項思龍正待出言阻止時，天絕已是躍入了陣中，也不好再叫他退出，只大聲道：「那義父小心了，『人蠱天門陣』確實是厲害非常呢！」

天絕爽然應「是」，也拔出了天魔劍，身形一陣慢轉，長劍揮出一道螺旋狀的劍光。

苗疆三娘見項思龍和天絕都已準備就緒，喝了聲道：「準備好了沒有？我要發動陣勢了！」

言罷，十指天蠶絲一陣抖動，八大護毒素女頓然隨之揮動手臂間綁著的短劍，向項思龍和天絕二人展開攻擊。

一時之間，空中劍光瀰漫，殺氣陣陣。

八大護毒素女在苗疆三娘的指揮之下，個個有若凶狠殘毒的七步毒蠍般時而縱撲，時而橫掃，全都是一派以硬打硬的鬥法。

項思龍看得出這是苗疆三娘在逼迫自己和天絕二人施展辣手，想看看她的「人蠱天門陣」在自己二人的全力進攻之下可支持多久，從而測試一下自己所創「人蠱天門陣」威力到底如何，以使得死後也可瞑目。

但怎奈項思龍和天絕二人因各自心有顧忌，都不願施出絕招，只求立於不敗之地之餘治制對方而不傷人，所以任憑苗疆三娘發動怎樣的狂攻，還是沒能耐得了項思龍和天絕二人怎樣。

苗疆三姐見久攻不下，知項思龍和天絕二人因剛才一戰，已對自己的「人蠱天門陣」大有瞭解，所以應付得游刃有餘。

心頭急怒之下，苗疆三娘驀地大喝一聲，道：「天門吞月！」

話音剛落，八大護毒素女口中倏地吐出一股股白煙，煙味濃烈嗆人。

空中不多時已是白煙漫布，項思龍和天絕二人全給籠罩在白煙當中。

項思龍早在苗疆三娘喝聲剛起時，已是用凝功成音之技告誡天絕「小心」，待得八女口中白煙冒出，二人皆已閉住了呼吸。

苗疆三娘對項思龍和天絕的早有戒備毫不為意，冷笑一聲，身形在空中一翻，八大素女突地排成了「出」字形，有若滾動的光球般在空中翻飛著向項思龍和天絕飛擊過去。

項思龍和天絕因閉氣進毒，致以功力運行不暢，出招動作也便緩慢下來，突見苗疆三娘又出怪招，且八女組成的光球寒氣森森，殺機一陣一陣的迫體而來，心神倏地一斂，驀地同時暴喝一聲，身形沖天而起，猛舒一口氣後，鬼王劍和天魔劍在空中一陣龍吟，隨著二人身形在空中愈轉愈疾，也不多一會與二人身形一道幻化成兩團白光與八女光球硬接起來。

苗疆三娘看得心頭大喜，心中暗忖道：「終於還是逼得你們施出壓箱本領了吧！看你們在空中能支持多久？『天門吞月』乃是我『人蠱天門陣』的三大絕招之一，方才的『無影蠱』已差一點點讓你項思龍吃不消，現在的毒煙乃是專制人呼吸，使得對方功力受制的絕招，你們若是不再向我們狂打猛攻，讓我們沒有喘息的機會，那這『天門吞月』或許就可要了你們性命了！」苗疆三娘正如此想著時，「噹噹噹」的一陣劍奇三聲已是驀地響起，項思龍和天絕均覺心頭血氣一陣湧動，八大素女合擊的力度竟是比單人要厲害得多，震得二人身形緩慢下來不算，且還似有一種在對方的攻勢之下有些力不從心的感覺，招式竟是難以施展。

項思龍和天絕心神均是猛地一震，前者倏地身形向後一陣暴飛，口中龍吟一聲道：「『人蠱天門陣』果真有些門道！義父，利用『吸』字訣和『黏』字訣阻止八女身形轉動的速度！她們八人排成的陣形，似乎可借助空氣形成氣流推動她們身形的轉動速度，以致使得她們聯合的威力培增。只要讓她們速度放緩下來，她們的身形在空中也就滯留下了這麼長了，否則她們利用空氣流推動身形，一點也不需耗費真力，可聚全力向我們發動攻擊，我們可就難是她們之敵了。」

苗疆三娘聞得項思龍此言，心中又驚又訝，想不到項思龍在一招試探之下就可看出「天門吞月」的玄奧所在，單是這份超人機智已是足可讓人心生敬畏了，難怪他小小年紀不但練就了一身深不可測的絕世神功，而且還做了地冥鬼府的少主和北冥宮的少宮主。想當年自己創出此招不知花費了多少心血，自認為天下間無人能及自己的聰明才智，可想不到……

青兒有得如此夫婿，也算是找到一個好歸宿了！自己這幾十年來，一直都生活在一種仇恨之中，雖然外表武裝得很是冷漠堅強，但其實內心的那份脆弱和空虛，卻又有誰能知道呢？

江湖中人人都稱自己為「毒婦惡婆」，然而作為一個女人，若想成就一身功名，不凶殘惡毒些能行嗎？這社會是男人當權的社會，女人要想出人頭地，就必須付出沉重的代價。

唉，想來青兒也是懼怕自己和痛恨自己的吧！自己自她一出生就把對她父親「絕毒淫魔」的怨恨轉嫁到了她身上，她從來就沒有享受過自己這作為母親的母愛，可自己難道真不心疼她嗎？

只是出於對自己感情和威信的武裝，所以才……現在，自己就敗給項思龍，也算是對青兒的一點補償吧！要不自己施出最後一絕「毒蠱解體大法」，即便要不了項思龍和天絕的命，可他們定也會被擊成重傷。想自己這「毒蠱解體大法」乃是把體內的毒蠱殺死，讓蠱毒刺激身體潛能，可以使內力大增一倍，那時自己和八大護毒素女的內力只要連為一體，任他項思龍和天絕是大羅金仙，也會被至少擊成重傷。

苗疆三娘就因這一仁之念，改變了她今後一生的命運，使得她最後得以安安樂樂的度過了餘生。這是後話，暫且不提。

卻說項思龍的一句話引得苗疆三娘思緒萬千，孟姜女也被項思龍的這番分析聽得不住點頭，確實孟姜女雖看出了「天門吞月」的些許玄奧之處，卻沒有項思龍剖析得那麼徹底。

天絕聞得項思龍提點，頓也把身形飛避離八女光球五尺之遙處，喝了聲道：「我道是她們內力突地狂增呢！原來卻是這麼回事！」

話音剛落，左掌緩緩揮出一道勁氣罡圈，嘿了聲：「去！」

卻見那罡圈有著變成有形之物般凌空向八大護毒素女組成的陣形飛去，待罡圈到得八女陣形頂上二尺之遙時，罡圈倏地向下射出一道光罩圍住了八女身形。

八大護毒素女陣形轉動的速度頓然一緩。但她們身上的光芒卻也倏地暴長，與天絕罡圈發出的勁氣相碰，發出「嗤嗤」「啪啪」聲。

項思龍見天絕如此好功急進，心下大急，因為憑天絕的功力又怎敵得過八大素女的聯合之力呢？不容細想之下，身形在空中一閃，把全身功力提升至極限，手中鬼王劍頓然紅光大作，映得天空都是一片通紅。但不多時，鬼王劍的紅光被項思龍給凝聚成一條赤紅而又透明的光帶，隨著他身形在八女陣形四周的轉動，光帶也愈轉愈是向八女陣形緊轉過去。

奇異的現象頓然出現了，血紅光帶所過之處陰風陣陣，寒氣直冒，八大素女周圍的空氣頓然給結上了一層愈來愈厚的紅色冰塊。

孟姜女在一旁看得心中大是駭然，項思龍竟是能凝氣成冰，仗冰中帶有勁氣，成為一緊固的罡氣冰圈，八大護毒素女若想脫困，唯有破冰而出，但如功力不及項思龍，則是會被困冰中。如此高深的內力，就是自己怕也難望項背，八大素女看來是要被生吞活剝了，剩下一個苗疆三娘自是非項思龍之敵，看來這一戰項思龍這方是勝算在握了。

孟姜女在暗暗驚駭項思龍功力高絕的同時，也頓然放下為項思龍擔憂的心來。

倒是苗疆三娘見得項思龍的神功，心下又驚又急，連連催運內力，揮動手中的天蠶絲，想使八大護毒素女擺脫項思龍的冰圈。可八大護毒素女卻是身形愈轉愈緩，最後竟停了下來，連想出手摧擊冰圈也甚是乏力，因為她們擊去的功力卻是如泥牛入海，被項思龍在真氣冰圈中所施的「吸」字訣給消解得無影無蹤，並且她們體內的功力在急劇的消退著，不大一會已是全然沒有反擊之力，便在冰圈中夷然不動了。

原來八大素女所練的內力全然是靠苗疆三娘在她們體內所種正氣七步毒蠍子蠱所激發出來的，可七步母蠱生活在陰寒之處的，項思龍所施發出的寒冰臭氣，正好催眠了七步毒蠍的睡覺，使得七步毒蠍在八女體內的活躍性大減，於是她們的內功也隨之漸漸消退。

項思龍見八大護毒素女似睡著了似的被困在自己所施的真氣冰圈中，心中大驚，還以為八女被自己寒冰氣結凍死了，正想解去冰時，卻突聽得孟姜女凝音道：「不要亂動，她們還都沒死，只是進入『喚蠱心法』中去了！繼續發功催發寒氣，使八女體內的毒蠱進入冬眠狀態，她們就完全被你給制住了！若是內勁一撤，八女喚醒體內毒蠱，那你就會被她們攻個措手不及了！」

孟姜女曾在孔雀公主的遺著中，看到過有關苗疆的施蠱之術，見得苗疆三娘急攻不成之下，嘴裡念念叨叨，知是怎麼一回事，又見項思龍作勢欲撤退功力，所以出言提點。

項思龍聞得孟姜女之言，心神一斂，忙又摧動功力，加速轉過身形，卻見項思龍的身體意與鬼王劍所釋發的紅色光帶融合在了一起，只是一團光束在圍繞著八大護毒素女急旋。

天絕這刻已收功掠身降至了地面，看著空中的異象，只一時給震駭得目瞪口呆。

苗疆三娘則是額上冒出汗來，臉色也變得蒼白，顯是功力耗費太巨，閉著雙目，嘴裡不住念著什麼咒語，彈動的十指也愈來愈是顯得沉重而又緩慢，並且似在發抖。

天絕一直都在注視著空中的景況，突地感覺耳中傳來一陣急喘的氣息，訝異之下收目四顧，卻見是苗疆三娘嘴裡不住地喘著熱氣，身軀搖搖欲倒，臉色發青，忙大驚的向空中項思龍凝成的一光影喊道：「少主，不好了！你丈母娘快要昏倒了！快收功來救她！」

說著時，天絕身形躍至苗疆三娘身後，雙掌抵在她背後的中樞和命門穴上，把功力緩緩輸入苗疆三娘體內。

項思龍聞得天絕的呼叫聲，心神一震，知道自己差點疏忽了八大護毒素女和苗疆三娘已是由七步毒蠍蟲而心脈相通了的，自己發功圍困兒女，也就等若在向苗疆三娘發動攻擊，幸得她功力深厚強硬支持到現在，要不……

項思龍心下大驚，心念電轉，頓即收功放緩身形，鬼王劍紅光一劍，身形也便露出了真身，快若閃電的飛落到天絕身邊，舉目一看苗疆三娘的蒼白臉色，惶急的問天絕道：「義父，苗疆夫人怎麼樣了？」

天絕此刻凝氣運功，似已進了全力施為之境，沒有回答項思龍的問話，倒是孟姜女不知什麼時候也來到了三人身邊，面色顯得沉重的沉聲道：「苗疆三娘因想挽回敗局局面，運盡全力與項少俠相抗，不想功力太弱，所以被震傷了內腑，破壞了她體內毒蠱的生活環境。現毒蠱在她體內四處亂竄，根本不受她的控制，若不是你義父把功力渡入苗疆三娘體內，說不定她早就……看你義父似是盡了全力的情景，苗疆三娘體內的毒蠱似是非常霸道，連你義父的功力也克制不了，我看苗疆三娘……」

孟姜女的話還未說完，項思龍就忙接口道：「孟前輩認為晚輩的功力是否可以克制住苗疆夫人體內的毒蠱呢？」

孟姜女點了點頭，又搖了搖頭道：「是可以，但你把功力輸入苗疆三娘體內，只是暫時抑制住她體內的毒蠱，治標不治本。苗疆三娘現受了內傷，以她近段時間的功力根本控制不了她體內的毒蠱，所以只有先治好她的內傷，讓她恢復以前般的功力，才可使她脫離危險。可看她的傷勢之嚴重，非十天半月絕難治癒。在她治傷的這段時間內，非得有像項少俠這般的高手在她身邊，時時幫她運功抑制毒蠱發作。」

說到這裡，目光無限深意的望了項思龍一眼，又道：「項小俠是否決心救治苗疆三娘呢？」

項思龍想也沒想的脫口答道：「當然！只要苗疆夫人有救，在下一定全力相助！」

孟姜女怪異的一笑道：「是不是因為她是你未來的岳母大人，所以項少俠才如此焦急啊？其實說來你們可是處於敵對位置的呢！」

項思龍聽得一愣，沉吟了片刻後道：「在晚輩的意識裡確有因苗疆三娘是晚輩未來的岳母而決意要救她，但主要卻還是因為晚輩看出苗疆夫人有悔改之意，所以才斷然做此決定。俗話說『知錯能改，善莫大焉』，在下可並不是那種不分青紅皂白濫開殺戒之人。更何況救人一命勝造七級浮屠，在下怎都不可對苗疆夫人坐視不理。」

孟姜女聽得心下不住稱「好」，這項思龍不但耿直誠實富於正義感，而且對善惡之分有著非同常人的見識，此等男兒英雄，確是實屬難允，痕兒現在還沒有婚嫁，若是……

孟姜女心頭忽地閃過一個古怪而又讓她興奮的想法，詭秘的望著項思龍輕輕一笑，忽地道：「項少俠似乎有不少的妻妾吧？像你這等有氣魄的男兒，定是女孩兒家爭風追逐的對象。」

項思龍聽得心中一突，又見得孟姜女臉上詭秘的笑容，忐忑的忖道：「這孟姜女不會也……看上了自己吧？怪怪隆了咚，這可……」

如此想著，臉上露出極不自然的笑容道：「這個……晚輩的妻妾確是不少。嘿，這可真讓晚輩大是頭痛呢！女人多了可……」

孟姜女見得項思龍的窘態，掩嘴「噗嗤」笑道：「可怎麼樣？是其樂融融，還是甚是麻煩？」

項思龍聽了這話，心中大呼「我的媽呀」，語音極是乾澀的轉過話題道：「孟前輩，晚輩對救治苗疆夫人有個想法，不知你認為怎樣？」

孟姜女臉上的笑意未退的道：「什麼想法？說來聽聽！嗯，你對你這丈母娘倒挺著急的吧！」

項思龍臉上一紅的說出自己所想的「蠱毒轉嫁」之法後道：「孟前輩認為此辦法行得通嗎？如可行的話，晚輩想請前輩相助一臂之力。其實說來，去了苗疆三娘體內的七步毒蠍蠱，才真正的是治標又治本呢！孟前輩說是嗎？」

孟姜女一直凝神聽著項思龍所說的「蠱毒轉嫁」之法，待項思龍的話說完後，雙目一瞬不眨的盯了項思龍好一會兒，才語音沉重的道：「此法確是救治苗疆三娘的最佳絕徑，但項少俠你可要考慮清楚了，你把七步毒蠍轉嫁入你的體內後或許會帶來的種種後果，要是你萬一不克降服七步毒蠍母蠱，那對你說，將是非常危險的！不要看苗疆三娘功力比你差得遠卻可以控制毒蠱而認為你也可以，要知道七步毒蠍母蠱是她施養的，並且她又是個用蠱高手，大有一套怎樣控制毒蠱的高明手段。而項少俠你呢，卻是對用蠱養蠱之法一竅不通，這樣冒然的把這在天下毒物中排名第三的七步毒蠍給轉嫁入體內，那可真是太危險了！」

項思龍心存感激的爽然笑道：「謝謝前輩的關心！不過晚輩先前吞服過在天下七大毒物中排名第四的冰蠶毒蠱，現今卻還是安然無恙，想來晚輩此次也不會有什麼大危險的吧！再說晚輩即使承受不消七步毒蠍蠱，卻還有一把保命之法，因為晚輩有兩條奪命金線蛇。」

孟姜女聽得眼一亮道：「什麼？你有兩隻在天下七大毒物中排名第一的奪命金線蛇？這……你為何不早說呢？有了這兩隻活寶貝，你自是可毫無後顧之憂的為苗疆三娘轉嫁七步毒蠍了！萬一不成，就放出金線蛇毀去七步毒蠍，只不過那些一來，苗疆三娘的八大護毒素女可就……」

「當然，此事現在可能性更小，因為你吞服的冰蠶毒蠱在你體內存活著，就證明你的體內甚是適合蠱毒之物生存。不過，你把七步毒蠍轉嫁入體內之後，要將牠們分開，分別給牠們一個生活空間。要不，二者處在一起發生爭鬥，那可就……項少俠明白我的意思吧？」

項思龍點了點頭，望了一眼滿頭大汗的天絕和神色漸漸平靜的苗疆三娘，又望了一眼空中有若冰球美人琥珀的八女一眼，最後望向孟姜女道：「孟前輩，那我們現在就開始施行『音波嫁蠱大法』吧！」

請續看《尋龍記》第二輯　卷二魔教

無極作品集

尋龍記 第二輯 卷一 尋龍

作者：無極
發行人：陳曉林
出版所：風雲時代出版股份有限公司
地址：10576台北市民生東路五段178號7樓之3
電話：(02) 2756-0949
傳真：(02) 2765-3799
執行主編：劉宇青
美術設計：許惠芳
業務總監：張瑋鳳
出版日期：2024年12月
版權授權：蔡雷平
ISBN：978-626-7464-69-4
風雲書網：http://www.eastbooks.com.tw
官方部落格：http://eastbooks.pixnet.net/blog
Facebook：http://www.facebook.com/h7560949
E-mail：h7560949@ms15.hinet.net
劃撥帳號：12043291
戶名：風雲時代出版股份有限公司

風雲發行所：33373桃園市龜山區公西村2鄰復興街304巷96號
電話：(03) 318-1378　　傳真：(03) 318-1378
法律顧問：永然法律事務所 李永然律師
　　　　　北辰著作權事務所 蕭雄淋律師

行政院新聞局局版台業字第3595號 營利事業統一編號22759935

定價：340元

國家圖書館出版品預行編目資料

尋龍記 第二輯／無極 著. -- 臺北市：風雲時代出版股份有限公司，2024.12 -- 冊；公分
ISBN：978-626-7464-69-4（第1冊：平裝）

857.7　　113007119